悪役令嬢は素敵な旦那様を捕まえて「ひゃっほ～い」と浮かれたい
断罪予定ですが、幸せな人生を歩みます！

悪役令嬢は素敵な旦那様を捕まえて「ひゃっほーい」と浮かれたい

断罪予定ですが、幸せな人生を歩みます！

藍銅 紅

illustration 中條由良

ICHIJIN SHA IRIS NEO

CONTENTS

この作品はフィクションです。
実際の人物・団体・事件などには関係ありません。

悪役令嬢は素敵な旦那様を捕まえて「ひゃっほーい」と浮かれたい　断罪予定ですが、幸せな人生を歩みます！

第一話　婚約破棄して「ひゃっほーい」な人生!!

皆様どうもこんにちは。奨学金の返済にひいひい言いながらも、実家の両親に仕送りを欠かさない、日本には割といるカンジの真面目《まじめ》な社会人。それが、このわたし。今日も今日とて残業し、疲れた体を引きずって、どうにかこうにかおんぼろコーポに帰りついたところなの。

「……なーんてね。一人暮らしをしてからというもの、独り言《ひとりごと》が多くなったわー……」

スーツのジャケットを脱ぎ、それを放り投げつつ時計を見た。

ちょうど深夜アニメの時間帯。ため息交じりにテレビのスイッチを入れる。

入れた途端に画面に映ったのが乙女ゲームのコマーシャル。

中世ヨーロッパ風な貴族学園が舞台の『夢見る男爵令嬢は真実の愛を掴《つか》めるか』略して『ユメアイ』。テレビの画面にぶわっと薔薇《ばら》が飛んでいく。桃色髪のヒロインやイケメン攻略対象といったキャラクターたちが次々と登場。

そうして最後に現れたのが「おーほほほほほっ！」と高笑いする美少女だ。

緩やかなウェーブの真っ赤な長い髪。目尻がつり上がり気味の碧《みどり》色の瞳《ひとみ》。着ている制服は黒地。そこに金糸で精緻《せいち》な刺繍《ししゅう》がこれでもかというほどに施されているド派手っぷり。

「あー、これ、先輩イチオシの『悪役令嬢』マルレーネだ」

職場の先輩は、乙女ゲームの攻略対象という顔面偏差値の高い男性キャラクターたちにトキメクのではなく、何故《なぜ》だか『悪役令嬢』推しだ。

お昼ご飯休憩の時には必ず『ユメアイ』の攻略進行度と共に、マルレーネへの愛を暑苦し……コホン、すごく熱心に語ってくれる。

あ、そう言えば、先輩お手製の『ユメアイ』攻略まとめノート……なんてものを今日は押し付けられ……コホン、借りたんだった。正直なところ疲労困憊《こんぱい》で、もうすでに瞼《まぶた》は重いんだけど……ちょっとくらいは読んでおかないと。きっと明日、感想を聞かれるに違いない。

わたしは通勤用の鞄《かばん》からノートを取り出して、そのまま着替えもせずにシングルベッドに横になる。

開いたノートに書かれているのは先輩の特徴的な丸っこい字。あとはデフォルメされたキャラクターたちの可愛《かわい》い感じのイラスト。そのイラストの横に、漫画の吹き出しみたいな丸い線が引かれていて、自己紹介的な文章が書かれていた。

「えーと『わたくしはマルレーネ・ベネディクタ・エイラウス。王立ゲープハルト貴族学園に入学した今は十四歳。断罪されてしまう卒業パーティ時は十六歳ね。ちょっと変わった身体操作系の魔道の持ち主で、第二王子ギードの婚約者。ヒロイン・ウィプケが攻略対象としてギード殿下を選ぶと、わたくしは断罪されて破滅するの。それからヒロインがすべての攻略対象者をモノにできる逆ハーレムエンドでも、他《ほか》の悪役令嬢と共に破滅する運命……。ああ、悪役令嬢は辛《つら》いわ……』って……破滅って、何っ⁉」

そこのところを具体的に詳しく……と思った瞬間に、その『破滅』の文字がぐにゃり……と歪《ゆが》んだ。

「え？」

文字だけではなく、先輩のノートも捻《ね》じれて曲がる。ううん、それだけじゃない。ノートを持っているわたしの手も、それから部屋までも。何もかもが捩《よじ》れていく。

なにこれ貧血？　眩暈《めまい》？　地震？　まさかお酒も飲んでいないのに急性アルコール中毒!?

視界が気持ち悪くて目を瞑《つぶ》る。途端に、わたしの身体全部が捻じられて、引きちぎられるような感覚がした。

なんなのこれっ！　もしかして、わたし、死ぬのっ!?

冗談じゃない。まだ恋の一つもしていないのにっ！

素敵なカレシをゲットして、いざ結婚という話が出た時のために、結婚情報誌を熟読していたというのにっ！　結婚できたらその次は夢のマイホーム……と、住宅情報誌まで定期購読していたくらいなのに！　そりゃ、生まれてからずっと恋人なんて存在とは無縁だったけどね！

妄想？　ああ、職場の先輩に感化されて、だいぶ妄想力もついてきたけど、べつに夢見るくらいは良いじゃないっ！

心の中で盛大に叫びつつ、必死になって引きちぎられそうな力に抵抗する。体を丸め、ぐっと歯を食いしばる。

しばらくすると、次第にわたしの身体《からだ》にかかる力が薄れていって……そうして、いきなりすっと、その力が無くなった。

よくわからないけど、今の何かは終わったらしい。

だけど、まだ怖くて目なんて開けられない。だからそのまま……恐る恐る自分の体を触ってみた。

……どうやら無事。体はちぎられたりしていない。痛みとかも、ない。

だけど、あれ？　着ている服の手触りが何か違う。アイロンをかけてもシワやヨレが戻らなくなったシャツの生地《きじ》なんかじゃない。シルクみたいに滑《なめ》らかだ。首を傾《かし》げつつ、そっと薄目を開けて服を見る。

……なにこの服。お嬢様っぽい感じにヒラヒラしている。パジャマっていうかネグリジェみたい。

んん？　なんでわたし、こんなもの、着ているの？　いつ着替えたの⁉

慌《あわ》てて身を起こして辺りを見回す。

で、呆然《ぼうぜん》とした。

「ここ、どこ……？」

だってこの部屋、どう見ても、わたしが今までいたおんぼろコーポの六畳間ではない。クイーンサイズとかキングサイズとかの、でっかい上に天蓋《てんがい》までついているベッド。そんなものが置かれているというのに圧迫感など欠片《かけら》もないほどの広い部屋。天井にはロウソクを何本も立てたようなデザインのシャンデリア。暖炉。それから壁にかけられているアンティークっぽい鏡。

……ナニコレ、映画のセットかどこかの高級ホテルの一室？

とりあえず、恐る恐るベッドから足を下ろす。すると、髪の毛が額に垂れかかった。わたしは右手で、その髪を払いかけ……その手を止めた。

「ん？」

髪の色が赤い。え？　どうして赤？

わたしは鏡に駆け寄り、頭が引っ付くほどに顔を寄せた。その鏡に映っていたのは真っ赤な長いウェーブがかった髪と碧色の瞳を持つ美少女だった。

「あ、悪役令嬢マルレーネ⁉」

思わずわたし、ぺたぺたと、自分の顔を……マルレーネの顔を触り倒してしまった。

「おおう！　もっちもちの肌っ！　手触りサイコー……」

……なんて言っている場合ではない。何故、わたしの顔がマルレーネになっているの⁉

「まさかとは思うけど、コレ、先輩のせい？　マルレーネ萌えが高じて、顔をマルレーネに変える魔法でも開発したの⁉」

そんな馬鹿《ばか》な。

突然のことに、わたしはかなり混乱しているらしい。

「こんな時は、えっと……そうっ！　まずは、深呼吸だ！」

すーはーすーはー。落ち着こう。落ち着いて、対処方法を考えよう。

……えーと、例えば、いつも泰然《たいぜん》として冷静な母が、もしもこの場にいると仮定しよう。母の考え方はきっと突発的なアクシデントの時にはかなり参考になるはずだ。……よし、母がわたしにかけてくれそうな助言は……と。

わたしは母になりきって、言葉を発してみる。

「えーと『お母さんは貴女《あなた》を助けたいという気持ちがないわけではないのよ？　だけど、どうしたっ

て助けられない時もあるでしょう？　それが現実よ。だから、不測の事態が起こった時でも、貴女がなんとか自力で乗り越えられるよう、今から色々教えておくわね』とかか。あああああ……駄目《だめ》だ」

　思わず膝《ひざ》から崩れそうになる。そうだった、わたしの母は、自助に自立がモットーだった。

「じゃあ先輩だったら……ど、どうかな？　先輩ならこんな非現実的な、ありえない事態でもうまく対処できそうだし。えっと、先輩になり切って……。『うっわーいっ！　もしかして、アタシ、マルレーネに転生!?　ひゃっほーい！』って、狂喜乱舞《きょうきらんぶ》……って、て、て、転生!?　うっそでしょう!?　ネット小説とかでよくある、あの異世界転生!?　そんでもって、わたしがマルレーネ!?」

　わたしの脳内パソコン、現在進行形でフリーズ中。再起動まで少々お待ちください……なんてね。

　それにしても、あんぐりと口を開けた、呆《ほう》けた顔でも、鏡に映るマルレーネの顔ったら超絶美少女だわ。さすが先輩のイチオシ。

　あ、でもよく見ると、さっきテレビのコマーシャルで見たマルレーネよりも、若干《じゃっかん》幼い感じがする。ああ、年齢確認は後でもいいか。それよりも……、もしも、本当に、わたしがマルレーネになったのだとするならば……。

「先輩のノート通りに、わたし……断罪後、破滅」

　冗談ではない。

　そんな人生は断固拒否だ。

「いーやーだあぁぁあっ！　カレシの一人もいないまま、人生終了なんて絶対に嫌っ！　母は自立した女を目指せと言ったけど、わたしはラブラブいちゃいちゃしてみたいっ！　わたしを愛してくれる人が欲しいっ！　求むっ！　素敵な旦那様《だんな》！　先輩じゃあないけれど『ひゃっほーい』って浮かれるくらいの人生を歩みたいっ！」

だけど、わたしは常々母から言われていた。「誰《だれ》かに依存して生活して、いざ何かあったらどうするの？　お母さんが働いてお金を稼いでいるからこそ、お祖父《じい》ちゃんたちを介護ヘルパーさんにお願いすることもできるのよ。お金がなければ、生活破綻《はたん》。だから、貴女も自分の人生を自分で守るために、自立と自活ができるように稼ぎなさい」と……。

……うん、母は、正しい。正しいけど……。だけど、わたしはずっと、寂しかった。学校とかで、辛いことや嫌なことが起こった時に話をね、聞いてほしかったんだよ。大丈夫だって、抱きしめてほしかった。一人で食べるご飯は、全然美味《おい》しくなかったんだ……。

幼い頃を思い出してしまい、暗い気持ちに淀《よど》みそうになった時、コンコンと部屋の扉を叩《たた》く音が聞こえてきた。

わたしが返事もしないうちに、扉が開かれる。

「マルレーネお嬢様、お目覚めですか？」

入ってきたのはメイド服っぽいエプロンドレスを着た女の子。現実にはいなさそうな、白・赤・茶色のグラデーションの髪をツインテールにして、丸顔でとても可愛い。その毛先を揺らしながら、洗面器を載せた小さめのワゴンを押してきた。

えっと、今、わたし、マルレーネって呼ばれた……わよね。じゃあ、やっぱり、「まさか」でも「もしも」でもなく、わたし、異世界転生して、マルレーネになったんだ……。

ごくり、と、唾《つば》を呑《の》む。

断罪。

破滅。

改めてその二文字が重くのしかかる。

メイド服の女の子は、立ち尽くしているわたしのことを、寝ぼけていると勘違いしているようで、さっさと窓のカーテンを開けた。うっ、朝の光が目に眩《まぶ》しいわ。

「さ、お顔をお洗いくださいませ。その次はお召し替えを。今日から学園にご入学ですからお急ぎください。お嬢様は新入生代表の挨拶《あいさつ》もされるので、他の新入生の皆様より早く学園に行かねばならないのでしょう？」

学園に入学。そして新入生挨拶。

つまり、もうすぐ『ユメアイ』のゲームが始まってしまうっていうことなの？

……待って、お願い。ちょーっと待っててっ！

普通、異世界転生っていったら、どこからともなく神様みたいなのが現れて、日本で死んだから転生させるよ、ついでにチートな能力もつけてあげるよっていう展開がお約束でしょう？

高熱出したり頭を打ったりとかの、何らかの原因があって、もともと転生していたけど、ようやく今、転生前の日本人だったことを思い出したとか、そういう展開の話もあるらしいけど。

説明もなしに、いきなりゲームスタートなんて、不親切すぎやしませんか⁉

我にチートをっ！　なーんてことは言わないけれど、もっとこう……せめてゲームのチュートリアル的なのが欲しい……。

そんなことを心の中で願っても、色々説明をしてくれる親切な神様は現れてはくれなかった。

ちょっと手抜きじゃないですか？　ねえ、神様っ！　聞いてんの!?

心の中で、神を罵倒《ばとう》。悪口雑言《あっこうぞうごん》、思いつく限りの文句を繰り出す。

……まあ、だけど、文句を言っていても、事態は前に進まない。破滅が嫌なら、わたしは自分で何とかするしかないのだろう。

しかめっ面《つら》をしつつ、考える。その間に、メイドさんが洗面器に水差しから水を入れてくれていた。

促されるままに顔を洗う。ほんの少しだけ、すっきりした。

とりあえず、今日、即座に断罪されて、破滅する……というわけではない。今日が入学なら、卒業パーティまではまだ時間がある。最初にわたしがするべきことは、情報収集。それから周囲の人との関係を円満に保つこと。

じっとメイドさんを見つめて、話のきっかけを……と探っていたら、メイドさんはわたしに向かって微笑《ほほえ》んできた。

「制服はお隣の衣裳《いしょう》部屋にご用意しておりますが、こちらのお部屋にお持ちいたしますか？」

お隣の、衣裳部屋っ！　この部屋だけでなく、そんなものまであるのかマルレーネには。さすが侯爵令嬢、お金持ちっ！　お金の苦労がないって羨《うらや》ましい……って、あ、わたしが今、マルレーネだった。どうしても断罪回避できなくなったら、お金を持って逃げればいいか。ドレスや宝石なんかを売れば、逃亡先で慎《つつ》ましく暮らす程度の資金になる、はず。そりゃ、この異世界、日本みたいに便利な生活家電はないだろうから、掃除とか洗濯とかはちょっと大変かもだけど。でもできないことは、ないわよね。働くことだって可能だろう。うん、大丈夫。ちょっとだけ心に余裕が出てきた。ま、でも、逃げるのは最終手段。

「そうね……、衣裳部屋のほうに行くわ」

とりあえず逃げる前にマルレーネの私物、売ったらいくらになるのか、調べておきたい。

そう思って衣裳部屋に向かった。だけど……そこに並べられてあったのは、ド派手、煌《きら》びやかな衣裳の山々に、値段なんかつけられない国宝級の宝石の数々だった。

む、無理だ。ここに並べられているの、希少価値が高すぎて、逆に売れない……。

素人目《しろうとめ》に見ても、名のある職人が手間暇かけて仕上げた垂涎《すいぜん》の逸品《いっぴん》。そんなものばかりが並んでいる。美術館とか博物館とかに持ち込むレベルのものばかり。街の商人じゃ換金なんてできそうもない。下手《へた》なところに売ろうとしたら、盗品扱いで、留置所行きかも。それか、足元見られて宝石とかだけ取られて無一文……。

う、売るのはやめようか。なら、何らかの別の手段を……考えていかないと。

表面上は平静を保ちながら、メイドさんに制服を着付けてもらう。

これまたド派手っ！　いや、さっきテレビのコマーシャルで見た黒地に金糸で刺繍が施されている、ゲームの衣裳そのものなのだけど。リアル制服はアニメ映像なんかより、もっとずっと重厚かつ派手でしたっ！　うわあ！　歌劇団とかの衣裳みたい！　目がチカチカするっ！　そして、重いっ！

こんなずっしりした服を着て、よくもまあ優雅に動けるものね。貴族のご令嬢ってすごいわ……。

「お似合いですわ、お嬢様。まるでお嬢様のために誂《あつら》えられたようですね。このイルゼ、感服の極みです」

メイドさん……ええと、イルゼさんの言う通り、マルレーネには黒とか金とか赤とかの派手な色がよく似合う。さすが悪役令嬢。

ええと、たしか、このド派手な制服は『ユメアイ』の舞台である王立ゲープハルト貴族学園の各学年の成績トップだけが着られる特別仕様。

だから、『ユメアイ』のゲーム内でこの制服を着ているのはたったの三人。

最高学年では王太子であるエルネスト殿下。もちろん攻略対象者ね。

第二学年ではエルネスト殿下の婚約者であるエリーゼ様。エルネスト殿下ルートの悪役令嬢。

そして、新入生ではマルレーネ。

マルレーネの婚約者、第二王子ギードが「何故王族であるこの俺《おれ》が特別な制服を着られず、新入生代表の挨拶もできないのだ」と学園長に詰め寄るの。

だけど、学園長は国王陛下の弟君なので、「もちろん成績順です。文句があるならトップの成績を取りなさい」と取り付く島もない。

で、第二王子ギードは気分を害して入学式をサボり、方向音痴で学園内を迷っていたヒロイン・ウィプケと出会い、恋に落ちる……って、そういう感じのゲームの始まり。

以上、先輩からの聞きかじり。

「うーん……、やっぱりものすごく、派手よね……」

「そんなことないですよ。とてもよくお似合いです」

「そ、そう？　ありがとう」

褒めてもらえるのは嬉《うれ》しいけど。黒と金を纏《まと》った悪役令嬢って、ものすごくラスボス感満載。ゲームの仕様だとはいえ、もうちょっと控えめな衣裳にしてほしい。

今からでもこの制服、ギード殿下と交換できないかな？　白地に金色の糸で刺繍をされている、一般的な制服を着て、平凡に埋没したいな……なんて。無理か。悪役令嬢が平凡って、設定破綻。ギード殿下にご令嬢用のスカートを穿《は》かせるわけにもいかないし。

……うん、制服は諦《あきら》めよう。せめて髪型を大人《おとな》しくして、少しでも地味にしようかな。

そうは言ってもこのわたしの赤い髪は、どうしたって目立つよねえ……。

そうだ、外見を地味にするよりも、ギード殿下との関係を良くするのを頑張《がんば》ったほうが良いかもしれない。

……でも、できるかな？

確か『ユメアイ』のゲームスタート時点から、マルレーネはギード殿下に嫌われていたはず。先輩がそんなことを喋《しゃべ》っていた記憶がある。

となると……関係改善も、無理……？

ゲームの強制力的に、断罪は回避できない……と思っていたほうが良いのかもしれない。ううう、破滅なんて絶対に嫌。

破滅っていうのがどんな内容かわからないけど、そこまで悪いことは起きないだろうなんて、甘いことを考えていてはきっと駄目。断崖《だんがい》絶壁から海に突き落とされるとか、一族郎党みんな合わせて死罪とか、そういう最悪の未来を想定して動かなければ。せめて平民落ち程度だったらいいのだけれど。あ、婚約破棄物でよくあるパターンの修道院行きとかも、できれば回避したい。

だってわたしの夢は、結婚して、素敵な旦那様と夢のマイホームなんだものっ！　結婚情報誌と住宅情報誌が愛読書だったのよっ！　絶対に、幸せになりたいのっ！

だから、やるわよっ！　やるしかないのよっ！

「断罪を回避して『ひゃっほーい』な人生」

これを当面の標語にして、明るい未来を獲得してみせますとも！

◆◇◆◇◆

……皆様どうもごきげんよう。悪役令嬢マルレーネに転生したこのわたし。「おーほほほ」という高笑いにも「わたくし」と自身を称するのにもすっかりなじんだ今日この頃。派手なドレスもコルセットもどんとこい。

商人を呼びつけて「ここからあそこまで、すべて買わせていただくわ」と当たり前のようにおっしゃるマルレーネのお母様にも慣れました。

「ん？　経済を回すのも高位貴族の義務だ。マルレーネもどんどん買いなさい」というお父様にも最近は耐性がついてきましたとも……。

細目系悪役顔のルフレントお兄様との関係も、それなりに良好よ……。

ええ、順応、しました、よ……。うん……多分……。

そうしてわたしは『ユメアイ』の悪役令嬢らしく、破滅に向かうルート爆走中。

本気で泣ける。もう逃げたい。

まず、学園に入学して一年目。

ギード殿下に命じられるままに、授業のノートを取り、宿題を手伝い、公務も肩代わりし……なのにギード殿下からは感謝されるどころか、下僕《げぼく》扱い。

次いで二年目。

学年トップ独走中のわたしと、成績急下降中のギード殿下。ギード殿下との仲はどんどんどんどん悪くなる。

ついでに言えば、何もしていないのにヒロイン・ウィプケはわたしから苛《いじ》められているとギード殿下に泣きつき始めた。

ああ、そうそう。ウィプケ嬢はハーレムエンドを目指しているのではなく、ギード殿下ルート一択。

『ユメアイ』に出てきた他の攻略対象者のイケメンたちとは全く交流をしていない。

ハーレムエンド目指して攻略対象すべてに手を出すのなら、全部のルートの悪役令嬢たちと連動して対抗する……という手段も考えてはいたのだけれど。ギード殿下一択では、その手段も取れはしない。

ギード殿下以外の攻略対象者たちは、みーんな親が決めた婚約者と和《なご》やかな関係を築いている。

だから悪役令嬢化しているの、わたしだけっ！

周囲の皆様と仲良くしようとしても、何故だか皆様引きつった笑顔で後ずさる。

孤児院に寄付とかの善行を施しても、何か裏があるんじゃないかと勘繰《かんぐ》られる。

そう、何をしても、誰も彼もがシナリオ通りにわたしから離れていく。

これってよくある『ゲームの強制力』というものなのかしら？

それとも……顔？　この悪役令嬢顔が悪いのかしら⁉

ヒロイン・ウィプケが何もないところで自分から転んでもわたしのせい。

ギード殿下が、成績トップ集団のクラスから最下層のクラスに落とされたのもわたしの陰謀。

で、学園の皆様からひそひそと悪口を言われるの。

学園の最終学年になった今では、わたし、学年トップなのに独《ひと》りぼっち。『ユメアイ』のゲームでは取り巻きのご令嬢くらいはいたはずなのに、それすらいない。

王太子殿下のエルネスト様やその婚約者のエリーゼ様はわたしのことを気にかけてくださっていたのだけれど……。ほら一応、わたし、ギード殿下の婚約者だし。お二人は将来のわたしの義理の兄、義理の姉になる予定だし……。

だけどね、お二人も既にご卒業されてしまったの。だから、学園内でわたしが話す相手は教師だけ。

か、悲しい……。

やっぱりわたし、婚約破棄されて、断罪されて、破滅する運命なのか。泣ける。

助けてお母さん……なんて、無駄なことを心の中で叫んでしまう。

あ、お母さんと言えば、今のマルレーネのお母様とかお父様とは、ゲームとは異なり仲良しなのがちょっと救い。侍女のイルゼとかもわたしに尽くしてくれるし。あー、ルフレントお兄様も、それなりに構ってはくださるの。それがなければもう諦めて、エイラウス侯爵家の自分の部屋の中で引き籠もるか、いっそさっさと逃亡していたかもしれないわ。

うううう、めげる。

だけど何とかしないと卒業パーティで断罪されて、破滅する。

先輩の話をもっと熱心に聞いておけばよかったなと、ちょっと後悔。

だけど、今更そんなことを言っても仕方がない。

それに先輩が主に語ってくれたのは、いかにマルレーネが悪役令嬢として素晴らしいかであって、ゲームのストーリーがどんなふうに展開していったとか、どんな断罪を受けたとかではなかったのよねえ……。あの先輩お手製のノートには、もしかしたらそのあたりが書かれていたかもしれないけれど、読み始めたところで転生させられちゃったから……。

断罪後の破滅の具体的な内容がわからないのはホント怖い。

でも、破滅ってことは、国外追放や修道院行き程度ではない……かもしれない。

まさか、奴隷《どれい》落ち？　それとも娼館《しょうかん》行き……。

い、いやいやいやいや！　考えたくもないわーっ！

百歩譲ってわたし一人が破滅なら……。うん、だったらさっさと逃亡するだけなんだけど。エイラウス侯爵家の家族や使用人たちも連座で死罪……とか考えると、安易に逃亡もできやしない。お父様たちに迷惑がかかるのは嫌。転生前の両親には、親孝行とか何もできなかったから、代わりに今の家族は大事にしたい。

だから、逃げないで、考えなきゃ。

断罪される卒業パーティまでは、もうあと半年もない。

「……ギード殿下もヒロイン・ウィプケも……シナリオ通りに相思相愛になっていって、周りの人間もそれを認めて、わたしを蔑《さげす》んでいる。けれど……。わたしは実際には、ゲームのようにヒロインを苛めてなんかいない。距離を取って、関わらないようにしているというのに、何故か、ヒロインの身に起こった悪いことはすべてわたしのせいにされてしまっているのよ……。わたしが何をしても『悪役』って思われるのは、やっぱりゲームの強制力ってやつのせいなのかしら……？」

考える。

「それと……わたしが『悪役』と皆様に思われるのは……侯爵令嬢で、第二王子の婚約者という地位の高さ。入学以来ずっと学年トップ独走中という優秀な頭脳と魔道の持ち主。そして何よりも、美貌《びぼう》を持っているから。恵まれている者は悪役としてうってつけ。そして、持たざる者は同情を買いやすい。それが現実というものよね……」

考える。

頭をフル回転。どこかに突破口はないものか。

「そうだ！　誰がどう見てもヒロインを苛めることができないという状況に、わたしを追い込めばいいのよ。そして、わたしが加害者ではなく、被害者として周囲の皆様に認識されるようにすれば……」

わたしはわたしの両手をじっと見る。

イルゼに磨き上げられた美しい爪。シミ一つない白い肌。

「破滅する未来回避のためならなんだってやるわよ。幸いわたしは侯爵令嬢に生まれ変わったの。転生前みたいに生活に困るわけでもない。お付きの侍女だの従者だのをいくらでも雇える立場なのよ。うん、できる。やってみせるっ！　まずは明日の朝食の時に、エイラウス侯爵……お父様にお願いをしてみよう」

両手をぎゅっと強く握った。

さあ、破滅回避のために、抗《あらが》えわたしっ！

◆◇◆◇◆

「お父様。申し訳ないのですが、わたくしの専属侍女をイルゼだけでなく……そうですね、あと二人か三人ほど付けていただくわけにはいきませんか？」

突然のわたしの申し出に、お父様やお母様、それにルフレントお兄様までもが訝《いぶか》しそうに食事の手を止めた。

うーん、さすが悪役令嬢の家族。一斉にじっと見つめられると結構怖い。特にお父様はこれぞまさに裏街道のボス的な威圧感がありまくり。だけど、本当はお優しいというのを知っているので、わたしは目を逸《そ》らさない。

「増やすのは構わんが……。イルゼだけでは不足なのか？　よくやってくれていると思うのだが」

「はい。わたくしも彼女に不満はありません。ですが……」

「だが、何だ？」

ここが肝心よっ！　わたしの計画には、とにかくわたしの身を補助してくれる手が必要なの。

ぎゅっと口を結んでから、わたしは碧の目に力を込める。

「……呪《のろ》いを、受けました」

まず、衝撃的な一言だけを短く告げる。

最初に相手の関心を掴めないと、どれほど言葉を尽くしても、話など聞いてはもらえない。右から左に聞き流されるだけ。

だから、わたしは、まず、『呪い』とだけ告げる。

説明はお父様が興味を示した後からでいい。

「呪い……だと？」

「はい」

食いついてくれたかしら……ね。まあ、実は『呪い』なんていうのは嘘《うそ》なのだけれど。

『発達した科学と魔法は区別がつかない』のだそうよ。

転生前に読んだ本の受け売りだけど。

例えば、江戸時代の人にスマホを見せたらどうなるか。

誰でも使える便利な道具なんて思われない。妖術だとか神の御業《みわざ》とか、きっとそんな感じに受け取られる。

科学や魔法、魔道も妖術も……呪いだって、知識がなければ区別はつかない。

わたしの腕はちゃんと動かすことができる。それは、わたしの脳が腕に「動け」という命令を出して、その命令が神経を伝って、腕の筋肉に到達するから。こんなのは学校の理科で習うような内容だけど、この乙女ゲームの世界ではたぶん誰も知らない知識。実際にわたし、家庭教師からも貴族学園でも体の構造なんて習っていないし。

で、その「動け」という命令をわたしはわたしの魔道によって止める。脳の命令が、腕に伝わらないようにするの。

声も同じよ。声帯が震えるから声を発することができる。その声帯の震えを止めてしまうの。

これは『呪い』なんかじゃなくて、魔道による単なる肉体操作。マルレーネの持つ魔道は肉体強化だけど、強化できるなら、操作もできるわよね……って思って実験したら、やっぱりできた。操作するための知識は、日本の理科で習う程度のものでも可能だった。だけどその程度の肉体の仕組みすら、この世界では未知のもの。だから、わたしが『呪い』と言ったとしても、『呪い』ではなく本当は単なる魔道だと指摘できる人はきっといない。

あと他にも魔道の重ねがけをいくつか行った。

婚約者のギード殿下の声を魔道に登録して、彼の声で「婚約破棄」と言わなければ魔道の解除はできない……などなどね。

つまりは単なる音声認証。これも現代日本ではごく普通の技術。

そんな転生前の知識をミックスしたものなんて、いちいちお父様たちに説明するつもりはない。

わたしはカップを手に取り、そして一口だけ紅茶を飲んだ。

「今はこのように、わたくし自身の手で紅茶を飲むことができてはおります。ですが、それもすぐにできなくなるでしょう」

「どういうことだ？」

ルフレントお兄様の目が細められた。元々細目だけどね。

「はい、お兄様。……わたくしの右の手も左の腕も……呪いにより動かなくなります」

本当は見知らぬ誰かの呪いではなく、わたしの魔道によるものなのだけれど。

「今はこのように自分の手で朝食を取り、紅茶を飲んでおりますが……、それをすべて侍女にしてもらわねばなりません。イルゼ一人だけでは大変でしょう。わたくしが起きてから寝るまで、ずっと休みなくわたくしの傍《そば》について、わたくしの世話をしなければならないのですから」

世話というよりも介護かしらね。朝起きて、ベッドから体を起こすことさえ困難だわ。食事だって、紅茶を飲むことだってできなくなる。

そんなことをね、たった一人にやらせるのはすごく大変。それに万が一イルゼが風邪《かぜ》でもひいて熱でも出したら？　その間わたしを世話する者がいない……とは言わないけれど、慣れない者が手伝おうとしても、何をどうして良いのかわからないでしょう。一般的な侍女の仕事と介護は全然違うだろうし。だから、イルゼ一人じゃ無理。介護には複数必要。ここ、大事。

「腕だけならばイルゼとあと一人くらいいれば大丈夫でしょう。ですが、呪いは腕だけではありません。わたくし、もうすぐ話すこともできなくなります。臨時の者には任せられません。イルゼと同じ

ように わたくしの意を汲《く》み、わたくしの世話をしてくれる者が複数名必要となります」

わたしは、まず、「恵まれた侯爵令嬢」の「恵まれた」という部分を自分で剥《は》ぐことにした。手が動かせず、話すことができない。

それなら悪役とされる確率は減る……と思うのよね。

それから第二王子との婚約も無理になるはず。

これまでやんわりと婚約解消を狙《ねら》って動いてみたのだけれど、どれも不発だったのよ。王太子殿下やエリーゼ様たちとはそれなりに良好な関係を築いていたせい？

あ、もしかしたら、乙女ゲームの強制力ってやつかもしれない。男爵令嬢に過ぎないヒロインと第二王子がくっつくためには悪役令嬢って存在がどうしても必要とか。

だけど、喋れないで動けないわたしが王子妃になれるはずはない。

万が一解消されなくても……わたしのこの腕では、『ユメアイ』のシナリオ通りにヒロイン・ウィプケを階段の上から突き飛ばすこともできないし、彼女の教科書を破り捨てることもできないのよ。

喋ることができなければ、取り巻きの令嬢たちに「ヒロインを苛めろ」などと命令を下すことも不可能になる。……取り巻きなんていないけど。独りぼっちだし。わたしの知らない誰かが勝手にヒロインを苛めて、それをわたしのせいにしているのかもしれないけれど、それをわたしが止めることも無理になる。

つまり、わたしに罪はない。

お父様たちは本当に呪いなどというものを受けたのか、解呪《かいじゅ》はできないのかなどと聞いてはきたけれど、わたしは首を横に振る。

「わかりません。ただ既に、腕の動きが悪くなってきております。抵抗するわたくしの魔力が少しでも緩めば……一気にこの身は呪いに蝕《むしば》まれるでしょう」

耐えるように、わたしは俯《うつむ》く。

「……お父様。ですからまずわたくしの侍女を増やしてくださいませ。そうして……可能であれば、第二王子殿下との婚約を……解消……して、ください」

俯いたまま、涙を堪《こら》えるようにぎゅっと目を瞑る。

さすがに演技で涙を流せるほどの女優ではないけれど、ここが肝要かと思えば自然に体が震えてくる。

お父様は低い声で「わかった」とだけ、返事をくれた。

ふう、これで第一段階クリアかしら。でも油断は禁物。気は抜けない。

◆◇◆◇◆

さて、一ヶ月ほどの時間をかけて、わたしはわたしの両腕が少しずつゆっくりと動かなくなるように、魔道を調整していった。

言葉のほうも同様に。お父様に申し出をした時には流暢《りゅうちょう》に話をしていたけれど、一週間が経過したあたりから、言葉につっかえるようにしていく。更に数週間経過した後、カタコトの言葉しか話せなくしてみたわ。

　そうして、今はもう、唇は動かせるけれど、声は出ないという状態ね。わかっていたけどとても不便。イルゼ筆頭に、侍女の皆様にはお世話かけまくりよ。特に御不浄《ごふじょう》。下着の上げ下げまでしてもらうのは、恥ずかしいわ……。本物の侯爵令嬢とか王族なら、そのあたりも平気なのかもしれないけれど、わたしの感覚としてはどうもね……。

　だけど断罪回避のためには仕方がない。

　そんなわたしを不遇に思って、お父様は呪いを解くために奔走してくださっている。

　わたしの呪いは自分で自分にかけたものなので、解かれては困るんだけれど……。だけど、娘のためにって、あちこち手を尽くしてくださるお父様の心はありがたい。ホントお父様、悪人面なのに、お優しい！

　ルフレントお兄様もね、これまでは特に仲は悪くないけど、べったりでもない、ごく普通の兄妹仲だったはずなのに、あれやこれやと気を遣ってくれるようになった。なにか、こう……仲良し兄妹っぽくなってきましたよっ！　ちょっとね、嬉しい。

　うん、やっぱりわたし、お父様やお兄様のように頼れる年上の旦那様をゲットしたい！　改めてそう思ったわ！

　そしてなんと！　お父様の奮闘の結果、神殿の大神官様にお会いすることになってしまったのよ！

　こ、これはマズイかも!?

　わたしが自分で自分に呪いをかけているって、大神官様にバレないかな……。この世界にない知識を使っているから、多分大丈夫だとは思うのだけれど。でも、ちょっとどきどき……。

……していたけど杞憂《きゆう》だったわ。あー、ほっとした。

「大神官ならば呪いも解けるかもしれない」と期待に満ちていたお父様たち。本当にごめんなさい。解呪どころか、解析すらできなかったわ。

苦し紛れなのか、大神官様は「伝承にある通りの……『真実の愛のくちづけ』により、この呪いは解けるやもしれませぬが……。お力になれなくて申し訳ない」と項垂《うなだ》れた。

お父様もお母様も、ルフレントお兄様までがっくりと背中を丸めている状態。

ご、ごめんね！　呪いがわたしの魔道によるものとバレなくて、わたし一人が安心していて、本当にごめんなさい！

うーん、それにしても……『真実の愛のくちづけ』かあ……。

転生前のおとぎ話にも似たようなものがあったけどね。

そう、毒のリンゴを食べて死んでしまったかわいそうなお姫様。通りがかった王子様が死んだお姫様にくちづけをすると、そのお姫様は生き返るの。

毒、摂取したら、普通、毒は身体中に回るでしょ？　取り除いたって解毒《げどく》しなきゃ無意味じゃない。もしかして喉にリンゴが引っ掛かっていただけで、毒は無かったの？　喉に詰まっているリンゴがキスで取れるって、王子様のキスって掃除機並みの吸引力⁉　ありえないっ！　そんなのロマンチックじゃないっ！　それにねえ、窒息はしてたんだよねえ？

窒息して十五分以上経過したら脳死だって、転生前に読んだ救急救命の本に書いてあったけど。お姫様が倒れて、王子が到達するまでそんな短時間だったの？

科学的に調査していただきたいとか、思うけど。おとぎ話にそんなツッコミ入れるのも揚げ足取りみたいで無粋？　まあ、そうね。

でもねえ……そんなのはおとぎ話だから許されるのであって、現実にはありえないでしょう。

だいたいわたしの作ったこの魔道の術式は、そんなおとぎ話的な『真実の愛のくちづけ』なんかは不要。ギード殿下が『婚約破棄』を叫んでくれればすぐに解ける音声入力プラス単語登録方式の解呪方法。

でも、これ、実はわたし的にはかなりのリスクを負っているの。

もしもギード殿下が改心して、わたしと婚約を継続したら、わたしの腕も声も一生このまま。

もちろんゲームの進行的にそんなことはないとわかっているからこそ、こんなリスクを背負ってみたのだけれど……。

◆◇◆◇◆

そうこうしているうちに、季節はもう春。

ヨーロッパ的な暦で動いている『ユメアイ』の、学園の卒業式は夏。だから、断罪まではあと三ヶ月くらいしかない。

ううう、焦《あせ》る。

断罪回避のために、あと何かできることはないか。

考えていたところでお父様から呼び出された。

口もきけない、腕も完全に動かせなくなったわたしのために、お父様は学園長先生との面談を取り付けてくださった。学園を休んだり、辞めたりしてもいいよと言ってもくださったのだけれど。学園生活もあと三ヶ月だし。それに、わたしはギード殿下と婚約破棄をしたいのよ。わたしの計画は、学園に通わないと何ともならないものだし。とにかく通学は継続したい。ならば、その学園生活で、わたしが困らないようにって、お父様が学園長先生に色々お頼みするつもりなのですって。

ホントお父様大好きっ！　そして騙《だま》してごめんなさい。でも、お父様のためにも、わたし、きっと断罪を回避してみせますからねっ！

……と、意気込んで向かう学園長室。

まず、エードゥアルト・リュトヴィッツ・アトキンソン学園長はどんな方かと言うと……。入学式の時とかにお会いしただけなので、詳しいことはあまり知らない。ついでに言えば、『ユメアイ』の攻略対象でもないので、先輩のお話にも出てきたことはあまりない。

わたしが受けた王子妃教育。その際に覚えた、王族に関する情報からすると、エードゥアルト学園長は、現国王ユストゥス・ダヴィート・ゲープハルト陛下の腹違いで九番目の弟君。つまりはギード殿下の叔父。だけど、外見は全くと言っていいほど似ていない。

ユストゥス陛下もギード殿下も「これぞ王族っ！」っていう感じの金髪青目。

一方、エードゥアルト学園長はふんわりとしたミルクティ色の髪と柔らかな水色の瞳の持ち主。外見が優しげなので、学園長としての貫禄《かんろく》を持たせるために、わざと銀縁眼鏡《めがね》をかけていらっしゃるという噂《うわさ》。それから王位継承権を放棄して、臣籍降下して、ゲープハルトの名も返上したからアトキンソン伯爵の名と位を陛下から賜《たまわ》ったとか。

あ、年齢はまだ三十歳前……えっと二十九歳とかだったかな？　だから、異母兄である国王陛下よりも、むしろギード殿下とのほうが年齢的に近い。

元王族。しかも学園長。それに加えて魔道研究の第一人者。

炎とか氷とかの物理的な魔道を使うことはできないけれど、色んな魔道の痕跡……軌跡みたいなのが見えるんですって。なんかすごい。転生前の世界だったら警察で鑑識とかできるかも？　学園長の魔道を使えば、殺人犯の痕跡が見えるとか……。

あ、そもそも転生前の世界には魔道も魔法もなかったわ。

そんなことはともかく。エードゥアルト学園長は『ユメアイ』の攻略対象に入っていないのがオカシイくらいに結構なハイスペック。

だから……学園長の婚約者の座を狙いつつ、学園に通っているご令嬢たちも結構多いらしい。だけど学園長は「申し訳ありませんが、私はこれでも教育者です。生徒に手を出すことはありえません」と、丁寧《ていねい》かつスパッとお断りするらしい。それでも毎年、学園長にアタックするご令嬢は山のようにいる……とのこと。

ま、このあたりは王子妃教育の際に聞いたのではなくて、学園での噂だから、どこまでが真実なのかはわからないけれど。

そんな情報も思い出しておく。「彼を知り己を知れば百戦殆《あや》うからず」と言うからね。

でも多分、学園長は敵ではないと思う。魔道研究には情熱的だけど、公平な方らしいから。少なくともギード殿下からの「俺は王族なのだから優遇しろ」という要求は、完璧に撥《は》ね退《の》けているって聞くし。味方になってくれたら、きっと心強い方よね。でも、どうかな……。

そんなことつらつらと考えながら、お父様と一緒に学園長室に辿《たど》り着いた。

学園長室の扉は既に開かれていて、廊下から部屋の中のエードゥアルト学園長が見えた。

「どうぞ、お入りください」

エードゥアルト学園長の落ち着いた穏やかな声。一礼して、わたしとお父様は室内に入る。お父様とエードゥアルト学園長がまず握手をした。

「お時間を取っていただきありがとうございます、アトキンソン学園長」

「お待ちしておりました、エイラウス侯爵。それからマルレーネ嬢。陛下からいただいたアトキンソンの伯爵位ですが、その名は未《いま》だ馴染《なじ》みが薄いので、名前でお呼びいただければ幸いです。学園の職員や教師たちにもそう呼ばせておりますので」

「そうでしたか。では遠慮なくエードゥアルト学園長と呼ばせていただきます」

わたしはお父様の斜め後ろから、その様子を見ていたのだけれど……。

あら？　なんかちょっと、エードゥアルト学園長に違和感がある。なんだろう？

不躾《ぶしつけ》になるギリギリくらいまで、わたしはじーっとエードゥアルト学園長を見つめてしまった。で、しばらく考えた後、ようやくわかった。印象が違う。前に入学式とかで会った時と比べてすごく若く見える。

……まさか、魔道で若返ったとか⁉　そんな馬鹿な……と思っていたら。

わたしの視線に気が付いたエードゥアルト学園長は、ほんの一瞬だけ、頬《ほお》を染め、照れくさそうに目を伏せた。

それはまるで、好きな子と偶然目が合ってしまった思春期の少年みたいな初々《ういうい》しさ。

三十路《みそじ》手前の男性なのに、何ですか、野に咲く白菊のような可憐《かれん》さはっ！

お、おおうっ！　わたしの心臓が、不覚にもぴょこんと飛び跳ねちゃいましたよっ！

えーと、まさか、とは思うけど、エードゥアルト学園長、わ、わたしのことを……？　わたしに見つめられたから、学園長先生もドキドキしちゃった……とか？

こ、これは……もしや、小さな恋の始まりですか？

と、思ったのに。

エードゥアルト学園長はすぐに、何事もなかったかのような真顔に戻った。次いで、流れるような優美な手つきで胸ポケットから眼鏡を取り出す。

あ、眼鏡をかけたらいつもの学園長先生のお顔になった。

そうか、違和感の正体は眼鏡をかけていなかったから、なのかあ……。着用前と着用後の印象差がすごい。眼鏡をかけたらいきなり鋭利な雰囲気……って、ん？　ということは、今のあのエードゥアルト学園長の照れ顔は、わたしに対する恋ではなかったということ？

童顔だから、威厳を保つためにいつも伊達《だて》眼鏡をかけていたというのに、今、うっかりドジを踏んで、眼鏡かけるの忘れてた……って、そういう種類の気恥ずかしさだったのね？

あー……がっくり。なんかショック。

でも、アレ？　わたし、なんでこんなに気落ちしているの？　ん？　ん？　ん？

わからず混乱。ちょっとお待ちください……っと、首を傾げている間にもお父様とエードゥアルト学園長との会話は進んでいた。

いけない、いけない。集中しなきゃ！

「呪い……ですか？」

「はい。我が娘、マルレーネの身体は呪いに蝕まれ、既に手も動かせず、言葉も発せず……。ですが残り少ない学園生活を何とか無事に送らせてやりたいのです」

エードゥアルト学園長が探るようにわたしを見た。

眼鏡の奥からの真剣な眼差《まなざ》しにドキッとする。別に恋とかじゃなく。……マズイかもしれないと冷や汗をかく。

そう、エードゥアルト学園長は魔道研究の世界では若手の第一人者。しかも、魔道の軌跡が見える。大神官様さえ見破れなかったわたしの魔道を看破できるはずはない……と思いたいのだけれど。

どうしよう、今、わたしは既にもう喋れない。

エードゥアルト学園長が、それは呪いなんかじゃなくて、自分の魔道で自分の身を動かせないようにしているだけでしょうなんて、今、ここで、お父様に暴露したら。

さー……っと血の気が引いてしまう。

しまった。わたしが取った方法には、いざという時に反論できないという弱点があったのね！

うわあああああ……どうしよう。

だけど、時すでに遅し。今更路線の変更はできないわ。

そして、今ここで、わたしができることは何もない。

どうかわたしの魔道が露見しませんように。心の中で強く願う。

エードゥアルト学園長はそんなわたしにふっと微笑んでくださった。大丈夫だよ、怖いことは何にもないよ……なんて、そんな感じの柔らかな笑み。

「どのような状態であろうとも、そこに強い意志があれば学ぶことはできるでしょう。マルレーネ嬢は入学以来ずっと学年トップであり続けるほどの成績優秀者だ。ノートなど取れなくとも、授業を聞いてその場で暗記することくらいできるでしょうしね」

更にエードゥアルト学園長は、わたしが常に侍女を複数名引き連れて学園に通うことを許可してくださった。

ああ……、ほっとして、力が抜けた。

お父様がエードゥアルト学園長に頭を下げ、感謝の意を表した。わたしも慌てて頭を下げる。

「学園長として、当然の措置です。もし何らかの不都合があれば、遠慮せずにお申し出くださいね」

学園長として、とおっしゃられたけれど、義務的な感じではなく、きちんと気持ちのこもった声。

きっと根が優しい方なんだろうなあ。

あのギード殿下と親戚なんていうのが嘘みたいに素敵な人。

……いいなあ。こんな人と一緒に人生を歩めたら、きっと毎日が幸せね。

ぽややややん、とわたし、ちょっと夢を見てしまった。

エードゥアルト学園長が旦那さん。わたしがお嫁さん。可愛い子どもたちに囲まれて、毎日微笑んで暮らしていくの……。ああ、夢だわ……っていうか、現時点では妄想だわ。

でも、いつか。いつかきっと、わたし、エードゥアルト学園長みたいに優しい旦那様と、素敵な家庭を築きたい。

そのためにはさっさとギード殿下とお別れしなければばっ！

まずはギード殿下との婚約破棄に集中集中集中！

わたしのこの呪いの弱点も、いざギード殿下と対峙《たいじ》する前にわかってよかったということにしておきましょう！

対策を考える時間はまだまだある。

よし、改めて、気合を入れるわよ！

◆◇◆◇◆

さて、呪い（嘘だけど）のせいで、話はできないし、手も動かせなくなったわたし。侍女を引き連れて学園に通うこととなったのだけど……。

……途端に学園の生徒や教師たちから反感を喰らったの。悲しいなあ……。

「偉そうに、二人も三人も侍女を引き連れて、あれ、何様のつもり？」とか。

「もう既に未来の王族ですとか、そういうふうに威張っているんじゃない？　ギード殿下だって学園では侍女や護衛は一人ずつしか連れて来ていないのに。まあ、側近は多いけどね」などなど。

そんな陰口などもたくさん叩かれたの。くすん。

だけど、その状況は次第に変わっていった。

学園の授業で、教師に指名され、答えを述べる。

手を動かせない、喋れないという二重苦のわたしが、普通に答えることは不可能。

だから、まずは侍女のイルゼにチョークを用意させる。そのチョークにハンカチを巻き、わたしの口に咥《くわ》えさせてもらう。黒板の前に進み、問いの答えを口に咥えたチョークで書いていく。書き終わったところで、イルゼにチョークを外してもらう。

「我が主マルレーネ侯爵令嬢は何者かからの『呪い』をその身に受け、手も口も動かすことができなくなりました。ですので、今後は問いかけに対する答えは、このように口に筆記具を咥え、黒板やノートに書かせていただくこととなります」

イルゼの言葉に、教師だけではなく、同級生たちも皆一様に驚きの声を上げた。

わたしはにっこりと笑って、イルゼに追加の言を伝えてもらう。

「まだまだこの学園で学びたいことがたくさんありますので、皆様にはご迷惑をおかけすると存じますが、ご容赦願います……と、マルレーネお嬢様よりの言葉でございます。また、このような状態で学園に通い続けること、学園長先生からの許可をいただき感謝しております……と、付けくわえさせていただきます」

イルゼの言葉と共に、わたしは皆様に向かって頭を下げた。

手が動かせないので、だらりと両脇に下がったまま。それがかえってわたしの身に起こった不運を強調していると捉えられたみたい。

驚きと同情が入り混じった顔で見てくる者が、何人もいた。

わたしは周囲の視線など気にすることなく、淡々と授業を受け、そして帰宅……というのを繰り返していく。

そんな態度が功を奏したのかもしれない。

最初は「ヒロイン・ウィプケ」を苛めていた罰を受けたのだろうと、わたしを嘲笑していた人たちも、段々とそんな声は上げられなくなっていった。

わたしは常に控えめに、真面目に学業に取り組んでいるだけ。

そして、肢体不自由。

わたしを悪く言う者のほうが、周囲から非難を受けるようになっていった。

でも、わたしとはクラスが異なるせいか、ギード殿下とヒロイン・ウィプケはわたしのこの状況にはまるで気が付いていない。呆《あき》れるを通り越して、いっそ感心してしまう。

今日も大勢の前で「ひどいんですっ！　マルレーネ様が今日もまた、あたしの教科書を破って池に投げ込んだんですっ！」などと喚《わめ》いている。

ギード殿下もねえ、側近たちに池の中に入らせて、ウィプケ嬢の教科書を取ってこさせた上に「このような所業をするとは……マルレーネはウィプケに嫉妬《しっと》しているのかっ！」と口から唾を飛ばしているし……。

お馬鹿……なのでしょうか、この二人。

おっと、馬鹿なんて単語を口に出したら、転生前のわたしのお母さんに怒られてしまう。心の中で思うのは自由だけど、相手を罵倒する言葉を口に出したら、自分の品性が疑われるわよってね。

んー、だけど、あの二人のことをなんて称したらいいのかしら？

あ、脳内お花畑とか？　これも罵倒語？

別に称し方は何でもいいんだけど。腕の動かせないわたしが、教科書を破ったり、その教科書を投げ捨てたり……なんて、できないことがわからないのかしらねえ。

そんなお花畑な二人は放置しておくに限る。

「え？　侯爵令嬢は……腕が動かないんだろう？　どうやって教科書を破るんだ？」

「定期試験の時も、口で筆記具をお咥えになって、中腰になりながらテスト用紙に解答を書かれているのよ……。侍女の方に体を支えてもらいながら……」

「あたし、聞いたの。マルレーネ様に。婚約者である殿下とその浮気相手を放置しておいていいんですかって」

「え!?　聞いたの？　貴女、勇気あるわねえ」

「だって酷《ひど》いし。良かったらあたしがマルレーネ様に代わってあの二人に注意をしましょうかって、申し出てみたの」

「……ウィプケとかいう男爵令嬢はともかく、第二王子に文句は言えないでしょ」

「でも、マルレーネ様がおかわいそうで……。でもね、マルレーネ様、あたしたちに言ってくれたの。あ、言ったって言ってても黒板にチョークで書かれて、だけどね」

「ああ。チョークを口に咥えられて……」

「そうそう。でね、婚約は解消できるようにお父様でいらっしゃるエイラウス侯爵に動いてもらっているし、お二人に関わる体力も気力もないわって……」

「あ、そうか。学園で授業を受けているだけでも大変だよなあ。体力的にすごい疲れそう」

「うん、そうなのよ。授業のノートはともかく、テストは侍女に書かせるわけにはいかないでしょ。だからマルレーネ様、授業では必死になって教師の説明をその場で暗記するようにしているんですって。テストは筆記具を咥えないといけないから、ご自宅でも練習して早く書けるようにって頑張っていらっしゃるって……」

「そんな状態でも相変わらず学年トップなんだろ？　すごいな。マルレーネ嬢」

「うん、尊敬しちゃうよね。辛いはずなのに、いつも笑顔で……」

風向きが変わっていく。

嫌われ者からかわいそうなご令嬢へ。

そして、かわいそうな身の上にも拘《かか》わらず、けなげに頑張っている令嬢へと。

よっし！　計画は順調よ！

この調子なら、わたしの計画をもう少し進めてみてもいいかもしれない。

うん、やってみよう！

わたしは放課後、大勢の生徒が集まる学園内のカフェへと向かったの。

紅茶を飲んでいるご令嬢たち。談笑している者に、教科書やノートを広げ、予習か復習をしている者。ふんふん、予想していたよりも、人数が多い。

わたしは侍女のイルゼとカレンを連れて、カフェの中を敢《あ》えてゆっくりと歩いていく。

「マルレーネ様ぁっ！　こちらの席、空いておりますよ～」

声をかけてくれたクラスメイト……ミアーナ様という子爵令嬢に、にっこりと頷《うなず》いて、そちらのほうへ足を踏み出す。そうして、そのまま……わたしはわざとカフェの椅子《いす》の足に躓《つまず》いた。

「きゃーっ！　マルレーネ様っ！」

侍女のイルゼが甲高《かんだか》い声を上げる。

もちろん仕込みよ。破棄でも解消でもいいからギード殿下との婚約をなくしたいの、だからちょっと色々演技するので、わたしの演技に合わせてねって、イルゼだけには伝えてある。全部の事情をイルゼに説明したわけではないのだけれど、それでもイルゼはわたしに協力をしてくれている。ありがたい。断罪を無事に回避できたらお礼をしよう。

で、大げさに駆け寄ってきたイルゼに、ミアーナ様だけではなくカフェにいる皆が注目する。

わたしは声が出せない。だから、叫び声もあげられないまま、無言。もちろん手も使えない。うつ伏せで床に倒れ込む。ううう、打ちつけた胸や腹、顔が痛い。

だけど、これはわたしが自分でわざとやったの。

痛いけれど、ダメージは大きくない。

「お、お嬢様っ！　い、今お体を起こしますからっ！」

イルゼともう一人の侍女のカレンに、二人がかりで何とかわたしの身を起こしてもらう。

ミアーナ様が「不用意にお声をおかけしてしまって申し訳ございませんっ！　お体がご不自由なことを慮《おもんぱか》るべきでしたっ！」と、平伏する勢いで謝ってくれた。

わたしは首を横に振る。

それからイルゼに目配せをして、筆記用具とメモを取り出してもらった。

メモをイルゼに支えてもらって、口に筆記具を咥えて、書く。ここも敢えて、痛みを堪えるようにゆっくりと……ね。

【ミアーナ様のせいじゃないわ。わたくしが不注意で転んでしまっただけ。驚かせてしまってごめんなさい。わたくしの侍女にモーナという治癒《ちゆ》魔道持ちの者がいるから、この程度のケガ、家に帰ればすぐに治るわ】

書いたメモを、ミアーナ様だけでなく、傍にいる皆に見えるように広げてもらう。

……本当にごめんなさいミアーナ様。貴女を利用した形になって。

だけど、『破滅』という運命を覆《くつがえ》すために、手段は選んでいられない。だから許してほしい。

わたしが加害者ではなく被害者なのだという印象を、できる限り付けなければならないの。

そしてそれを周囲に納得してもらうための、わかりやすいパフォーマンスが必要だったのよ。

だって、ギード殿下から『断罪』される卒業パーティはもう間もなく。

しかも、口がきけないわたしは……反論一つできないのよ。

そう、エードゥアルト学園長との面談の時にわかった、わたしの計画の唯一の弱点。

わたしは『断罪』の場で、声があげられない。

だから、周囲の皆様の同情が得られなければ、わたしはきっとギード殿下に冤罪《えんざい》をかけられて『破滅』する。

正直、これは賭《か》け。

だけど、わたしにはこの手段しか残されていなかった。

ううん、もしかしたら他にも何かの方法があったかもしれない。でも、そんなことを今更言っても仕方がない。

あとは運を天に任せるだけ……とはいえ、事前準備は必要よ。

天命を待つ前に、人事を尽くさねばっ！

だから、卒業パーティの前夜に、わたしは侍女のイルゼと、筆談で念入りに打ち合わせを行ったの。

『断罪の場』で、のたのたとノートに文字を書いているヒマはないだろうから。

どんな言葉をギード殿下から言われるか、想定はできる。ノートに、わたしが言うべき回答をいくつも書いておく。

そして、ギード殿下やヒロイン・ウィプケにこう言われたらこのページ、ああ言われたらあちらのページを示してくれとイルゼに指示をしておいた。

それと衣裳ね！

『ユメアイ』のゲームでは、マルレーネはたしか薔薇をモチーフにした赤と黒のド派手なドレスを着ていたのよ。

その断罪場面のドレスをそのままっていうのは当然避けたい。

でも清楚《せいそ》系はヒロイン・ウィプケと印象が被《かぶ》るかもしれないし、侯爵令嬢的に地味すぎるドレスは当然却下。

というわけで、純白がベースのドレスを仕立ててみました。ドレスのスカート部分には銀色と黒の糸で花柄の刺繍をふんだんに施して、更に袖口や裾には黒のレースも追加した。ぎゅっと絞ったウエスト部分には大柄な花のコサージュ付き。白黒映画時代の女優さんのドレスみたい。シンプルな装いだけど、それが逆にエレガントさを感じさせてくれる……みたいなね。

衣裳もオッケー、準備は万端。

さあ、いざ婚約破棄の戦場へっ！

◆◇◆◇◆

いよいよ卒業パーティの始まりよ。緊張で胸がドキドキするわ。

わたしは婚約者であるギード殿下にエスコートされることはない。だから、侍女のイルゼだけを伴ってパーティ会場に足を踏み入れた。

その途端、会場の中央付近にいたギード殿下が、わたしを睨《にら》みつけてくる。

そう、獲物を見つけた獣のようなギラギラとした目つきでね。

ちなみにギード殿下が着ているのは、装飾品をこれでもかと山のように取り付けた、煌びやかな正装だ。あちこちにヒロイン・ウィプケの髪の色である桃色を取り入れてあるから余計にうざったい。

ま、『ユメアイ』のゲーム衣裳とおんなじだから仕方がないのだけれど。

ヒロイン・ウィプケもゲーム通りのふわふわな可憐なドレス。

ギード殿下とウィプケ嬢は、自分たちこそ正義のヒーローとヒロインで、これから悪役令嬢を破滅させるのだ……と、酔いしれているのかもしれない。だけど……。

ねえ、二人とも、ちょっとくらい、周りを見たら？

これまで学園内だけの遊びならと、見て見ぬフリをしてきた方々も、卒業パーティという公の場で、婚約者ではない男爵令嬢の腰を抱くギード殿下には顔を顰《しか》めているわよ？

わたしは無表情のまま、そして両の腕も、だらりと体の横に伸ばしたまま。カツカツカツと、わざと足音を立ててギード殿下へ近づいていく。

緊迫した空気を感じた者たちが、さりげなく壁際に移動。会場の中心がぽっかりと空く。

そうしてその中心にいたギード殿下が会場に響き渡るほどの大声を出してきた。

「マルレーネ・ベネディクタ・エイラウスっ！　俺は貴様との婚約を破棄し、この可憐なウィプケを妻に迎えるっ！」

勝ち誇ったように笑うギード殿下と、その殿下にしがみついているウィプケ嬢。

この場にいる誰もがその「婚約破棄」という言葉に息を呑む。

わたしは表情を動かさないで、二人を見る。

ギード殿下が婚約破棄という言葉を発したことで、わたしの魔道はきちんと解けた。

良かった。ほっとして、わたしは小さく息を吐く。

だけど、声を出すにはまだ早い。

今ここで、反論でもして見せようものなら、わたしの呪いは他者から受けたものではなくて、わたしが自分で演技をしていただけ……と、受け取られかねないからね。だから、わたしはただ、静かにギード殿下に対峙する。

「はははははっ！　いきなり婚約破棄を告げられれば、さすがのおまえも驚きのあまり声も出せないかっ！　よかろう、ならばそのまま黙っていろ。今、お前が俺の愛するウィプケをどんなふうに虐げたのか、皆に伝えてやるっ！」

ウィプケを口汚く罵《ののし》った。制服のスカートをナイフで切った。教科書やノートを破り、それを池に放り投げた……云々《うんぬん》。

聞いて差し上げるのも馬鹿々々しいテンプレート的な冤罪が、ギード殿下の口から語気荒く、次々と述べられる。

「本当にひどいんですマルレーネ様は……。き、昨日だって、あたしに『男爵令嬢風情《ふぜい》が第二王子殿下のお傍に侍《はべ》るなんて身の程知らず』と言って、あ、あたしの頬を叩いてきて……」

くすんくすんと涙を流すウィプケ嬢。それを抱きしめるギード殿下。

定番の桃色ふわふわな髪の美少女を、これまた定番な金髪青目の王子様が慰めている図は実になるわね。

二人をアップで写せば、転生前に職場の先輩から見せてもらったゲームでのスチルそのもの。

だけど、そのアップの画面には周囲の様子は描かれてはいなかった。

今、二人を見る卒業生や在校生たちの目は冷ややかだ。呆れ顔の者もいる。

わたしは、頃合いかと思い、イルゼに目配せをした。イルゼは頷いて、反論を用意したノートを開き、わたしの代わりに書かれたセリフを読み上げようとした。

まさに、その時。

わたしのクラスメイトの皆様が、ざっと一群となって、わたしの前に出てきたの。まるでわたしを庇《かば》うみたいに、手を広げて。

先頭に立っているのは先日、わたしがわざと転んだ時に、声をかけてくれたミアーナ様。

「せ、僭越《せんえつ》ながら、も、申し上げますっ！　マルレーネ様が、そ、そちらのご令嬢に向かい、『男爵令嬢風情が第二王子殿下のお傍に侍るなんて身の程知らず』と言うことも、そちらのご令嬢の頬を叩くことも無理でございますっ！」

少しつっかえながらも、それでも大きな声を上げてくれた他のクラスメイトたちも、ミアーナ様に続く。

「殿下は今、制服のスカートをナイフで切った。教科書やノートを破り、それを池に放り投げた……などということを、いかにもマルレーネ様が行ったようにおっしゃいましたが、マルレーネ様はそんなことは致しませんっ！」

「そうです。不可能です。できませんっ！」

「そのウィプケとかいうご令嬢が嘘を言っているんですっ！」

「冤罪ですっ！」

皆、第二王子に口答えをするという恐ろしさに震えながら、それでも声を上げてくださった。

ああ……、なんてありがたい。

感動でわたしの体が震えたわ！

「貴様らっ！　この可憐なウィプケが嘘つきだと？　罰してやるっ！　名を名乗れっ！」

皆がギード殿下に同調せず、逆にわたしを庇ったことに焦っているのか、ギード殿下が声を荒げた。

王子様然としていた様子から一変、顔を真っ赤にしているわ。あらら……まるで茹《ゆ》で上がったエビか、おサルさんみたい。苛立《いらだ》ちで、足をダンダンと、床に打ちつけているのもかっこよさなんて欠片もない。自分の欲求をうまく口に出せない幼児のよう。ここまでダサいと、怖さなんて欠片も感じない。

むしろ滑稽《こっけい》ね。

だけどこれでもギード殿下は一応王族。ギード殿下に反意を示したら、わたしだけではなく、皆も断罪されるかもしれない。それは駄目だ。

わたしは急いで、ミアーナ様方と殿下たちの間に身を滑り込ませた。

そして皆様に向かって頭を下げる。

【庇っていただいてありがとう】

その意が通じるように、ゆっくりと頭を上げてから、にっこりと微笑みを浮かべる。

そして、くるりとギード殿下とヒロイン・ウィプケに向き直った。

わたしは『悪役令嬢』のキツイ目線で二人を睨むっ！

さあ、イルゼ。出番よっ！

イルゼが頷いた。すると……。

「卒業を祝うパーティだというのに、何をしているのですか？　第二王子ギード・ヴォルデマール・ゲープハルト。我が甥《おい》よ」

エードゥアルト学園長が会場の入り口に現れたのっ！

「エードゥアルト叔父上……っ！」

ギード殿下がマズイとばかりに顔を顰める。

あ……そうか。わたしとギード殿下の婚約は、国王陛下がお決めになったもの。それにギード殿下は逆らった。

恋のお花畑で生きているギード殿下は、陛下がお越しになる前に、わたしを断罪して、どこかに追放して、そして、この場でヒロイン・ウィプケを陛下に認めてもらえれば大丈夫とか思っていたのかもしれない。けれど、国王命令違反になるのだから、普通なら罪になるのはギード殿下のほうだ。

ホント杜撰《ずさん》な計画だけど、『ユメアイ』のゲームシナリオではそれが成功していた。

断罪される悪役令嬢。

勇気を出して真実の愛を貫いた正義の第二王子とその王子を支える可憐なヒロイン。

そんな二人は陛下や皆から祝福される……ってね。

だけどギード殿下とヒロイン・ウィプケのそんな目論見《もくろみ》は、思い通りにいかなかった。

まず、ミアーナ様たちが声を上げてくださった。

そして予想外に早くエードゥアルト学園長も会場に来てくださった。

「ギード。何をしているのか……と、私は問いましたが？」

ゆっくりとした口調で再度問いかけるエードゥアルト学園長。威圧さえ感じるその表情。

ああ……まるでわたしを助けに来てくれたヒーローのよう。緊張で、元々ドキドキしていたわたしの胸が、更に激しさを増す。

伝統的な昼の礼装である、黒のモーニングコートとグレーのスラックスを着用し、ウェストコートに白い襟付きのブルー・シャツでコントラストを効かせ、遊び心を表現。控えめなポケットチーフが、襟に飾った白い薔薇を引き立てている。卒業パーティの主役は当然卒業生。学園長として地味な格好は不可だけど、華やかに着飾って、出しゃばるのではなく、控えめに、エレガントに、生徒たちの門出を祝う……。そんな粋な大人の男の気遣いさえ感じられる服装。やっぱりエードゥアルト学園長って素敵だわ……。

「……婚約破棄を宣言したところですよ。マルレーネはウィプケを苛めていたんです」

そんなエードゥアルト学園長に対してギード殿下が不快げに答える。

「ほう……、聞こえてはいたが、再度具体的に言ってもらえるかい？　マルレーネ嬢はいつ、どこで、どんな苛めをしたというのか、はっきりとね」

「聞こえていたなら改めて言う必要はないじゃないですか」

不貞腐《ふてくさ》れたようなギード殿下の声。

「そうかな？　お前が正しいというのなら、何度でも言えるのでは？」

「じゃあ言いますよっ！　これまでずっと何度もですっ！　昨日だって『男爵令嬢風情が第二王子殿下のお傍に侍るなんて身の程知らず』と言って、マルレーネはこの可憐なウィプケの頬を叩いたんですよっ！」

エードゥアルト学園長がじろりとウィプケ嬢を睨みつける。

「ギードはそれを実際に見たのかい？　それにウィプケ嬢、叩かれたわりに頬は腫《は》れてもいないようですが？」

「あたしは治癒の魔道が使えます！　すぐに治しましたっ！」

「そうですよ叔父上っ！　ウィプケはすごいのですっ！　伝説の『聖女』と同じ治癒魔道が使えるのですよっ！　そのウィプケがマルレーネに頬を叩かれたと泣いていたのだから、嘘であるはずがありませんっ！」

治癒の魔道が使えるから聖女？　聖女であるからして嘘などつかない清らかな娘……とか、言うつもり？

ギード殿下ってそこまでおバカだったのかしら？　本人の能力と性格は別物でしょうに。だいたい治癒程度の魔道なら、わたしの侍女のモーナだって使えるわよ。

「それで？　殴られたのが、昨日だと。確かなのですか？」

「もちろんです」

「すっごく痛かったんですよっ！　あたし、未だにマルレーネ様が怖いです。今だって、そうやってあたしのことを睨んでくるし……」

ちょっととっ！　言いたい放題じゃない！

イルゼに反論をさせようかと思った時、エードゥアルト学園長が冷ややかに、意地の悪い微笑みを口元に浮かべてお笑いになった。

まあっ！　そんな黒いお顔もできるのね！　ますます素敵！

「腕を動かすことができないマルレーネ嬢がどうやって頬を叩く？　喋ることができないというのにどうやって罵り言葉を発するのかな？」

冷酷そうにキラッと光った銀縁眼鏡が素晴らしい！　惚《ほ》れるっ！

「え？」

ウィプケ嬢がきょとんと眼を丸くする。

「腕が動かない？　喋ることができない……だと？」

ギード殿下が首を横に傾げた。

◆◇◆◇◆

「マルレーネ嬢とエイラウス侯爵が私の元へとやって来たのは春頃でしたか。何者かによって『呪い』がかけられ、手は動かなくなり、話すこともできなくなった。それでも学びたいという意志があるから、迷惑はかけるが学園に通わせてほしいと……ね」

わたしはエードゥアルト学園長の言葉に頷き、肯定を示す。

「マルレーネ嬢の同級の者たちからの訴えもあってね。ここしばらく、お前たちの様子を窺《うかが》っていたのだよ。マルレーネ嬢の有責にて婚約破棄を狙い、男爵家の娘に過ぎない女を第二王子の妃《きさき》に召し上げる……。そのための工作をな。お前たちがしでかしたことは既にユストゥス兄上に……国王陛下に報告を差し上げているよ」

「なっ！　叔父上っ！」

エードゥアルト学園長はぐるりと周囲を見渡した。

「皆にも聞いてもらおう。正式な公表は後日、国王陛下からなされるが、第二王子ギード・ヴォルデマール・ゲープハルトとマルレーネ・ベネディクタ・エイラウス侯爵令嬢との婚約は解消となる。そしてギード、お前は王位継承権を失い、ウィプケ嬢の男爵家で過ごすこととなる。嬉しいだろう。愛する女との婚姻が許されたのだから」

「王位継承権を失い……って、しかも男爵家で暮らす？　じょ、冗談でしょう叔父上っ！」

「それが陛下の決定だ。既に書類上の手続きも完了している。卒業パーティが終わるまでどこにも通達を出さなかったのは、陛下からの恩情だ。せめて卒業までは王子として参加させてやりたいと……。まあ、その陛下のお気持ちも、お前は踏みにじったようなものだがな」

「そ、そんな、馬鹿な……」

「ウィプケ嬢には兄君がいて、既に家督はその兄君が継いでいるそうだね。だから、ギードが男爵としての地位を得るわけではないよ。男爵の妹であるウィプケ嬢の夫で、つまり地位はない。単なる居候《いそうろう》だな。ああ、一応迷惑料とギードの生活費として、いくらかの金はウィプケ嬢の兄君に陛下から渡してある。だから、二人で養ってもらうがいい。それが嫌なら文官試験なり、騎士試験なりを受けて、そちらで身を立てなさい。試験は平民だろうと貴族だろうと平等に受けることができる。能力さえ示せれば、出世もできるだろう。まあ、王族の後見はないがな」

「俺がいなければ、王位は……」

「第一王子のエルネストが王太子となっているし、王太子妃のエリーゼ嬢は現在懐妊中だ。来年には新たな命が誕生する。それに王位継承権を持つ者はエルネストとギードだけではない。フレデリック兄上にラセル兄上、ウィンセント兄上に、彼らの息子たち……公爵として国王を支えると明言しているが、いざという時のために継承権の放棄はしていない。まあそれはともかく、ギード一人が王族から放逐《ほうちく》されたところで、我が国が困ることはない」

王位継承権をお持ちの方……ものすごーくいっぱいいらっしゃいますものねぇ。ギード殿下は王太子の予備としての第二王子だったのだけれど。優秀であればともかく、こんな公衆の面前で、勝手に婚約破棄をやらかす者など不要よね。

「叔父上の言うことなど信じられませんっ！　ち、父上に……。そうだ、父上に確認を……っ！」

エードゥアルト学園長はギード殿下を無視して、パンパンと手を打った。警備の者たちが駆け寄ってきて、ウィプケ嬢とギード殿下を拘束する。

「ちょっとっ！　何するのよっ！　離しなさいよっ！」

「貴様ら、不敬だぞっ！　離せっ！」

押さえつけられて、それでもジタバタと暴れるギード殿下。エードゥアルト学園長が少し……ほんの少しだけ、悲しげに言った。

「私が報告を差し上げるまでもなく、お前が学園で何をしてきたかなどは、ユストゥス兄上はご存じだった。だが、兄上はお前に何を言うまでもなく静観していたのだよ。この意味が、わかるかい」

ギード殿下は突然何を言い出したのかと言わんばかりにエードゥアルト学園長を睨む。

「兄上は待っていたんだ」

「はあ？　何が言いたいんです叔父上っ!?」

「人として、男として、当たり前の、誠実な態度がお前に取れるかどうか。陛下は試していたのかもしれない。だがギード、お前はマルレーネ嬢を悪役に仕立て上げ、自分たちが正義面をした……。お前たちの底の浅いシナリオなど陛下にはお見通しだ。それでも陛下はギリギリまで待っていてくださったんだ」

「待つ？　何のことだ」

「例えば『父上、私に愛する女性ができました。どうか婚約を解消して、愛する女性と共に歩める人生をお許しください。マルレーネ嬢に許してもらえるよう、誠心誠意謝ります』と、そうお前がユストゥス兄上に伝えれば、ユストゥス兄上はエイラウス侯爵に頭を下げるつもりでいたのだよ。円満に婚約を白紙に戻せるようにとね、準備はしていたんだ。それはお前に……ギードに幸せな人生を送ってほしいからだ。元々の、マルレーネ嬢との婚約だってそうだ。お前の力不足は知っていた。だから、お前が恥をかかないように、お前を支えていけるようにと、そう思って陛下はお前の婚約者をマルレーネ嬢に決めた。陛下の願いはお前には通じていなかったようだがな……」

一国の王が、単なる侯爵に頭を下げる。その意味の重さを、ギード殿下は理解できているのだろうか？ それでも、陛下は親として、息子のために頭を下げるつもりでいらっしゃったのか……。

「え……？」

ギード殿下の青の瞳が大きく見開かれた。

「マルレーネ嬢だってそうだろう。お前から冤罪などかけられず、真っ当に頭を下げられていたら、喜んでギードとの婚約解消を承諾しただろうに」

エードゥアルト学園長にそう言われ、わたしはこくりと頷いた。

「残念だよギード。こんな公の場で、馬鹿な宣言をしなければ……陛下はお前を庇えるはずだった。だが、そのお心を無駄にしたのはお前自身だ」

力なく項垂れたギード殿下。そのままギード殿下はずるずると引きずられて、会場の外に連れていかれた。ぎゃあぎゃあと喚くウィプケ嬢も同様に。

エードゥアルト学園長は残念そうな顔のまま、二人を見ていた。

わたしも連れていかれるギード殿下とウィプケ嬢を、黙ったまま見送った。

◆◇◆◇◆

気合満タンでこの卒業パーティ会場にやって来た。だけどミアーナ様、同級の皆様、それにエードゥアルト学園長のおかげで、わたしが何かすることもなく、ギード殿下とウィプケ嬢を撃退してしまった。

つまりは、えっと。結果的にわたしは断罪や破滅を回避できたということで……。うん、それは当然喜ばしいことなんだけど……。ちょっと拍子抜けというかなんというか……虚脱状態。

すると、真顔になったエードゥアルト学園長がわたしのほうに向き直り、すっと頭を下げてきた。

「……ギードの父は国王です。だから頭を下げるわけにはいきません。代わりに私が謝罪をします。マルレーネ・ベネディクタ・エイラウス侯爵令嬢。甥が申し訳ありませんでした。お詫《わ》び申し上げます」

頭を下げたまま、微動だにしないエードゥアルト学園長。

いやいや、エードゥアルト学園長が謝罪をすることではないでしょうっ！　むしろエードゥアルト学園長はわたしを助けてくださったヒーローで、わたしこそがエードゥアルト学園長に感謝を告げるべきで……。

わたしは、慌ててはくはくと口を動かした。

ギード殿下が「婚約破棄」を叫んだところで自動的に解呪はされているのだけれど、ずっと声を出さなかったものだから、声帯が弱っているのか、うまく声が出せない。

ど、どうしよう……。

あたふたしそうになっていると、エードゥアルト学園長が「それから」と顔を上げられた。

「マルレーネ嬢が受けられた何らかの呪いの発信源は……ギードかウィプケ嬢、もしくは彼らが雇った魔道士なのかとも思い、色々と調べてはみましたが、そのような痕跡はなく……」

わたしが自分で自分にかけた『呪い』ですからね。当然ギード殿下たちは無関係。

「呪いの原因を探るよりも、解呪を先に考えたほうが良いのでは……とも思ったのですが、大神官の戯言《たわごと》のように『真実の愛のくちづけ』以上のものは出てはこず……」

それはそうよ。この世界にはない知識を混ぜた、わたし独自の魔道だもの。

「ですが……、一つ試させてほしいのです」

え？　試す？　何らかの解呪方法を考えついたの？　やってみせてほしいところだけれども、わたしの呪いはもう解けているのよ。ただ半年も動かさなかったものを、いきなり滑らかに動かすのは無理というだけで。解呪済みのモノを解呪しようとしても、意味はない。

あ、でも、あからさまに必要ないですよ、もう呪いはありません……という態度を取るわけにはいかないので、わたしは曖昧《あいまい》な笑みをエードゥアルト学園長に向けるしかない。

どうしたらいいのかしら？

そうねえ……あ、思いついた！　実際は解呪済みだけれども、今、ここで解呪されたという何らかの派手なアクションをすればいいのか！　学園長の試みで、呪いが解けた、というふうに。

うん、そういうのなら、むしろあったほうがいいはず！

よし、お願いいたしますエードゥアルト学園長！

承諾の印にわたしはエードゥアルト学園長をじっと見つめ、それからこくりと頷いて見せた。エードゥアルト学園長がすっとわたしの前で片膝をつく。それから動かないわたしの右手を恭《うやうや》しく取った。

……えっと？　わたしの手を取って何をなさるおつもりなのかしら？

あー、わかった。例えばわたしの手から、光なんかがキラキラ～と輝くようにしていただいたりするのかしら？　そうしたら「まあ、呪いが解けたわ！」的な演技をすればいいか。

うんうん。オッケー。それでいこう！

「マルレーネ・ベネディクタ・エイラウス侯爵令嬢。言葉を発することもできずに、また腕を動かすことも叶《かな》わなくなったというのに、それを嘆くことなく学業に邁進《まいしん》する姿。そして何より、穏やかな笑みを忘れないその高貴な心。私は貴女のその姿に心打たれました。正直な話、私はあのギードの叔父であるからして、貴女にこのような申し出を行うのは厚かましいと思っています。その上、貴女は今日、この学園を卒業するとはいえ、今はまだこの学園の生徒です。学園長の私が生徒である貴女に告げるべき言葉ではない。ですが、言わせてください」

あれ？

言葉？

光がキラキラ～とかいう効果じゃないの？

あ、そう言えばそうか。エードゥアルト学園長の魔道は何かしらの物理、ではなく、見るだけでしたね。元々キラキラは無理でした。

ということは……。あー、呪文ね！

「呪いよ解けろっ！」とか。

「堕落した世界を混沌《こんとん》より救済すべく光の守護神よ、今ここに顕現したまえっ！」とかとか。

ちょっと恥ずかしい詠唱をしてくださるのかしら？

それも良いわよね、学園長、声も素敵だし……。

ほけーっとそんなことを考えていたら、なんとっ！　エードゥアルト学園長はわたしの手の甲に、恭しく唇を落としたのよっ！　きゃあああああああっ！

ふわっとした微《かす》かな感触。ただそれだけなのに、火傷《やけど》しそうなほどの熱を感じてしまい、わたしの頭は一気にのぼせ上がった。心臓の鼓動がうるさいくらいばくばくと鳴る。震えまで起こってきそう。

ううん、もう既に、わたしの体はふるふると震えだしている。歓喜で、熱が全身に、巡る。熱くて、もどかしくて。どうにかなってしまいそう。

戸惑うわたしの手を離さないまま、エードゥアルト学園長がわたしを見あげてきた。その真摯《しんし》な視線に、更に大きくわたしの心臓が跳ねた。

「愛しておりますマルレーネ嬢。どうか私のこの想いが、貴女の呪いを解きますように……」

あ、愛いいいいいっ！　神に祈るように真摯な声が、わたしの鼓膜までもを震撼《しんかん》させる。

「えっ、あ、あの……っ」

思わず出てしまったわたしの声。半年以上ぶりに出したから、掠《かす》れて、小さな吐息のよう。だけど、エードゥアルト学園長はそんなわたしの絞り出すような声を聴き洩《も》らしはしなかった。

「マルレーネ嬢、い、今……声が……」

驚きに目を見開きながら、エードゥアルト学園長が勢いよく立ち上がる。

「マ、マルレーネ様のお声が……っ！」

「ええっ！　確かに今、聞こえましたわっ！」

「もしや『呪い』が解けたのかっ⁉」

「そうよっ！　そうに違いないわっ！　学園長先生の『愛』が『呪い』に勝ったのよっ！」

わたしのクラスメイトの皆様の、感極まったような声が次々に上がる。

あ、あああ、どうしましょう⁉

こんなタイミングで声など出してしまえば……、まるで、本当にエードゥアルト学園長の『愛』が『呪い』に打ち勝ったようじゃないの！

こんな展開は想定してなかったわ……。ええと、ええっと……。ど、どうしたら。

戸惑うわたしを、エードゥアルト学園長がいきなり抱きしめてきたっ！　は、はわわわわっ！

「ああ……っ！　奇跡だっ！　い、今、貴女の声が……っ！」

エードゥアルト学園長はぎゅうぎゅうにわたしを抱きしめる。く、苦しい……っ！

「ちょ……っ、おま……くださ……ま……が、く、えんちょう……」

苦しくて。ギギギと軋《きし》みそうになる両の腕をなんとか動かして、エードゥアルト学園長の体をほんの軽く押し返す。

「あ、ああっ！　腕も動くのですねっ！」

エードゥアルト学園長の瞳が、溢《あふ》れんばかりの歓喜でキラッキラに輝いた‼

ま、眩しいっ！

まさにイケメンビームっ！

ミアーナ様も、他のわたしのクラスメイトの皆様も、飛び上がって喜びを表している。それだけでなくこのパーティ会場全体が、今起こった『真実の愛の奇跡』に沸き上がってしまった！

「素晴らしい！　奇跡だっ！」

「ああ、『真実の愛』は本当にあったのですね……っ！」

「学園長の『愛』が、マルレーネ侯爵令嬢にかけられた『呪い』を解いたっ！」

「おめでとうございます、マルレーネ様っ！」

「素晴らしいです、エードゥアルト学園長！」

四方八方から祝いの言葉を叫ばれて、わたしは目を白黒させた。

真実の愛なんて、そんな毒リンゴを食べて死んだくせに、王子様からのくちづけで生き返った、あのおとぎ話の主人公みたいじゃないっ！　あわわわわ……っ！

いえ、わたしの呪いは婚約破棄されれば自動的に解かれるものなんですけど……なんて、言える雰囲気じゃ、全くないっ！　言うつもりもないけど、あああ、わ、わたし。混乱しているわっ！　ど、ど、どうしよう……。

おろおろしているうちに、卒業の祝いはどこかへ行って、会場内が『真実の愛』おめでとう素晴らしいという感じに大興奮。拍手喝采《かっさい》よっ！

ど、どうしよう……。ホントどうしよう……。

戸惑うばかりのわたしに、エードゥアルト学園長がウインクをしてから、わたしの耳元で、小声で囁《ささや》きかけてきた。

「……『真実の愛』で『呪い』が解けた、という方がロマンチックでしょう？」

え、ええええっと、エードゥアルト学園長、わたしが『呪い』を自分にかけたってこと、もしかして最初からご存じだったたっ⁉

や、やっぱり、わたしの魔道、エードゥアルト学園長にはお見通し⁉

それでも……今の今まで黙っていてくれたのね。もしかして、わたしがギード殿下と婚約破棄をしたかったことも、エードゥアルト学園長にはバレていたのかしら……？

ええと、あとで学園長には白状しないと。……うん、謝ろう。あと感謝も告げよう。でも今は、周りの皆様が『真実の愛のくちづけが呪いを解いた』と盛り上がっているし、わたしもここで暴露されるのは……困る。

「あの、その……えっと……」

ええと、後日、後日必ずっ！　学園長と二人きりで、そのあたりのお話し合いをさせていただきますのでっ！　と目で訴えてみる。

すると、学園長がくすり、といたずらっぽく微笑んできた。

はわわわっ！　なにこの笑顔はっ！　素敵すぎやしませんかっ⁉

ちょ、ちょっと、わたしの心臓、体から飛び出して、天まで跳ねていきそうなのですがっ‼

「大丈夫です。余計なことは言いませんよ。貴女との二人きりの秘密です。……まあ、私が貴女を愛しているというのは掛け値なしの本当ですけれどね」

ふ、二人きりの秘密に、あ、愛しているって……。

あ、もう駄目だ。多分わたし、顔が真っ赤。耳まで真っ赤。それどころか全身が熱くて熱くて仕方がない。熱が上がりすぎて沸騰する……。

せっかく断罪からの破滅を回避したのに。

エードゥアルト学園長が余りにも素敵すぎて死んだなんて……、そんなことになったら……ううう、死んでも死にきれない。

転生前からの望み通りに、素敵な男性にプロポーズされたのよっ！

天国に行くのはまだ早いわっ！

そうよ、夢のラブラブハッピーな人生が、今、この、わたしの目の前にっ！　手を伸ばせば届くところにやってきているのよっ！

掴まなかったら後悔する。

この幸せに手を伸ばさないなんて女が廃《すた》るっ！

だから、さようなら『悪役令嬢』だったわたし。

これからは、優しい旦那様に愛される妻としての人生に突き進んでいくわ！

ひゃっほーい！

【挿話一　エードゥアルト視点】

「もうすぐエードゥくんも学園卒業だね。将来的な希望はある？　どっかの領地でも経営する？　それともこのまま王城にいて、フレデリックたちと一緒に俺《おれ》の補佐官やる？　お兄ちゃんとしては、後者がおすすめでっす！」

国王陛下にそう聞かれたのは、私が貴族学園を卒業する直前。今のマルレーネ嬢と同じ年の頃《ころ》だった。

「王位継承権を放棄して、魔道研究の道に進ませていただきたいのですが」

「えっ！」

陛下は驚いて、深い青色の目を大きくした。

「エードゥくん、魔道なんて使えないのに……」

「残念ながら使えません。ですが、見ることはできますので」

炎、氷、風、回復、転移……。私はそれらを行使することはできない。が、光のように美しい魔道の軌跡を見ることが好きなのだ。

「うー……、寂しいけど仕方がないか。本人の希望が第一だもんね」

陛下は渋々ながらも承諾してくれた。

「あ、そうそう。王都の貴族学園のねえ、学園長がそろそろ引退して田舎《いなか》に引きこもりたいって申し出てたんだっ！　エードゥくん、学園長やったらいいよ」

「は？　卒業して即座に学園長ですか？」

「引き継ぎ期間はあるから大丈夫。魔道研究の傍《かたわ》ら学校経営くらい、エードゥくんなら可能でしょ。そうしたら、収入安定するし。それから俺が持っていて、誰《だれ》も継承していない、名前だけの爵位が一つ二つあったはず。それもあげるね。ええと、身分的には伯爵になるけど良いかな？　公爵とかにしても良いけど、そうすると研究よりも社交に時間が取られちゃうからさ。それにジョセアラちゃんはもうすぐツェルガウ伯爵家に嫁ぐから、エードゥくん、ジョセアラちゃんと身分の上下、出ないほうが良いでしょ」

　ユストゥス陛下は私に甘い。そろそろ成人する男が、自立をしようとしているのに金銭面で苦労しないようにと地位と身分を与えてくださるとは……。

　だがしかし、確かに収入源があれば、魔道の研究に費やすことができる時間も増える。しかも私の双子の姉とのことまで考慮してくださるとは……。

「……お心遣いはありがたく頂戴《ちょうだい》します。ですが、再三申し上げておりますように『エードゥくん』はおやめください。私も既に子どもではないのです。エードゥアルトとお呼びください」

「陛下って呼ぶのをやめてねって俺も再三言っているケド？　昔みたいに『ユスおにいちゃま』って言ってごらん？」

「言いませんっ！」

「えーん。お兄ちゃん、泣いちゃう～」

泣きまねをするユストゥス陛下に私は頭を抱えた。

ユストゥス陛下と私は、一応兄弟という間柄ではある。

一応というのは、ユストゥス陛下は前国王と前王妃様との間の嫡男《ちゃくなん》であり、私と私の双子の姉のジョセアラは、国王の側室の子でしかないからだ。しかも母は三番目の側室だ。

軽んじられて当然だと思うのに、何故《なぜ》だかユストゥス陛下は私に甘い。

以前、理由を聞いたことがあるが、

「そりゃあ、お兄ちゃんは年の離れた末っ子の弟が可愛《かわい》くて仕方ないんですよ～」

と、ふざけた答えが返ってきた。

まあ、確かに。私も何も知らなかった幼少の頃は、可愛がってくれる『兄』に懐《なつ》いていた。懐いてはいたが……。

いや、もう過去の話だ。掘り起こすまい。

そうして臣籍降下をした後から今までずっと、私はユストゥス陛下には一線を引いて接してきた。

が、今回ばかりはどうしても陛下のお力をお借りしなくてはならない。

なにせ、その陛下の息子の婚約を、破棄なり解消なりしてもらい、その婚約者を私にくださいと申し出ねばならないのだから。

そう、陛下の息子で、私の甥《おい》である第二王子ギード。

そして、その婚約者であるマルレーネ・ベネディクタ・エイラウス侯爵令嬢。

私はそのマルレーネ嬢を愛してしまったのだ。

きっかけは、エイラウス侯爵がマルレーネ嬢を伴って、私の学園長室を訪れたこと。

エイラウス侯爵が私に告げたのだ。マルレーネ嬢の身体《からだ》が呪《のろ》いに蝕《むしば》まれた……と。

呪い……か。

おとぎ話や演劇、小説の題材としてはおなじみである。

また、我が国の隣、ヨークシヴァア王国の、更に北にあるバーラギウィという国には魔女という年老いた女性がいて、その者たちが呪いを行使するという話も聞いたことはある。

だから、マルレーネ嬢が呪いにかかる可能性もゼロではない。だが、普通に考えれば呪いなどというものではなく、何らかの魔道なのではないかと思うのだが……。

とりあえず、エイラウス侯爵と話しながら、私はこっそりとマルレーネ嬢を探ってみた。

例えば、私の双子の姉の娘……リコリーナは、人や物を離れた場所に一瞬で転移させるという魔道が使える。この場合、移動する前の場所と移動した後の場所を結ぶ線が、まるで馬車が通り過ぎた後に残る轍《わだち》のように私の目には見える。

だが、マルレーネ嬢にはそんなふうに外部から干渉された跡が全くない。更に探れば、マルレーネ嬢の体の内部から、微《かす》かではあるが何らかの魔道の痕跡が浮かび上がってきた。

……なんだ、これは。

精緻《せいち》で繊細。実に理路整然と組まれている淡い光のライン。実に美しい。このようなものを、私は今まで見たことがなかった。外部から施されたものではなく、内部からなされたものとすれば、これは、マルレーネ嬢が自身で組み上げ、そして自身の体に施したということになる。

……知りたい。この術式を解き明かしてみたい。

沸き立つ心を抑えきれなくなりそうで、自嘲の笑みを浮かべる。

こんな気分の高揚は久しぶりだった。

「どのような状態であろうとも、そこに強い意志があれば学ぶことはできるでしょう。マルレーネ嬢は入学以来ずっと学年トップであり続けるほどの成績優秀者だ。ノートなど取れなくとも、授業を聞いてその場で暗記することくらいできるでしょうしね」

気持ちを抑えるように、ゆっくりと告げた。

「学園長として、当然の措置です。もし何らかの不都合があれば、遠慮せずにお申し出くださいね」

そう伝えたのは、学園にマルレーネ嬢が通ってくれれば、彼女を観察できるから。

この美しい術式を解き明かしたい。

ただそれだけだった。……そのはずだった。

だが、観察をしていくうちに、彼女を取り巻く状況もわかるようになった。

マルレーネ嬢を蔑《ないがし》ろにしているギード。

こそこそと何かを画策して、マルレーネ嬢を陥れようとしているその様子に無性に腹が立った。

が、マルレーネ嬢は、ギードに怒ることもなく毅然《きぜん》としていた。

動かない腕。出ない声。

それでも、熱心に勉学を続けている。

観察などしていたのが申し訳なくなった。

申し訳ないと思うのに、何故だかマルレーネ嬢から目が離せない。

……学園長である私が、生徒であるマルレーネ嬢を特別視するのはどうかとも思う。

ギードに、マルレーネ嬢をもっと大切にしろと、説教でもするべきかとも考えた。

けれど、ある時ふと気が付いたのだ。

マルレーネ嬢は自分で、自分の置かれている状況を変えるつもりで、敢《あ》えて自分に魔道をかけたのかもしれない……と。

ギードの様子も更に探っていく。

ギードはマルレーネ嬢に冤罪《えんざい》をかけて、卒業パーティの場で大々的に婚約を破棄する計画を立てている。ならば……その場で、私がマルレーネ嬢を奪えばいい。

唐突に、そんな考えが浮かんだ。

魔道が気になって、観察していただけのつもりだったのに、奪うとはどういうことだ。私は自分の心がわからなかった。……いや、わからないふりをしていたのだろう。

マルレーネ嬢はギードの婚約者。つまりは国王陛下の命令により結ばれた婚約だ。

私は魔道の研究のため、マルレーネ嬢を観察していたにすぎない。

……そんなもの、嘘《うそ》だ。建前だ。

ギードが要らないというのなら、私が奪う。それはつまり……私はもうとっくに、マルレーネ嬢を欲していたのだ。きっと、あの美しい術式を解き明かしてみたいと思った時から既に。

悩んではみたが、やはり、どうしても私はマルレーネ嬢が欲しかった。術式を理解したいだけではなく、彼女自身を手に入れたい。

この、どうしても止められない気持ちが恋というものなのか。

ならば、陛下の許可を取り付けるしかない。

意を決し、私はユストゥス陛下に謁見《えっけん》願いを出した。

出した次の日に「王城においで、待っているからね！」との返事が来た。

早い。

早すぎる。

陛下への謁見願いなど、本来なら一ヶ月は待たされるところだ。優遇されるのはありがたい……と思いつつ、顔が引《ひ》き攣《つ》ってしまう。

急いでギードに関する調査資料を作成し、登城した。何故だか謁見の間ではなく、ユストゥス陛下の私室に案内された。

「やあやあ、久しぶりだねぇエードゥくん。元気だった？」

私は恭《うやうや》しく臣下の礼を取る。

「……ユストゥス陛下におかれましてはご機嫌麗《うるわ》しく。また、急な謁見をお許しいただきまして、感謝いたします」

「堅いなあ、エードゥくん。も、いいからそっち座って」

壁際に置かれている飾り棚の、その中にずらりと並べられている高級な酒の数々。それのうちから一本を選び出し、更にグラスを二つ、陛下はご自分で無造作《むぞうさ》に取り出した。

「侍女を呼びますので、そのようなことを陛下がなさらないでください。また、更に申し上げますと、臣下である私が陛下より先に座ることはありえません」

「なによー、お兄ちゃんと弟のひっさしぶりの邂逅《かいこう》よ？　気楽にざっくばらんに近況報告してよー」

国王陛下自らの手で、どぶどぶどぶ……と注がれる年代物のワイン。

素晴らしく芳醇《ほうじゅん》な香りだが、私は酒を飲みに来たわけではない。

「……先にこちらの書類をお渡しいたしたく存じます。第二王子ギード殿下に関してですが……」

ユストゥス陛下は私が差し出した書類をちらりと見ただけで、受け取ろうとはしなかった。

「そっちのテーブルに置いてくれる？　まずは乾杯ねっ！」

ぐいっとワイングラスを差し出してくる。

……これは飲まなければ話はさせてもらえないだろう。

私は諦《あきら》めて、ワイングラスを受け取った。

「はいカンパーイ。いやあ、可愛い弟と飲む酒は美味《うま》いっ！」

……ご満悦である。

「で、ギード殿下に関してですが」

「うん、知ってる。婚約者のマルレーネ侯爵令嬢に冤罪吹っかけて、で、どっかの男爵令嬢を娶《めと》るとか言っているんでしょ？　裏工作バリバリやって、でもそれ、バレバレ〜」

「ご存じでしたか……」

「もっちろん。ギード君は俺の息子だからね。息子の動向くらいは把握しているよ」

ユストゥス陛下は目を細められた。

「王太子として自覚のあるエルネストと違って、ギード君は……なんていうのかな、好きなことしかやらないで、苦手なことと嫌いなことは手を出そうともしないって子だからねえ……。だから、ギード君を支えられるくらいに優秀なマルレーネ嬢を婚約者にしたんだけど。却《かえ》って劣等感をこじらせちゃったかなぁ……？　子育てって難しいねえ」

ふうっと息を吐いてから、ユストゥス陛下はグラスの酒を飲み干した。そしてまた、酒瓶に手を伸ばす。

「それで？　ギード君が馬鹿《ばか》なことをやりすぎて大変……なんて程度で、俺に泣きついてくるエードゥくんじゃないよね。遠回しなことはいいから、率直に言ってくれる？　普段俺と一線を引きたがるエードゥくんが、わざわざ謁見願いまで出して、俺のところまで来た目的は何？」

さすが国王。空気が一気に重くなる。今までの茶化した空気など、一瞬でどこかに消えた。

「……その、マルレーネ嬢とギードの婚約を解消してください」

「何故？」

鋭利な眼光に気後れしそうになる。

が、私は目を逸《そ》らさない。

正面突破、正攻法。息を吸って、正直に答える。

「マルレーネ嬢に惚《ほ》れました。彼女が欲しい。どうかギード殿下とマルレーネ嬢との婚約を解消し、マルレーネ嬢に求婚する権利を私にください」

「へ？」

言い切った私に、ユストゥス陛下は口をあんぐりと開けた。

手にした酒瓶からどぼどぼと、酒がこぼれて絨毯《じゅうたん》が濡《ぬ》れる。

「え、あ。ええええええええっ⁉」

廊下で待機している護衛と侍女に、陛下が酒をこぼしたから拭いてくれと、私が言いに行った後、ようやく、ユストゥス陛下は大きな叫びをあげた。

「ちょっと待ってよエードゥくんっ！　ほ、惚れたって、えええええええっ。予想外にもほどがあるっ！　い、いつからどうしてっ！　うっわっ！　俺、エードゥくんの恋愛話なんて初めて聞いたっ！　魔道以外に興味あったの？　うわっ、うっわっ！　エードゥくん、もしかしなくても初恋？三十歳目前にして初めての恋？　うわあああ、おめでとうっ！　お兄ちゃんは嬉《うれ》しいよっ！」

……良いのか、陛下。私は陛下の息子の婚約者に惚れたから、その婚約者をくださいと言っているのだが……。普通、咎《とが》められると思うのだが……。罵《のの》られたりすることも覚悟したのだが……。

しかし、ユストゥス陛下は喜んで、子どものように部屋中を飛び回っている。

絨毯を拭いて、こぼした酒の処理をしている侍女たちの頬《ほお》が、思い切り引き攣っていた。まあ……気持ちは、わからなくもない。

これでも公の場では、真っ当かつ有能な国王陛下なのだが。

更に言うのならば、「悪の前王」を倒し、この国を平和に導いた「英雄」ですらあるのだが。

昔から、私の前に来ると陛下はこんな感じになってしまう。四十代も後半だというのに、落ち着きがない。

「いやっほーっ！　さっさとギード君とマルレーネ嬢の婚約なんか、解消しちゃうね！　エイラウス侯爵に連絡して、えっとそれから、そうだっ！　ギード君が男爵令嬢と結ばれたいんなら、結婚させてあげよう！　男爵家で面倒見てもらえばいいよっ！　でも放逐《ほうちく》するのもかわいそうだから、それなりにお金は出して、生活の面倒を……って、面倒見すぎちゃうのも駄目《だめ》か、それは馬鹿親のすることか！　ギード君も、嫁さん養える程度は自分で働けっていうか、真っ当に自立させなきゃっ！　大人《おとな》になるまで長い目で見ればいいやなんて、のんびりしている場合じゃないっ！　ああ、そうだっ！　異母弟たちみんなにも、急いで連絡しなきゃっ！　俺たちの可愛い末っ子に好きな人ができたよ、婚約させちゃうよ、祝ってねーって。そうそうお祝いだっ！　結婚前に全員顔合わせ……は無理か。隣国に婿《むこ》入りしたアルベール君は……、結婚式には絶対来たいっていうはず。うーん、予定の調整……つくかなあ。ついでに外交……。どうするのが一番いいのかな？　難しいなー。ま、何とかしようっ！　何とでもしてみせようっ！　むうっ！　忙しくなってきたっ！　でもね、お兄ちゃんはね、今はね、エードゥくんに好きな人ができて嬉しいって喜びでいっぱいです！」

掃除を終えた侍女たちが、音もたてずにすすすす……と部屋から出て行った。

頼む、こんなテンションの高い陛下と二人きりにしないでくれ……と、言いたくなった。

が、逃げるわけにはいかないのだ。

「あー……、あんなにちっさくて、俺の後ろをヒヨコみたいにピヨピヨついてきていたエードゥくんが、こんなにも大きく成長して……」

飛び回るのに疲れたのか。荒い息を整えながら、ユストゥス陛下はしみじみとおっしゃられた。

ヒヨコはともかくピヨピヨはやめていただきたい。

「クレメンティア様も、これで安心なさるだろうなあ……」

クレメンティアというのは、私の母の名だ。前国王陛下の三番目の側室。と言っても別に、前国王に愛されていたわけではない。

手当たり次第に見かけた女に手を出すような、下半身の犯罪者。そんな前国王に運悪く手籠《てご》めにされて、子を生《な》してしまった不運な女。その心労のためか、私と双子の姉のジョセアラを出産し、そのあとしばらく経《た》って病死した。

……だから、私には母との記憶はあまりない。ずいぶんと以前に……儚《はかな》く、嫋《たお》やかな人だったと、ユストゥス陛下から聞いたことはあったが……。

まあ、母に関して知っていることといえばその程度だ。

血縁上の父……というか、前国王に関しては、全くというほど記憶にない。もしかしたら、会ったことさえないのかもしれない。

ただ、下半身で生きているような男だったので、ユストゥス陛下が前王妃コルネリア様、前国王のご側室のルイーゼロッテ様とステフィ様と結託し、前国王は「粛清」された……とだけ、腹違いの兄の誰かから、聞いたことがあった。

詳しい話に関しては、異母兄たちの誰もが語りはしないが。とにかく前国王という「敵」がいたため、ユストゥス陛下を筆頭に、異母兄たちは皆、結束したようだった。

……多分、世の中には知らないほうが幸せだと思えることが多々あり、血縁上の父に関しても、その知らないほうが良いことなのだろうと、私は勝手に納得している。

私が物心ついた時には母も亡くなり、父も王城にはいなかったが、その代わりに年の離れた異母兄たちには愛されて、前王妃様や前国王のご側室の方々からも大事にされた。

だから、母の不在も父の不在も、気にしたことはまるでなかった。

どちらかと言えば、前国王を粛清する内乱の際に行方知れずとなったジェラール兄上とクリストフ兄上のほうが気になっていたほどだ。

他の兄たちが「二人とも行方は言えないけど大丈夫だよ」とは言ってくれたが、幼少の頃の私は二人と会えなくなったことに大泣きしてしまったほどだった。母のために涙を流したことなど皆無だというのに。

息子としての私は……もしかしたら薄情なのかもしれない。

だが、ユストゥス陛下が呼ぶ「クレメンティア様」という母の名や「安心なさるだろうなあ」と感嘆する声には……故人に対する懐かしみ以上の気持ちが込められているように感じられた。

陛下は壁際の飾り棚からグラスをもう一つと、それから新しい酒瓶を取り出した。新しいグラスに酒を注ぐ。

「あのね、クレメンティア様。エードゥくんに大事な人ができたよ。天の国で安心なさってください。あー……、エードゥくんが結婚したら『兄』の役目ももう終わりか……。喜ばしいけど寂しいね」

しみじみと言って、ユストゥス陛下はグイッと酒を飲みほした。

もしかして……。

「陛下。私のことを特に気にかけてくださっていたのは……。死んだ母に頼まれていたのですか？」

陛下は、何故だか泣きだしそうな顔になり、それから強がるように、にっと笑った。

「うん……。クレメンティア様はね、エードゥくんとジョセアラちゃんのことを、死ぬ寸前まで心配していたよ。ジョセアラちゃんは、好きな人と結婚して、リコリーナちゃんとフェイト君っていう可愛い子も産んで、もう、幸せだからね。俺はエードゥくんのことだけ、ちょっと心配していたんだ」

「陛下……」

「独身で、魔道研究ばかりでも、べつに悪くはないけど。だけど、年齢的に俺が先に死ぬからさ。嫁さんでも親友でもいいから、エードゥくんと一緒に生きてくれる人が、一人でもいたらいいなーって、ずっと願っていたんだ」

「兄というより親目線な気がしますが……」

「そうだね。俺は……、ホントはエードゥくんの『兄』になるより『父親』になりたかったのかもね」

「は、い……？」

ユストゥス陛下は、私から目を逸らし、どこか遠くを見た。

「むかーし昔の話だよ。前王の、三人目の側室として無理矢理連れてこられたクレメンティア様に恋をした男がいてね。多分……クレメンティア様もその男のことを好きになってくれたんだと思うよ。

お互いに告白なんてしなかったけどさ」

独白のように、ぽつりぽつりと呟《つぶや》かれる。

その男とは……まさか。

突然の告白に、私は何を言っていいのかわからなかった。

「だけどね、父親の側室に恋をしたなんて言えないでしょう。当時は俺も若かったし、力もあんまりなかったし。アニエルカっていう俺を支えてくれる大事な妻もいるしね。彼女を裏切るつもりは無かったし……。あー、でも、肉体的には裏切ってないけど、精神的には裏切っていたのかな？　わかんないや。で、悩んでいるうちに、クレメンティア様は病に倒れたし……。それでね、クレメンティア様は俺に、他の誰かじゃなくて、この俺に……エードゥくんとジョセアラちゃんのことをよろしくって言って死んだんだ。……なーんて、嘘だよ嘘。酒に酔っただけ。俺はエードゥくんの『兄』だよ。色狂いの親を持って、苦労した、単なる長子。エードゥくん以外の異母弟たちのこともみーんな愛しているよ」

「陛下……」

にっと笑ったユストゥス陛下の顔は、いつもと変わらなかった。

「やーだなあ、エードゥくん。『陛下』なんて無粋だよっ！　昔みたいに『ユスおにいちゃま』って呼んでってばっ！」

どれだけの想いを秘めて、この人は私に『兄』と呼べと言っているのだろうか。

好きな女の、息子。

しかもその息子の父親は、陛下の……ご自身の父でもあるのだ。

好きな女と結ばれて、その女に子どもができて……その子の『父親』になりたかった。

けれど、その願いを……陛下は叶《かな》えることはしなかったのだ。

陛下は、愛する女の手を取らず、課された責任を放り投げず。

それでも、その愛する女が産んだ子どもを……兄として、愛してくれているのだ。

普段私に対してふざけた態度を取っている裏で、本当はどれほどの感情を秘めていたのだろうか。

私は何も知らなかった。

小さい頃は、ひょこひょこと後をついて回っているだけで。

立場が理解できる年齢になってからは、敢えて一線を引いて、臣下として接して。

なのに、私がマルレーネ嬢を得るために、私は陛下に、厚かましくも甘えている。

陛下の気持ちなど、考えたことすらなかったのに。

私は立ち上がると、これ以上もない敬愛と感謝を込めて一礼をして……、それからまっすぐに陛下の瞳《ひとみ》を見て言った。

「ユスおにい……は、勘弁してください。が、これからは……、ユストゥス兄上と……呼ばせていただいても……よろしいでしょうか」

私にできること、言えることは……きっとこれだけしかない。

私に向けてくださっている愛情の、その何十分の一も返すことはできない。

何もできないのなら、せめて、たったこれだけでも。

私の気持ちが通じたのか通じていないのかはわからない。だが、陛下は「いーよ」とだけ言って、それから泣き出しそうな顔で微笑んだ。

「幸せになってね、エードゥくん。それだけがクレメンティア様と……俺の、願い」

ユストゥス兄上の、その言葉の優しさに、胸が熱くなる。ただ、涙を流しそうになったことだけは、きっとマルレーネ嬢にも、誰にも告げることがない、私だけの、一生の……秘密。

第二話　リハビリは愛の告白対決で

「ふんふんふーん、ふんふんふーん♪」

まずはハミング。

次は、欠伸《あくび》をするみたいに大きく口を開けて、息を吸いながら、ゆっくりと両腕を上に伸ばす。

そして、今度は息を吐きながら腕を下ろす。それを繰り返す……つもりだったのだけれど……。

「にゃーん♪」

勢いあまって……というか、うっかり興《きょう》が乗ってしまったの。手の指をジャンケンのグーの形に丸めて、猫が顔を洗う時を模したポーズで、腕を下ろしてしまったわたし。

「ふんふんふーん、ふんふんふーん♪　にゃーん、にゃーん、にゃーん♪」

今度はその手を右に左にと、踊るように振ってみた。……うん、腕の動きもかなりぎこちなさが取れてきた。ふふふ、リハビリは順調。

笑顔を浮かべかけたところで、もうすぐイルゼたちがドレスを持ってわたしの部屋に来るからと、開けっ放しだった扉の向こう……つまり、廊下から、呆《あき》れた声が聞こえてきた。

「マルレーネ。……その奇妙な踊りは何だ？」

「ルフ……お兄、さま、それ、に……」

わたしは猫のポーズのまま固まった。

何故《なぜ》なら、ルフレントお兄様の後ろには、エードゥアルト学園長もいらっしゃったからだ。

にゃ、にゃあああっ！　み、見られたっ！　よりにもよってエードゥアルト学園長に「にゃー♪」なんて猫真似《まね》をしているわたしの恥ずかしい姿をっ！

し、しかもわたし今、ドレスじゃなくて、自室で過ごす用のワンピースっ！

お化粧だってしていないし、髪だって整えていない。完全に気を抜いているラフな姿っ！

ど、どうして？

確かに今日の午後のお茶の時間には、我が家にエードゥアルト学園長がお越しの予定だったわよ!?

でもそれ、まだ二時間以上も先っ！

わたしの支度だって、今からなのよっ！　まだイルゼたちが隣の衣裳《いしょう》部屋でドレスを準備してくれているところなのっ！　ちなみに今日のドレスは繊細なレースや軽やかなチュール素材で作られた、上品なイメージのブルーグレーのドレス。胸元に白いレースと真珠で作った大きめのコサージュを飾ろうかな？　それとも最近お気に入りのV字のチャーム付きネックレス……って、いやいや、そんなことは後でいい。

何故、どうしてこんなに早く！　エードゥアルト学園長がいらっしゃるのっ！

「父上が、お前とエードゥアルト学園長の婚約に向けての話をもう少し詰めたいと言うので、約束の時間よりかなり早くお越しいただいた」

「お、兄、様っ！　そう、いう、こと、は、わたくし、にも、お知らせ、ください、ませっ！」

身なりを整える前のわたしの姿を見られてしまったじゃないっ！　お兄様の馬鹿《ばか》あああっ！

「あー、悪かった。扉が開いているとは思わなかったものだから」

そりゃあ、扉を開けたままにしていたのはわたしの落ち度かもしれませんがっ！

まさかエードゥアルト学園長がこんなにも早くに我が家にっていうか、わたしの部屋の前までいらっしゃるとは……思ってもみなかったわよっ！

と、とにかくこの猫の手を下ろそう。淑女らしくにっこり微笑《ほほえ》んで、何事もなかったように取り繕《つくろ》わねば……と思ったら。

「なんと可愛《かわい》らしい……」

微《かす》かに頬《ほお》を赤らめているエードゥアルト学園長の、呟《つぶや》くようなお声がっ！

……ええと、可愛らしいって、わたし？

わたしの猫真似ポーズが可愛いってこと!?

それとも完全に気を抜いた、ラフなワンピース姿がってこと!?

きっつい目線につり上がり気味の目の、そんなわたしが「可愛らしい」なんて……。生まれて初めて言われたわ……。

わたしの心の中のどこかで、ぽーんと、花火が打ち上げられた。

よく晴れた夜空を覆いつくすような、一瞬の光の花。その大輪の雫《しずく》が、キラキラと残滓《ざんし》を煌《きら》めかせながら、空から地へと落ちていく……。わたしの心に、エードゥアルト学園長の「可愛らしい」という言葉が降り注ぐ。

ああ……好き。

天にまで舞い上がって、空にまで打ち上げられた「好き」という感情が、わたしの心の中に染《し》み込んでいく。

でも、のぼせ上がるような「好き」じゃない。もっと深くて、もっと体の奥底までじわじわくる感動のような、全身が震えそうなほどの甘美な気持ち。

好きだわ……わたし、エードゥアルト学園長が好き。

じーん……と、染み込む感覚に酔っていたら、その感動をルフレントお兄様の声が遮った。

「……マルレーネの阿呆《あほう》な様子を『可愛らしい』と思われるとは……。エードゥアルト学園長、気は確かですか？」

ちょっとその言い方、酷《ひど》いですお兄様っ！

悪役令嬢的冷たい目線ビームで睨《にら》みつけて差し上げようかしらっ⁉

けれど、わたしがお兄様を睨むより先に、イルゼとモーナとカレンが、トルソーやドレスを抱えてやってきた。

「失礼ながらお二方。マルレーネお嬢様はお仕度前でございます。整い次第、二階の応接室にご案内いたしますので、この場はお下がりいただけませんでしょうか？」

「ああ、すまない。では、マルレーネ、またな」

去り際に、含みのある目つきでにやりと笑うルフレントお兄様。

むうっ！　睨めなかったことだし、このまま見送るだけなのは癪《しゃく》に障《さわ》る。

わたしはお兄様に向けて、盛大に「あっかんべー」と舌を出した。

……はい、わたしは阿呆です。当然エードゥアルト学園長にその顔も見られてしまいました……。

エードゥアルト学園長の肩が震えている……。笑うのを堪《こら》えていらっしゃるのね……ああああ。

「お嬢様……」

冷たい目線ビームはわたしからルフレントお兄様へではなく、イルゼからわたしへと発射された。

はい、ごめんなさいっ！

イルゼのお小言を神妙に聞きながら、わたしの身なりを整えてもらう。

コルセットはバッチリ、ドレスも完璧。化粧に髪も丁寧《ていねい》に整えてもらって、これでよしっ！

鏡の前に映るわたしは完璧に美しいっ！　自画自賛だけどね！

さて、仕切り直しよっ！

わたしは二階の応接室に向かう。応接室では既にルフレントお兄様とエードゥアルト学園長が優雅にお茶を飲んでいた。どうやらお父様とのお話はつつがなく終わったらしい。

「やあ、先ほどとは違い、我が妹ながら美しいなマルレーネ」

ルフレントお兄様の涼しげなお顔にちょっとイラっとしたけど、わたしは淑女らしく、お淑《しと》やかに一礼をする。

「……先ほどは、失礼、いたし、ました」

一人掛けの椅子《いす》に座っていらしたエードゥアルト学園長が、すっと立ち上がる。わたしに手を差し伸べてくださって、一人掛けの椅子へとエスコートされる。ああ、紳士だわ！

でも……、二人掛けのソファも空いてるんだけどな。一緒に座りたいのに。うーん、今だけではなく、エードゥアルト学園長がわたしのお見舞いに来てくださる時には、いつもこうなのよ……。絶対にエードゥアルト学園長、わたしと一緒のソファに座ってくれないの。必ず一人掛け。

むうっ！　ちょっと、ううん、だいぶ残念なんだけど。頭の中で文句を言っている間にもイルゼたちが、わたしの分のお茶とお菓子を用意してくれていた。それからエードゥアルト学園長とルフレントお兄様の分のお茶も、新しいものに淹《い》れ直す。さっぱりとした良い香り。これは……紅茶をベースにハイビスカスやローズヒップをブレンドしたものかしら？

香りを堪能《たんのう》していたら、ルフレントお兄様が「それにしても」と思い出したように笑いだした。

「舌を出したのはやりすぎだな」

「……そういう、機能回復の、訓練が、あるの、ですっ！」

ムスっとした声で答えるわたし。

「は？　訓練だと？」

「ええ。本にも、載っている、回復の、訓練方法、です。鼻歌、も、猫の手の、ポーズも、そうですわ。ふざけて、いたのでは、ございません」

お兄様にちょっと仕返しを……という気分も確かにあった。というか、そっちのほうが大きかったけど。だけど舌を出したり引っ込めたりというのも、きちんとした訓練なの。

鼻歌もそう。音声障害のリハビリ訓練でもあるし、歌手の人とかが声帯を鍛えるためのトレーニングでもある。声帯に負担を掛けずに声の通りが良くなるんですって。

猫のポーズの他にも「のーのー発声法」だとか「イエィ!! プッシング法」だとか、楽しげなものが満載なのよね、リハビリの本って。わかりやすく伝えるために、敢《あ》えて面白《おもしろ》おかしくというか、イメージしやすい名称をつけているのだと思うのだけど。

「辛《つら》い、訓練で、泣きたくなる、よりは、楽しく、できる、ほうが、良い、でしょう?」

わたしが自分で自分に『呪い』なんかをかけてしまったせいだから、自業自得なのだけれど。それでも時折「リハビリなんて、もう、嫌っ!」って、叫びたくなる時がある。

一刻も早くまともに話せるようになりたいのにできなくって、イライラしちゃう。

そう、話したい。

エードゥアルト学園長と愛を語り合いたい。

それから、お父様たちにもきちんと回復した姿を早くお見せしたい。

約二週間前の卒業パーティの時。エードゥアルト学園長に「愛しております」って告白されて、その『真実の愛の奇跡』によって、わたしの『呪い』が解けた……ことになっている。

告白の後、すぐにパーティ会場には卒業生のご父兄や来賓の皆様方もやってきて、更に『真実の愛の奇跡』騒ぎは大きくなった。その場でわたしのお父様は号泣されてしまったの。

「マルレーネ……、マルレーネ……っ、良かった……、本当に良かった……っ!」

侯爵家の当主が、恥とか外聞とかも気にすることなく、公衆の面前で、まるで子どものように大泣きをした。そして、その涙も拭《ぬぐ》わないまま、お父様はエードゥアルト学園長に「ありがとう、ありがとうございます、エードゥアルト学園長。娘を……マルレーネを救ってくださって」と何度も繰り返した。お母様だって嬉《うれ》し涙が止まらなかった。今、呆れ顔でわたしを睨んでいるルフレントお兄様ですら、目を潤ませていたのよ。

国王陛下が会場にご入場されて、何とか場を収めていただいて、卒業パーティへと移行できたけど、ホント拍手喝采《かっさい》、号泣、エトセトラで大騒ぎだった。

わたし、家族にもウチの使用人のみんなにも、それから学園の皆様方にも……本当は大事にされていたのねって思った。わたし、独《ひと》りぼっちじゃなかった。

ありがたいし嬉しいし……すごく幸せを感じたの。

だからこそ、すぐにでも回復して、もう治ったわ、大丈夫ありがとう。心配かけてごめんなさいって、心の底からみんなに言いたい。

だけど二週間程度では、まだまだうまく喋《しゃべ》れない。

リハビリは一足飛《いっそくと》びには進まない。

ううう……と、唸《うな》りたくなるけど、とにかくコツコツと頑張るしかない。

そのために「ふんふんふーん」で「にゃーん♪」なのよっ！

苦しいリハビリも楽しくねって。

だけど……やっぱり「にゃーん♪」は侯爵令嬢としてはビミョーというかアウトだったかな……。

舌を出して「あっかんべー」なんてもっと駄目《だめ》よね。ううう。

で、でも、阿呆っぽい方法でも継続が大事なのっ！

辛いからってリハビリをやめてしまうのが一番駄目！

……と、声に出して言えはしないけれど、心の中で盛大に喚《わめ》いていたら、ルフレントお兄様が何か思いついたように、頷《うなず》かれた。

「なるほど……。確かにリハビリは辛いだろう。楽しんで行える機能回復訓練……か」

……な、何か嫌な予感がするんですけど。

ルフレントお兄様、何か考え……、いえ、企《たくら》んでます？

「では、『愛の告白競争』を提案しよう。ああ、少々語呂《ごろ》が悪いか。『告白対決』は……。まあ、名称は何でもいいか」

は、あ？　愛の告白なのに、競争……？　対決って争うの？　それとも娯楽的なゲームってこと？

わたしはルフレントお兄様の言っていることがわからなくて、首を横に傾ける。

「ルールは簡単だ。マルレーネとエードゥアルト学園長が交互に愛の告白に相応《ふさわ》しい甘い言葉を一つ言う。ああ、単語ではなく長めの文でも構わない。で、その言葉をこの私が審判となって判断し、点数をつける。得点の高いほうが勝ちというわけだ。どうだい？」

どうだい……と言われましても、よくわかりません。

「あの、お兄、様。たとえば……どんな言葉を、言えば、いいので、しょうか……？」

具体例を述べてもらえれば、わかりやすいかもしれない。

「ふむ……例えば、そうだな。『我が運命の女神よ。貴女《あなた》に振り向いてもらえるのならば、この命を投げだしても惜しくはない』などはどうだ？」

ふ、ふおおおおおっ！　思わずわたしの目が「かっ！」と見開いてしまったわっ！

ルフレントお兄様の言葉だとしてもかなりのインパクトっ！

それに、そんな甘い台詞《セリフ》がエードゥアルト学園長から発せられたとしたら……きゃあああっ！

聞きたい聞きたいっ！　エードゥアルト学園長のお声で聞きたーいっ！

ルフレントお兄様、なんという素晴らしきご提案っ！

「あっかんべー」なんてしてごめんなさいっ！

兄は天才でした、神でした！　もう、拝んじゃう！

興奮のあまり、わたしは思わずエードゥアルト学園長をキラキラした期待の目で見つめてしまった。

エードゥアルト学園長は微笑みながら「貴女が良ければ喜んで」と言ってくださったわっ！

素敵っ！　さすがエードゥアルト学園長っ！

「では始める前にイルゼ」

後ろで控えていたイルゼを、ルフレントお兄様は振り返った。

「お前も審判役として参加してくれ」

「審判……でございますか？　よくわかりませんが、かしこまりました」

そう言って、イルゼは小さく会釈をした。

「では、最初は……マルレーネ、お前からだ」

甘い言葉を言えばいいのね？　わたしがエードゥアルト学園長に言いたいと思う言葉……ええと、まず……。

「え、えっと『せ、世界で、一番……あ、愛して、います……』は、いかがですか……？」

単なる台詞と思っても照れるっ！　エードゥアルト学園長は、どう思われたかしら？　思わず上目遣いでエードゥアルト学園長を見てしまうわたし。

エードゥアルト学園長は、わたしに柔らかな笑みを向けてくださっていた。

お、おおおっ！　これは気持ちが通じていると思ってもいいわよね？　ね？

「それでは私の番ですね。『努力を重ねる貴女の姿を美しいと感じました。そうして私は貴女に本気で恋をした。この気持ちをどうか受け取ってください』」

柔らかな水色の瞳《ひとみ》が、わたしを、わたしだけを見つめている。

言葉遊びのようなものだというのに……なんなのかしらこの破壊力っ！

心臓が体から飛び出てしまいそうっ！

「ふむ……。第一回戦はエードゥアルト学園長の勝ちだな。マルレーネの『世界で一番愛している』は素直な心情かもしれんが捻《ひね》りがない。点数をつけるとするのならば、マルレーネが一点、エードゥアルト学園長が三点というところか。イルゼ、お前ならどう評価する？」

て、点数が低いっ！

わたしのほうはともかく、エードゥアルト学園長の台詞には、もっと高得点をつけて然《しか》るべきだと思うのだけれど!?

「そうでございますね……。僭越《せんえつ》ながら、マルレーネお嬢様の台詞は不特定多数、誰《だれ》にでも当てはめられる告白です。一方、エードゥアルト学園長は『貴女』と相手を想定しておりますし、また『努力する姿』から、告白の相手がマルレーネお嬢様だということも婉曲《えんきょく》ではありますが、わかります。ですが、そこは『貴女』とするのではなく、きちんとマルレーネ様のお名前を台詞に込められましたほうが、更によろしいのではないかと存じます」

「ほう……さすがだなイルゼ」

「恐れ入ります」

す、すごいわイルゼ。わたしなんて舞い上がるしかできなかったというのに。冷静にジャッジを下すなんて！

う、ううう、ということは……一般的な愛の言葉ではなく、具体的に相手を想定して、つまり、わたしはエードゥアルト学園長に対しての愛を告げるのね。

……で、できるかしら？

ちらとエードゥアルト学園長を見る。な、何やら真剣に考えこんでいるわ。ならば、わ、わたしもエードゥアルト学園長をノックダウンくらくらくら〜って、できる台詞を……い、言えるのかしら？　照れて言えないってなりそうよっ！

「マルレーネ嬢」

「は、はいいいいっ！」

頬に両手を当てて、あわあわしているわたしに、エードゥアルト学園長が静かに語りかけてきた。

「私は貴女に本気で恋をしている。だから、貴女に幸せになってほしい。できれば、この私が貴女を幸せにしたい。この望みを、貴女は……マルレーネ嬢は叶《かな》えてくださいますか？」

え、ちょ、ちょっと待って、これは遊びの台詞なの？　それとも本音なの？

エードゥアルト学園長の真剣な眼差《まなざ》しに、わたしの息が止まる。

で、でも、息を止めている場合ではないっ！　返事をっ！　返事を即座にっ！　言わないとっ！

「も、もちろん、です。わ、わた、くし、も……エードゥアルト学園長の、ことを、その……お慕い、して、おります……。で、ですから、幸せに、して、いただく、だけで、なく、わたくしも、エードゥアルト学園長を、幸せに、したい、です……」

い、言えたあああああっ！　がんばったわたしっ！

エードゥアルト学園長のお顔を見ながらの告白は無理で、俯《うつむ》いたままだけど。

顔どころか、首も耳も真っ赤だけど。鼓動はバクバクと激しいけど。それでも言えたわっ！

エードゥアルト学園長が椅子から立ち上がって、わたしの傍《そば》に跪《ひざまず》く。そうしてわたしの手を取った。誓いのように、その手の甲にキスをする。手に感じるエードゥアルト学園長の吐息。

ふ、ふにゃああああああっ！

「マルレーネ嬢を心より愛し、そして生涯、この愛を貴女だけに捧《ささ》げることを誓います。もちろんルフレント殿がご提案くださった遊びの台詞ではなく……、この私の本気の告白です」

台詞だけでなく、エードゥアルト学園長の声色が、目線が、すべてがわたしの全身を、魂までをも貫いていく。この瞬間のエードゥアルト学園長のお姿を、宝石の中に閉じ込めて、永遠に保存してしまいたいほどよ……。尊いってこういうことなのね……。ああ、お酒に酔ったみたいに、目の前がくらくらするわ……。もう、駄目……。

「台詞だけで我が妹を気絶させるとは。この勝負、エードゥアルト学園長の圧倒的勝利だな」

ルフレントお兄様の淡々とした声をどこか遠くに聞きながら、わたしの意識はゆっくりと遠のいていった……。

◆◇◆◇◆

ふわふわ。

ふわふわ。

わたしの魂には羽が生えている。

そうして、空高く舞い上がっている。

何故って？　もちろんエードゥアルト学園長が素敵だからよ……。

本当に、この身体《からだ》が空中に浮かび上がらないのがおかしいほどの、舞い上がりっぷり。

気絶から目が覚めても、わたしは寝かされていたベッドの上で、ぼ～っとしていたわ……。クッションを両手で握りしめて、熱い吐息を漏らす。

「ああ……。エードゥアルト、学園長、素敵……」

気絶前の『愛の告白競争』を思い出す。

あれほどまでに真摯《しんし》に、愛の言葉を告げてくれたエードゥアルト学園長。一言一句を思い出し、わたしはベッドの上をゴロゴロと転がりまくる。

すると……。

「僭越ながらマルレーネお嬢様。そのご様子は淑女として如何《いかが》なものかと……」

イルゼの声が、した。え、いたの⁉

「あ、あら、イルゼ……」

「お嬢様のお部屋ですし、今はこのイルゼしかお傍についておりませんが……。少々慎みを持っていただきたいと……。先ほども、気絶されることなく、ゆったりと求愛のお返事をしたほうがよろしかったと愚考しますが」

「無理よっ！　だって、エードゥアルト、学園長の、『心より愛し』で、『生涯、この愛を捧げる』に、加えて『本気の告白です』よっ⁉　気絶、程度で、済んで、よかったじゃない。興奮の、あまり、鼻血を、出さなかった、わたしを、褒めてほしい、くらいよっ！」

力説したら、イルゼはため息を吐いた。

「本当にマルレーネお嬢様はエードゥアルト学園長のことがお好きですね。そのお心の百分の一でもエードゥアルト学園長にお伝えすればよろしいのに」

「え？　伝えて、なかった？」

そうだったっけ？

「マルレーネお嬢様が舞い上がるお気持ちはよくわかります。ですが、ルフレント様がご提案したあの『愛の告白競争』以外で、マルレーネお嬢様がエードゥアルト学園長にお気持ちをお伝えになったことはありません」

「え、え、えっ？　本当……？」

「はい」

イルゼがそう言うのなら、それは確かだろう。念のため、あの卒業パーティから今まで、わたしがエードゥアルト学園長に告げた言葉を思い返してみる。

「あ……告げて、ない、わね……」

たったの一回すらも「好き」だと言葉には出していなかった……。

わ、わたしってば迂闊《うかつ》……。

「だ、だけど、態度には、あからさまに、出て、いたと思う、し、それに、わたくしと、エードゥアルト、学園長は、もう、婚約を結んで、いる、のだし……」

ゆっくりと「好き」を伝えれば大丈夫って、わたしは思っていたのに。

「何をおっしゃいますマルレーネ様。現状、マルレーネ様に婚約者はおりません」

イルゼ、今、何と、言った？

「え？」

きょとんと、わたしはイルゼを見る。

「ギード元殿下との婚約は無事に無くなりましたが、お嬢様とエードゥアルト学園長の婚約はまだ結ばれておりませんよ」

「う、うそっ！」

「卒業式から今日まで、エードゥアルト学園長はこまめにお嬢様のお見舞いに来てくださっておりますが、求婚者というお立場でございます」

「え、え、え？　婚約者、ではなくて、求婚者？」

「はい。ですからマルレーネお嬢様とエードゥアルト学園長が二人きりになることはないのです。常にイサドレッド奥様もしくはルフレント様が、同席なさっているのはその理由からでございます。婚約前の若い二人を、二人きりにするわけにはまいりません。また、同様の理由でマルレーネお嬢様とエードゥアルト学園長が連れだって外出をすることはこれまでございませんでした。そのように使用人一同にも旦那《だんな》様や奥様からの通達がなされてございます」

「え、え、え。どうして……？」

わたしの腕や声が回復していなかったから、わたしとエードゥアルト学園長が一緒に外出をしていなかった……というわけではなく、まだ婚約者でなかったからなのっ⁉　だから二人掛けのソファとかにも座れずに、いつも一人掛けの椅子だったの⁉

え？　え？　でも、おかしいじゃないっ！　だって、卒業パーティの次の日にはもう、エードゥアルト学園長とわたしのお父様で、婚約の書類を交わしていたわよ⁉　わたし、この目でお父様が書類にサインをしているところを見たものっ！　書類を書き終えているのに何故、まだ婚約が結ばれていないの？

あれからざっと二週間が過ぎている。書類なんてとっくに提出して受理されていたっておかしくはないのに。まさか誰かに反対……？　ううん、そんなはずはない。国王陛下だって快く承諾してくれたって……。

そう言えば……、さっきは「にゃーん♪」を見られて、わたわたしていたから、気が付かなかったけど、「婚約に向けての話」を詰めに、予定より早くエードゥアルト学園長を我が家にお呼びになったって……言っていた。

婚約に、向けて……。つまり、まだ、本当に、わたしとエードゥアルト学園長の婚約は……結ばれて、ない、のね……。

舞い上がっていたわたしの心に不安の影が差す。

わたしとエードゥアルト学園長の婚約に、障害か問題でもあるの？

まさか他国の「女は、前婚の解消又は取消しの日から起算して百日を経過した後でなければ、再婚をすることができない」なんていう法律が、このゲープハルト王国にもあるの？　婚約破棄後、一定期間を開けなければ、新たな婚約は結べない……とか。

そんなもの、学園でも習わなかったし、王子妃教育でも聞いたことはない。

つまり、婚約期間における定めなんてない、はず。

法律もないのにどうしてわたしとエードゥアルト学園長の婚約が成立していないのかしら……？

さっきとは完全に異なる気持ちで、ぎゅっとクッションを抱え込む。わたしの手が、ぶるぶると震えていた。

「……単なる侍女の立場ではわかりかねます。ですが、ご不安になるのであれば、旦那様かエードゥアルト学園長にお尋ねになられればよろしいのでは？」

うん、イルゼの言う通り、聞けばいい。だけど、聞くのが怖い。結ばれていると思っていた婚約が、結ばれていなかったことに、わたしは……すごい不安を覚えている。

ああ、あれほどまでに舞い上がったエードゥアルト学園長からの愛の言葉が……本気ではなくて、遊びのようなものだったら、どうしよう……。

ううん、エードゥアルト学園長はそんな不誠実なことはしないはず。わたしのことが嫌になったら、きっとちゃんと伝えてくれる。でも……。

浮かんだ不安の影が、まるで暗雲のように胸の中に広がっていく。

ざわざわと、ひりひりと、神経が苛《さいな》まれる。

それをわたしは必死になって抑えていく。

大丈夫よ。だって「遊びの台詞ではなく……、この私の本気の告白です」って言ってくださったものっ！　その言葉を、あの時の眼差しを、吐息を、掌《てのひら》の熱さを……わたしは信じているもの。気絶するほどに嬉しかったエードゥアルト学園長のお心を、疑うようなことを思ってはいけないわ……。

だけど……。

ああ、恋する乙女の心って、千々《ちぢ》に乱れるのね……。不安で、どうにかなってしまいそう……。

ううう……、駄目だ。頭がぐるぐるして、きゅ～となってきた……。

◆◇◆◇◆

悩んで悩んで考えて、何をどう悩んでいたのかも、訳がわからなくなるくらいには悩んだわ。

で、エードゥアルト学園長が我が家にお越しくださる日となった。

前回のこともあり、お兄様に「あのような不意打ちの悪戯《いたずら》はやめてください」と抗議した。そうしたら、今日は使用人勢ぞろいでのお迎えとなった……。

絶対にルフレントお兄様は遊んでいる。

お兄様をじとっと睨んだら「それよりもその顔を何とかしろ」と言われてしまった。

ううう、わかっているわよっ！　寝不足と悩みでわたしの顔がむくんでいることくらいっ！

水で冷やしたタオルとお湯で温めたタオルをイルゼに交互に当ててもらって、多少はマシになったのだけれど……ううう。

け、化粧で何とか……なっているかしら、どうかしら……？

こんな顔でエードゥアルト学園長にお会いしたら、がっかりされてしまう……？

き、嫌われ、ないかしら……。

嫌われたら……嫌だ。そんなこと、考えるだけで泣きそうよ……。

「そろそろエードゥアルト学園長がお越しのお時間でございますよ、マルレーネ様」

かけられた声に、よろよろと立ち上がる。

「い、今行くわ……」

王都にある我がエイラウス侯爵家の屋敷……タウンハウスは広い。

領地のお屋敷……カントリーハウスほど大きくかつ豪奢《ごうしゃ》ではないけれど、それでも、我が家の玄関ホールは馬車で乗り入れることができる程度には広い。そこで、今、お母様とルフレントお兄様とわたし、それからタウンハウスの使用人一同そろってエードゥアルト学園長の到着を待っているのだけれど、まだ空間にたっぷりと余裕がある。

あ、お父様がいないのは、今日はたまたま用事でちょっと領地のほうに戻っていらっしゃるから。我が国は夏の終わりに王家主催で開催される競馬のレースがあるのだけれど、それが終わるまでは社交シーズンなので、用事が済めばこのタウンハウスのほうに戻ってこられることでしょう。我がエイラウス侯爵家の領地は王都とも隣接しているから行き来もすぐ。

さて、馬車が到着。馬車からエードゥアルト学園長が降りてきた。

お父様以外の、この屋敷にいる者総出のお出迎えにもびくともしないエードゥアルト学園長。さすが元王族。しかも今日の笑顔も素敵だわ。寝不足のわたしの目には眩《まぶ》しいほどよ……。

「ごきげん、よう、エードゥ、アルト、学園長……」

そんなエードゥアルト学園長が、わたしを見るなり目を大きく見開かれたわ。や、やっぱり顔がむくんでいるのはアウトだったかしら……。

「マルレーネ嬢……？　その、お顔の色がすぐれませんが……」

「だい、じょう、ぶ、です……」

ああ、なんて説得力のない「大丈夫」かしら……。

案の定エードゥアルト学園長から「体調がすぐれないようなら、今日はこのままお暇《いとま》させていただきますが……」なんて言われてしまった。

いやーっ！　待って、帰らないでっ！

このままじゃ、わたし、また一人で悶々《もんもん》と、延々と悩むことになるっ！

急ぎ引き止めねばっ！

「わ、わたくし、と、エードゥアルト、学園長、の、こ、婚約、が、まだ、と、聞いて……」

「ああ……。もしや、そのことでお悩みに？」

さすがエードゥアルト学園長、察しが良い。わたしは何度も頷いた。

「とっくに、婚約が、結ばれて、いると、思って……いました、のに」

「そうですね。ギードと貴女の婚約は即座に解消の手続きを取りましたし、私と貴女の婚約には、何の障害もない。既に婚約の書類に陛下……ユストゥス兄上のサインもいただいているのですが」

先に陛下のサイン済み？　なのに婚約が結ばれていないというのはどういうこと？

やっぱり何かあるのかしら？　本当は婚約が結べない、特別な理由とかが……。

ああ、不安だわ。

エードゥアルト学園長のお気持ちは信じたい。だけど……。

「いいえ、本当に障害などありませんし、私とマルレーネ嬢の婚約のための書類は……ある一ヶ所のみを残して、すべて完璧に整えてあります。その箇所の記入が終われば……問題なく、即座に婚約の届を提出でき、更にはそれを受理されるのですが」

「え？　一ヶ所……？」

たった一つだけ、何かの不備か不足があって、婚約申請ができないの⁉

「書く、だけ……なら、すぐに……」

書いてしまえばいいじゃないっ！　そうしたら、もうこんなに不安になることなく、わたしとエードゥアルト学園長は婚約者になれるんでしょう!?

「はい、すぐに書いていただくことも可能なのですが……。ゆっくり待ちますので、焦《あせ》らずとも大丈夫ですよ」

「ええっ!? ゆっくり、ですか!?」

ゆっくりって……もしかして、婚約を見合わせたいとか、この婚約自体を無かったことにしたいとか、そういうことをゆっくり考える時間が欲しいって意味なの!?

あ、愛してくださっているのではないのですか!?

わ、わたしなんて、エードゥアルト学園長と一刻も早く婚約して結婚したいのにっ!

よろよろと、崩れ落ちそうになったわたしに、エードゥアルト学園長は優しく微笑んでくれた。

「落ち着いてください、マルレーネ嬢」

落ち着けませんっ! というか、泣きそうよ……。

ううううう、まさかとは思うけど、ありえないとは思うけど、好きって、わたしがエードゥアルト学園長に伝えていなかったから、エードゥアルト学園長の気持ちが冷めてしまったの!?

婚約なんかいつでもいいって、そういうふうに思われているの?

も、もしや、他《ほか》にも気になるご令嬢ができて、そのご令嬢とわたしを比較検討したいとか?

好きだって、そんな短い言葉すら伝えられないまま、お別れすることになるかもしれないの……?

嫌だ。そんなのは、仮定でも、嫌だ。

言わなきゃ。

今、ここで。すぐにっ！

皆の前だということも忘れて、わたしはエードゥアルト学園長の左腕に思いっきり縋《すが》りついた。

「マルレーネ嬢？　ど、どうしたのですか……？」

「嫌いに、ならないで……」

ものすごく焦って、混乱して。もう、前後の脈絡とか、そんなもの全く無視して、とにかくどこにも行かないでって、わたしのこと嫌いにならないでって、そんな一心だった。

……落ち着いて考えてみれば、嫌いなんて、一言だって言われていないのに。だけど、この時のわたしの心は、不安を通り越してほとんど恐慌《きょうこう》状態だった。

「マルレーネ嬢……」

驚いたエードゥアルト学園長の顔が、ゆっくりと笑みに変わる。空いている右の手で、わたしの頬にそっと手を触れてくれた。

「嫌いになることなんて、ありえません」

「ほんとう……？　き、嫌いに、なった、とか、気持ちが、冷めた、とか。婚約、考え直したい……とか、なのかって、思って……」

「言ったでしょう？　私は貴女を愛しているのです」

そう言ってくださってもまだ、わたしの心の恐慌は収まらない。

エードゥアルト学園長は困ったみたいな顔になった。

「もうしばらく黙ったままでいようと思ったのですが……。書類のあと残り一ヶ所というのは……、その、マルレーネ嬢の、お名前の記載なのです……」

あっ、と思った。

と、いうか理解した。

そうよ、婚約の届なのよ。わたしの名前を書く必要があるに決まっているじゃないっ！

だけど……わたしは、まだ腕がうまく動かない。文字なんてまともに書けるはずもない。もちろんわたしの直筆でなくとも、お父様に代筆していただくのでも可能だけど、婚約の届なのよ。エードゥアルト学園長のお名前が直筆で書かれていて、その下にわたしの名前が代筆で書かれる……なんて嫌。わたし、自分で書きたい。

そう……か。わたしが自分で書きたいと思うってこと、きっとエードゥアルト学園長にはわかっていたのだわ。だけど……声帯と腕のリハビリをしている最中のわたしに「書け」なんて、エードゥアルト学園長は一言も言わなかった。

何も言わずに、待っていてくださったのだ。わたしがペンを持って、自分の名をしっかりと書けるようになるのを。

仮に「待ちますからゆっくり回復してください」なんてことを言われても、きっとわたしは焦っただろう。待たせてしまっては申し訳ないとか、そんなふうに。今だって相当頑張ってやっているリハビリを、もっとがむしゃらに行ってしまう。血反吐《ちへど》を吐いてもリハビリするっ！　なんて躍起になったかも。それとも動きの悪い手で無理矢理名前を書いて、ミミズののたくったような字になってしまい、そのあまりの字の汚さに落ち込む……とか。そういうこと、しそうよね、わたしって。

だからエードゥアルト学園長は、わたしを焦らせないようにって、何も告げずにわたしの回復を待っていてくださったのだ。「ゆっくりで大丈夫」ってエードゥアルト学園長がわたしに言ったのも、いつまでも待っていてくださるってことなのだ。

わたしのことが嫌いになったとか、わたしとの婚約を考え直したいってことじゃあなかったのよ。

ああ……よかった。

この溢《あふ》れ出る感激を、わたしは何と表現したら良いのかしら？

卒業パーティの時に告白されて、ひゃっほーいって天まで舞い上がったような気持ちとは違う。そんなのぼせ上がった感覚じゃない。

例えていうのならば、冷えきった手をぬるま湯につけて温めた時の、じわじわと温まる感じに近いのかもしれない。

ううん、それだけじゃ、この気持ちには足りない。

じわじわするのに、ぎゅっと心臓が掴《つか》まれるような、涙が出るのに愛《いと》おしさが湧《わ》き上がるような。

空高く舞い上がって、ふと気が付いたら、高すぎて怖くなって、そのまま地面目掛けて落下して、叫び声も上げられない時に、その落下地点にエードゥアルト学園長がいて、手を広げて「大丈夫。私が受け止めますから安心して落ちてきてください」とでも言われたかのような……。

そんな感じにこの気持ちは近いのかもしれない。

「待っていて、くださった、のね……？」

わたしはエードゥアルト学園長にしがみついていた手の力を緩めた。

するとと、今度はそのわたしの両手をエードゥアルト学園長がそっと包み込んでくれた。

「はい」

「何も、言わずに……。わたくしを、急《せ》かす、こともなく……」

「はい。本当は卒業パーティの次の日にでも婚約届を出したいと、思っていたのですが」

潤んだ目で、わたしはエードゥアルト学園長を見つめる。

エードゥアルト学園長も優しい目で、わたしだけを見てくれていた。

ああ……好き。

今までだって、浮かれるくらいには好きだったけど、もっと好き。

エードゥアルト学園長への溢れる思いを、どうやったら全部伝えられるのだろう。

百万語でも一千万語でも費やせばいいの？

それとも一晩中でも何ケ月かかってでも、この思いを語りつくせばいいの？

胸が突き上げられるほど、愛おしいのに。息苦しくて、わたし、うまく言葉が出ない。

声帯が衰えているからだけじゃない。感情が溢れすぎてもどかしい。

もどかしいけど、少しでも、この気持ちが伝わってほしい。

「好き、です」

わたしが、どれだけ、エードゥアルト学園長が好きか。

エードゥアルト学園長に出会えてどれほど嬉しいのか。

伝えたい。

「全力で、がんばります、から。わたしと……婚約、して、ください」

リハビリをして、回復をして、それからゆっくりと伝えればいい……じゃない。

拙《つたな》くてもいい。もどかしくてもいい。

今、ここで。

すぐに、言う。

「はい、もちろんです。ですが、焦らなくて良いのですよ。ゆっくりと……、いつまでも待ちますから」

エードゥアルト学園長の、温かく力強い手が、わたしをそっと抱き寄せてくれた。

伝わる温度。縮まる距離。

そのままわたしたちの、お互いの視線が甘く絡《から》む。すると、エードゥアルト学園長のお顔が、唇が、ゆっくりとわたしに近づいてきて……。

あ、触れて、しまうかもしれない。ううん、このまま、触れてほしい。

声が、うまく出ないなら、唇で。思いの丈《たけ》を余すところなく、伝えたい。

そう思って、そのまま目を瞑《つぶ》ろうかと思ったら。

「……エードゥアルト学園長もマルレーネも、そういうことは二人きりの時にしなさいね。はしたないわよ？」

お母様のご指導がっ！

う、うわーん、良い雰囲気でそのままファーストキスかと思ったのにっ！

なんて言いませんごめんなさいっ！　皆の前でしたっ！

ちょ、ちょっと、その……皆の前ってことも、意識から抜けていて……。

エードゥアルト学園長しかわたしの視界に入っていなくて……ううううう。

みんなの前でキス、なんてお母様がおっしゃった通り、はしたない……わ。

ああ、この場にお父様がいらっしゃらなくて良かった……。お母様の、目を細め、凍りついた淑女の微笑的なお顔だけでも……ものすごく怖い。

ルフレントお兄様は額に手を当てて、「やれやれ」とばかりにため息を吐き出しているし。イルゼたち使用人一同は、石の彫像のように固まって、見ないふりをしていた……。

あううう……。羞恥《しゅうち》と、エードゥアルト学園長に嫌われてなかったという安心感が入り混じって、わたし、真っ赤になっていいのやら、胸を撫《な》でおろしていいのやら。お母様ごめんなさいと青くなっていいのやら……わからない。

だけど、エードゥアルト学園長は悠然とされていた。

「ああ……、それでは婚約前ですが、マルレーネ嬢と二人にしていただいてもよろしいのでしょうか？　私のほうからマルレーネ嬢に話しておきたいことが……他にも色々とありますし」

さ、さすがです……。さすが四六時中、衆人環視の中で過ごしているような王族育ち。他人の視線など気にしません。むしろ、お母様のお言葉を拾って、わたしと二人になれるようにと……。ホント凄《すご》いわエードゥアルト学園長……。

お母様は更に目を細めて少しお考えになっていた。お、怒られる……の、かな……。

「まあ……良いわ。我が家の庭でしたら二人っきりでも」

まさかのオーケー。えっ!?　よろしいのですかお母様っ！

「母上、婚約をきちんと結ぶまでは……」

「良いのですよ、ルフレント。マルレーネもだいぶ回復傾向にあるから、婚約はすぐ結ばれるでしょう。問題はないわ。むしろ……マルレーネ、エードゥアルト学園長とお話ししたいことがたくさんあるのではなくて？」

お母様すごいっ！　よくわかっていらっしゃるっ！

わたしは何度も何度も頷いた。

「そうね……。それでも閉め切った室内に二人きりというのはよろしくはないから……。『噴水の庭』のガゼボなんてどう？　今日は風もあるし。あそこならば屋外でもそれほど蒸し暑くはないはずよ」

王都にある我がエイラウス家のこの屋敷。その『噴水の庭』はちょっとすごい。ご先祖様が並々ならぬ情熱をかけて、十年以上の歳月を費やして造った傑作。

ええと、まず王都なのだけれど、小高い丘があって、その丘のてっぺん辺りに陛下がお住まいになる王城があるの。その城の周りを、公爵家や侯爵家の邸《やしき》がぐるりと取り囲んでいるのよね。我がエイラウス家のタウンハウスもこのエリアにある。

更にその周りを伯爵の地位にある者たちの邸、子爵や男爵家の邸が取り巻いていって、王城から遠ざかれば遠ざかるほど身分が低い者の邸があるというわかりやすさ。

貴族学園はこの侯爵家エリアと伯爵家エリアの中間位に位置している。

それから、貴族の屋敷が王城を取り巻いているその外側には川が流れていて、川の向こう岸が平民の家や商人たちが暮らしている場所という感じ。

で、我が家の『噴水の庭』の水は、その川から引き込んでいるのよ。

離れた場所から、しかも緩やかとはいえ丘の上までどうやって水を引き上げているのかというと、ご先祖様はまず水汲《みずく》み水車なんてものを作ったの。そこに魔石を配置して、魔道の力を込めて、水車を回転させるのよ。水路に水を流して、庭に引き込み、噴水から水を放出して、その水が再び川に戻るようにと水路を巡らせるなんて、なんて大掛かりなのかしら。

何でこんなものを造ったのかと言えば……その昔、すっごく暑い夏があったから、らしい。水を撒《ま》けば涼しくなるだろうってことで、屋敷の周りに噴水庭園を造っちゃった……。噴水や泉の数はええと、いくつあるのかしら？　百は超えていたような……。

ご、ご先祖様、すごいっていうかなんていうか……。いえ、おかげで今、夏の季節だっていうのに、庭を散策しても汗なんてかかないくらいだから、もちろん感謝していますよ。だって汗臭い体でエードゥアルト学園長とお庭を散策なんて、絶対嫌だしねっ！　あ、噴水だけではなく、薔薇《ばら》のアーチや木陰も結構あるの。

本当に感謝しかないのだけれど、お母様が、このタイミングでわたしに、そんな庭でエードゥアルト学園長と話せとおっしゃる。

……ええと、まさか、お母様。「水でもかぶってちょっとは頭を冷やしなさい」ということ？　さすがにそれは勘繰りすぎ、かしら？

うん、だけど、わたし、いつまでもふわふわと浮かれていないで、慌《あわ》てふためいたりもしないで、ちゃんと落ち着いて、エードゥアルト学園長とお話をするべきだわ。

息を吸う。

それからお母様に感謝の念を込めて一礼をしてからエードゥアルト学園長を見る。

「マルレーネ嬢、案内していただいてもよろしいですか？」

改めて差し出してくださったエードゥアルト学園長の手。

その掌に、わたしは手をそっと載せた。

◆◇◆◇◆

庭に点在している幾つもの噴水のある池。それを繋《つな》ぐ水路。その水路に沿った小道を行って、突き当たりにあるガゼボ。そこまでのちょっと長めの道のり。

歩きながら、何をどう話そうかと考えてはいるのだけれど……。わたしをエスコートして歩いてくださるエードゥアルト学園長の、その優しげなお顔にばかり、目は向いてしまうのよ。わたしの心臓の鼓動だって速まるばかり。

「ああ……本当に涼しいですね、この庭は」

噴水のおかげで夏だというのに吹いてくる風が本当に涼しいわ。

「そうですね……。心地、よい、です」

わたしの顔は、心地よいとは真逆で真っ赤ですが。

いつまでも見惚《みと》れていないで、話すことをきちんと考えなければならない……とは思うのに。やっぱりわたしはエードゥアルト学園長にドキドキしたまま。……うん、一度お母様に水でもかけてもらうべきかもしれない。

考えが全くまとまらないうちに、ガゼボ到着。

イルゼたちが素早くお茶を用意してくれた。

きりっと冷えたオレンジの紅茶。絞ったオレンジの果汁に蜂蜜《はちみつ》と冷やした紅茶を加えて、更にグラスの縁《ふち》にミントの葉とカットしたオレンジを載せたものなのだけれど。見た目もおしゃれだし、香りも凄くさわやか。

それからチョコレートのブラウニー。うん、甘酸っぱいオレンジと濃厚なチョコレートの組み合わせは相性抜群。ちょっと大人《おとな》のおやつって感じもする。

「それでは、失礼いたします。ごゆっくりお過ごしください」

すっと一礼をしてイルゼたちは去っていった。

多分、ガゼボからは見えない位置で、イルゼや護衛たちが待機はしているはず。そうと頭ではわかっているのだけど。

でも「きゃーっ！　エードゥアルト学園長と二人っきりよーっ！」ってわたしの心臓はドキドキどころかバタバタしちゃう。恋のアドレナリンを放出している場合ではないのにいいいい！

真面目《まじめ》に、言わなくてはいけないことがたくさんある。

だけど、切り出し方がわからない。

とりあえずオレンジの紅茶に口をつける。さわやかな中にもほんのりと甘く、どこか懐《なつ》かしささえ感じられるような穏やかな香り。

そう言えば、オレンジのアロマは不安や緊張を緩和する働きがあるらしい。それを知って、イルゼはこのオレンジの紅茶を用意してくれたのかしら？　わからないけど、イルゼからの応援だと思って頑張ろう。

一口飲んで、グラスをテーブルの上に戻す。

よしっと、気合を入れて背筋を伸ばす。

だけど、わたしが言い出すより先に、エードゥアルト学園長がそっとわたしの手を取った。

にゃーっ！　嬉しいけど、不意打ちっ！　思考がピンク色に染まってしまうっ！

取り戻せ、冷静さっ！

わたしの心臓、ぴょこぴょこ飛び跳ねないでっ！

嬉しさと照れで、またもや頭に血が上ったわたしとは真逆で、エードゥアルト学園長は真剣だった。

「もっと早く、色々と話をしておくべきでした。マルレーネ嬢、貴女を不安にさせてしまったことをお詫《わ》びいたします」

「い、いいえっ！　わ、わたくしも、声が、うまく、出せない、のを、言い訳に、何も、言わずに、いて……」

流暢《りゅうちょう》に話せるようになったら言おうって思っていたのよ。

そのためにリハビリを頑張ろうって。

エードゥアルト学園長に対してだけではなく、お父様たちに対しても、そう。

治ったら、話そう。

だけど、それじゃ駄目だ。

拙くてもいい、うまく言葉が出なくてもいい。

今、ここで、すぐに、気持ちを伝えるということが大事なの。そうしないとさっきみたいに誤解したり曲解したり……不安になってしまったりする。

「貴女の声が出ずとも、私のほうからは話くらいできたのに、それをしてこなかった。すみません、私が至りませんでした」

エードゥアルト学園長は申し訳なさそうに、顔を歪《ゆが》めていた。それは、わたしも同じで……と、言葉に出す前に、エードゥアルト学園長は顔をひどく辛そうに顰《しか》めた。

「至らないだけでなく。……私は、卑怯《ひきょう》者なのです」

「え？」

いきなり何の告白？

誰が、なんですって？

「私は魔道の痕跡や軌跡を見ることができます。ですから貴女の声が出ないのは、外部からかけられた『呪《のろ》い』ではなく、内部から……つまり、貴女ご自身が何かしらの魔道をご自身に行使したのだと、見て、わかっておりました。貴女が何らかの手段をもってご自分にかけた『呪い』ならば、ご自身で解くことも可能だと思い……。ですが、私はそれを私の目的のために黙っていたのです」

正確に言えば、ギード元殿下の『婚約破棄宣言』によって『呪い』が解けるように設定していたので、ちょっと違うけど。それは今ここで指摘する必要はなくて。

それよりも、ええと、エードゥアルト学園長の目的？

「卒業パーティのように大勢の人間の前で、貴女の『呪い』を解いたフリをして、私が貴女に求婚をすれば、貴女は私からの求婚を断ることができないだろう。そう考えました。卑怯なやり口です。もっと……別の方法を取るべきだった」

え、え、えっ！

待って、卑怯なんかじゃないわっ！

「ま、待って、ください。『真実の、愛のくちづけが、呪いを解いた』ということに、していただいて、わたくし、本当に助かったのです。その……『呪い』は、断罪を、免《まぬが》れようとした、わたくしの、嘘《うそ》、というか、苦肉の策、みたいなもので。それに、わたくし、あの、卒業パーティの時に、エードゥアルト学園長が、わたくしに、愛していると、言ってくださったの、嬉しかった。本当に、天まで、舞い上がるくらいに、幸せで、断わるなんて、考えたこと、ないですっ！　卑怯、なんかじゃ、絶対に、ないっ！」

「マルレーネ嬢……」

わたしは必死に言った。

「わたくしの、人生で、一番、嬉しかったことを、卑怯だなんて、言わないで。ゆ、夢にまで、みていたの、わたくし、誰か、素敵な、男性から、プロポーズされたいって。優しい、旦那様に、愛される、妻になって、生きていきたいって、ずっとずっと。それが、他の誰か、じゃなくって、エードゥアルト学園長で、わたくし、昇天するほど、嬉しかったっ！」

転生前から願っていたの。素敵な誰か。優しい旦那様。一人でなんて生きていきたくない。転生前のお母さんみたいに、わたしに自立を促すのではなくて、寂しい時には傍にいるよって寄り添ってくれる人。そんなわたしだけの誰かが欲しかった。

その誰かは、もう、誰でもいいってわけじゃない。

今のわたしは、わたしのたった一人の人がエードゥアルト学園長であってほしいって、強く強く思ってる。他の人じゃ、もう駄目だ。

そう思うようになったのは、あの卒業パーティで、エードゥアルト学園長がみんなの前で求婚してくださったから。

「ひ、卑怯だって、エードゥアルト学園長が、あの日のことを、後悔、されているのなら、わたくしから、今、言います。卑怯な手段で、わたくしを、得ようとして、くださったのなら、それほど、強く願ってくださったのなら、それは、嬉しさしか、ないです。エードゥアルト学園長のことが、大好きです。わ、わたくしと、一生、一緒に、生きてほしいって、願って、います」

「マルレーネ嬢……」

喉が痞《つか》える。まだ、うまく声が出せない。

だけど、拙くてもいい。言う。この心が、伝わるまで、何度でも。

「それに、卑怯だと、言うのなら、わたくしだって、同じです。わたくしの、この、声も、腕も、本当は『呪い』なんかじゃない。わたくしが、わたくしに、自分で……動かなくなるよう、魔道を、かけたの。腕も動かない、声も出せない、のなら、王子妃、なんて、無理。ギード殿下、との、婚約を、解消、できるって。誰にも、相談も、しないで、わたくしが、勝手に、やった」

卑怯だというのなら、わたしこそが卑怯でしょう。

正面からぶつかって、婚約解消を求めなかった。

それは言っても無駄だと思っていたからなのだけど。

だって、きっとここは『ユメアイ』の世界。

ギード殿下がヒロインと恋に落ちて、そして、悪役令嬢であるわたしは卒業パーティの場で断罪される。それは簡単には回避できないと思ったの。

断罪を逃れるためには、わたしが被害者という立場を得ればいい。ヒロインを苛《いじ》める加害者と思われないようにすればいい。そう考えたのよ。

そのために、声を無くした。腕を動かなくした。

自分一人で、そう決めた。

だけど、今から考えれば、そんな手段は卑怯でしょう。真っ当に婚約解消をしたいと願うのなら、お父様や陛下に「ギード殿下との婚約を解消させてください」って直接願い出れば良かったのよ。

だけど、わたしはそんなことはしなかった。

ゲームの強制力があるかもしれないから、真っ当な手段は最初から諦《あきら》めていた。試すことさえしなかった。

その結果、何とか断罪は回避できたけど……、お父様たちに心痛を与えてしまったわ。

でも、当時は『呪い』が最良の方法だと思ったの。

断罪回避のためにはこれしかないって思っていた。

今はね、後悔している。

だけどそれは、今だから。

無事に断罪を回避した後だから、もっと良い方法があったかもしれない……なんて思うのよ。

「過去の選択があって、その上で、今があると思うの、です。今更、悔やんだりしても、過去に戻ったら、きっと、同じ選択をする。だって、当時は、それが、最良の、選択だと、思って、いたのだから。わたくしだって、同じです。『呪い』なんて、手段を、取らなければ、お父様たち、に、心痛を、与えることも、なかったのにって、もっと、みんなを、信頼して、相談して、それで、ギード殿下と、穏便に、お別れできれば、よかったのにって。今は、後悔、して、います。だけど、当時は、そんなこと、考えも、つかなかった。きっと、過去を繰り返しても、別の、方法なんて、考えつかない。それを後悔、したって、仕方がない。それ、よりも、これからを、未来を考えて、ほしい、です」

なんて……ね。エードゥアルト学園長に言いながら、それは、わたし自身にも言えること。

『呪い』を選んだ時は、その方法がわたしの取れる一番良い方法だと思ったのよ。

でも、その一番良いはずだった選択の結果……お父様は大泣きされたわ。

今、過去を振り返ってみて、考えが足りなかったとは思うのだけれど。

何が正解で、何が間違いなのか。

そんなもの、過ぎ去ってみないとわからない。

本当は、悔やむ気持ちはある。

別の方法を取ればよかったなんて、いくらでも考えてしまう。

だけど、それはもうやめる。

悔やんだって過去は変えられないから。過去があっての今だから。

だから……変えるなら、未来。

未来はわからないから。今、最良と思える選択を重ねていくことしかできない。

後になって、その選択を悔やんだとしても、わたしはきっと、それしかできない。

拙い言葉で、わたしはわたしの気持ちをエードゥアルト学園長に告げた。

エードゥアルト学園長はわたしの隣で、わたしの言葉を真剣に聞いてくれた。

「三十年も生きていれば、色々なことがあります。悔やんだこともあります。力不足を嘆いたことも。だけど、そのすべてがあるから今の私がいるのですね……」

「はい。失敗、も、今の、わたくしを作っている、大事な、要素、だと、思います」

「ありがとうマルレーネ嬢。いつか、私の過去を、そのすべてを話せはしませんが……、知ってほしいと思います」

「はい、わたくしも……」

「そしてこれから先の未来は……私はマルレーネ嬢、貴女と共に歩みたい。一緒に、幸せになってもらえますか？」

エードゥアルト学園長のその言葉に、わたしの胸が震えた。

一緒に、幸せに。

転生前からの、わたしの願い。

ねえ、お母さんお父さん。転生前のわたしの家族。忙しいのは知っている。介護とか、仕事とか、生活に追われて余裕がないのも知っていた。一人で何でもできるようになりなさいって、お母さんから言われて、それが正しいとはわかっていた。だけど、ね。一人はとても寂しかったよ。だから、頼れる誰かが欲しいって、ずっと願ってしまっていたの。

今、エードゥアルト学園長がわたしに……一緒にって言ってくれた。

それが、どれだけ嬉しいか。

一人にしないで、傍にいて。幸せになりたいの。わたしの望みはたったそれだけ。

だけど、これだけのことを、転生前はただの一人でさえも、叶えてくれなかった。だから、わたし、困った時や苦しい時も、一人で考えて、一人で何とかしようとして……。

呪いのことだってそうだ。誰にも相談なんてしなかった。

そもそも誰かに相談するなんて発想すらなかった。

でも、これからは、それじゃあ駄目。

エードゥアルト学園長も、婚約の届のことを、わたしを焦らせないためにって、黙っていた。

わたしも、誰かに相談することなく、自分一人でやってしまおうっていう癖がついている。

仮に相手のためと思っても、黙っていたら、拗《こじ》れてしまうことがある。すべてを正直に告白することは無理でも、お互いに向き合って、話し合うという姿勢は、共に持っていたい。

「一緒に、という言葉が、嬉しいです」

亭主関白的に、俺《おれ》がお前を幸せにするとか。

相手を所有するように、お前は俺のモノだから、幸せにしてやるとか。

上から目線ではなくて、「一緒に」と。

「ずっと、一緒に、いてください。そして……たくさん、お話をして、ください。気持ちを、全部は、言葉に、できなくても、半分でも、もっと少なくても、できる限り、想いを、貴方に、伝えたいです。二人で、一緒に、支え合って、幸せに、なりたいです」

「マルレーネ嬢……」

わたしたちは、どちらからともなく手を伸ばし合い、その手を繋ぐ。触れる指と指。それを絡ませる。軽い電流がピリッと指先から腕を通って、それが体に巡るような感じがした。それがじわじわと浸透して……肌に、馴染《なじ》む。触れ合っている指を、更にしっかりと密着させる。どきどきするのに安心する。

ああ、わたしの、しっかりと磨き上げられた滑《なめ》らかな手と指は……今、この瞬間、エードゥアルト学園長に、触れてもらうためにあった……なんてことさえ思ってしまう。このままずっと触れ合っていたい。もっと近くに、傍に、いたい。ずっと、ずっと……。そんな気持ちが指先から溢れ出す。わたしの気持ちがエードゥアルト学園長に伝わって、それからその気持ちがエードゥアルト学園長の中を巡り、また、わたしに戻ってくる。そうしてそれが、もっとずっと強く深くなって……、わたしたちは自然に微笑み合った。

そのままで、たくさんのお話をした。

例えばお互いのどこが好きなのか、とか。

エードゥアルト学園長が時折見せる、少年のようなはにかんだ笑み。

眼鏡《めがね》をかけている時と、はずした時のギャップ。

卒業式での求愛は、天に上るくらい嬉しかったとか。

何度でも繰り返して言いたいくらいに、好き。

まだ、たどたどしくしか話せないけど、それでもわたしは一生懸命に、話した。気持ちを、心を伝えたの。

それから、エードゥアルト学園長も面談の時からわたしが気になるようになったと教えてくれた。

「最初は……貴女の魔道構築に興味を引かれて、それから貴女を見るようになった。正直に言えば、観察のようなものだったのです。けれど、話せもせずに、腕も動かせずにいるというのに、凛《りん》としていて……。いつの間にか、私は貴女に恋をしていた。……ユストゥス兄上にも驚かれましたよ。魔道研究にしか興味の無かった私に初恋が訪れたとね」

「は、初恋っ！」

「ええ、初恋です。恋に落ちるなどこれまでなかったもので……浮かれて、先走って、外堀ばかりを埋めようとしてしまいました。結果、貴女の気持ちを置き去りにしてしまった」

申し訳なさそうな顔のエードゥアルト学園長。だけど、ああ、そんなお顔も素敵……。

「い、いいえっ！　わ、わたしも、エードゥアルト学園長が、初恋、なので、その、舞い上がって、しまって……」

二人で見つめ合って、笑い合う。

ああ、なんて幸せなのだろう。

もしも、神様という存在が本当にいるのなら、心の底からわたしは叫ぶ。

神様。わたしに、エードゥアルト学園長を出会わせてくれてありがとう！

◆◇◆◇◆

しばらく経《た》った後、わたしの腕も声もすっかり良くなった。たくさん話したり、手を繋いだりしたからかしら。うふふ～。

お父様にもお母様にもルフレントお兄様にも……それからイルゼたちにもたくさんの「ありがとう」と「ごめんなさい」を伝えたわ。呪いに関しては、まだわたしが自分でしたことだとまでは言わなかったし、わたしの転生前のことなんかも伝えてはいないけど。それもいつか伝えられるようになるかもしれない。

それから、婚約の届出書の、たった一ヶ所だけ残っていた所に、ようやくわたしの名前を書くことができた。

マルレーネ・ベネディクタ・エイラウス。

今の、わたしの、大事な名前。

名前といえば、転生前の日本人だったわたしの名前もちゃんと覚えている。

だけど、その名はもう使うことはないでしょう。

忘れない、けどね。心のどこか片隅に、そっと仕舞っておく。その名も……いつか、エードゥアルト学園長に伝えられると良いな……と思う。

それから、すぐ先の未来で、わたしがエードゥアルト学園長と結婚して、エイラウスの名からアトキンソンに家名が変わる。その時には、エイラウスの家名も日本名と同じように大切に心の中に置いておく。

手続きを一つ一つ行っていく。

書き上げた婚約の申請書を提出する。

それからわたしたちはユストゥス陛下に婚約のご挨拶《あいさつ》をしにいく。

お忙しい陛下だから、きちんと謁見《えっけん》の申請をしたわ。指定された日時に、エードゥアルト学園長とお父様やお母様たちと一緒に登城した。

だけど、通された王城の部屋に、ユストゥス陛下はいらっしゃらなかった。

「やあ、エードゥアルト。久しぶりだな。それにエイラウス侯爵家の皆様方。わざわざご足労をいただいたのに、陛下が来られなくなってすまないね」

代わりにいらっしゃったのは、黒髪で、シャープな顔のラインに顎《あご》ヒゲという素敵オプション付きの、ダンディなオジサマ。お年は確か、陛下の一つ下。地位は公爵。

つまりはエードゥアルト学園長の異母兄様ね。

「フレデリック兄上？」

あ、そうそう、公爵閣下のお名前はフレデリック様だったわ。以前、わたしがギード殿下の婚約者だった時、一度か二度はお会いしていたはず。わたしは淑女らしく礼をする。

「ご無沙汰《ぶさた》しております」

礼をしながらそっとフレデリック様を窺《うかが》う。

……うーん、ご兄弟ではあるのだけれど、フレデリック様とエードゥアルト学園長の面差《おもざ》しはあまり似通ってはいない。まあ、そもそも母親が違うしね。

「どうしてフレデリック兄上がここに？」

「ユストゥス兄上の代わりだ。この時期は本当に兄上の予定は分刻みでな。そこに無理矢理エードゥアルトたちとの時間をねじ込んだのだが……。すまない、今日はいつもに増して、予定がズレにズレまくった」

「ああ……、社交シーズンですから」

うん、お時間が取れたのが奇跡ってくらいには、この時期の陛下はお忙しいはずだ。

「今も謁見室には、陛下と話すための行列ができているよ。執務机に書類も山積みでな。そこにエードゥアルトを突っ込んでしまったら……。狂喜《きょうき》して、謁見室中飛び跳ねて……王の威厳も何も無くなるだろう……と」

「あ、ああ……そうですね。わかりました。ユストゥス兄上に顔は見せずに帰ります……。ご挨拶はまた後日、もう少し余裕のある時にでも」

「すまん、そうしてくれ……」

な、なんか兄弟同士で通じ合っていますけど、どういうこと？

陛下とエードゥアルト学園長が会えば、狂喜乱舞《らんぶ》して、謁見室中飛び跳ねる？　陛下ってそんな方でしたっけ？　こう……光り輝くような美中年。常に穏やかな笑みを浮かべられているけれど、実はその眼光はかなり鋭くていらっしゃる。そんなイメージだったのだけれど……？

ちらとお父様に目線で尋ねてみたら。お父様は「ツッコミを入れるな。聞き流せ」とばかりの目線を返してきた。ん？

内心では首を傾《かし》げていたのだけれど、顔には出さず、曖昧《あいまい》な笑みを浮かべるわたし。

「それでだ、エードゥアルト」

「はい、兄上」

「毎年夏の終わりに開催される、我が王家主催の競馬レースがあるだろう」

「『ロイヤル・ゲープハルト』ですね」

「その時にな。マルレーネ嬢とエイラウス侯爵たちを連れて、婚約の挨拶においで」

「は？」

「せっかくのエードゥアルトの婚約だ。盛大に婚約式でも行いたいところだが、俺たち兄弟が一堂に会するのは非常に難しい」

「あ、ああ……そうですね」

十一人兄弟ですものね……。しかも国王陛下に公爵に、隣国の王女に婿《むこ》入りした方に魔道士様に、大商会を設立した方に……と、お立場もあるし、ご予定もぎっしり詰まっているはず。

……うーん、すぐに集まるのって無理、では？

あ、あれ？　わたしとエードゥアルト学園長の婚約って無事に結べるの？

ご親族の皆様に、婚約の挨拶無しでオッケー？

いやいやいやいや、平民ならともかく、元王族のエードゥアルト学園長に侯爵令嬢のわたしの婚約よ？　普通なら盛大な婚約披露パーティ程度は行うのが常識なのに、書類を提出するだけで済まして良いはずがない。

別にわたしはパーティなしでも良いけれど……。

でも、正式な婚約を結ぶにあたって、王族の皆様にお会いして、ご挨拶だけはしなくてはならないわよね。一応、ケジメ的に。

だって元々わたし、ギード元殿下に嫁ぐ予定で、王族の皆様とはそれなりに面識があったのよ。なのに挨拶も何も無しに、今度はエードゥアルト学園長と婚約しましたなんて、駄目よね。改めてよろしくお願いしますっていう挨拶が必要だと思う。ケジメは大事！

「無理に予定を合わせて全員集合できるようにすると……。そうだな。婚約の祝いを行うために年単位で待たねばならなくなるかもしれん」

うっ！　そ、それはさすがに嫌だわ……。

「なので、元々公式行事として組み込んである『ロイヤル・ゲープハルト』の日に、お前も王族席に来ればいい。婚約の挨拶ができるくらいの時間は取れるはずだ。簡略的になってしまって申し訳ないが、年単位で待つよりマシだろう」

ああ、なるほどっ！　さすが切れ者の公爵閣下っ！　無駄のない采配ですね！

わたし的にはナイスアイデアだと思うのだけれど、エードゥアルト学園長はほんの少し、顔を顰めていた。

「しかし、私は既に臣籍降下し、今は伯爵位です。王族席に座る資格は喪失しておりますが……」

「問題ない。そのあたりは何とでもする」

「ですが……」

「では、年単位で待つか？　結婚式は更に遠のくぞ？」

にやりと笑うダンディな公爵。

エードゥアルト学園長は諦めたように肩を落とされた。

「……お手数をおかけしますが、よろしくお願いします」

「ああ、任せておけ。というわけで、エイラウス侯爵家の皆もマルレーネ嬢も、当日は王族席に来るように。そこで正式な婚約としよう」

お父様が「かしこまりました」と一礼した。

あ、あら？　話がまとまってしまったわ。と、すると……、エードゥアルト学園長とわたしの婚約の届は、すぐに受理されたとしても……、ええと、競馬場でご挨拶をするまでは、正式な婚約者扱いではない……ということになるの？

何なのそのおあずけ状態。飼い犬の前におやつでも置いて「待て」をさせてるみたいじゃないっ！

でもお父様が承諾してしまったから、これで決定……。

ううう、仕方がないか……。

「では当日はよろしくな。せっかく来てもらったのに、ゆっくり話す時間もなくてすまない」

「いえ、ユストゥス兄上もそうですが。フレデリック兄上もお忙しいのでしょう。お時間をいただきまして、ありがとうございました」

スチャッと片手を上げて、足早に退室してしまった公爵閣下。は、早……。本当にお忙しいのね。

あー……、婚約の話が進んだのは嬉しいけど、まだ正式な婚約者ではないというのは……、ちょっとだけ不満。口をとがらせていると、ふと思いついたようにエードゥアルト学園長がわたしに言った。

「あのですね、『ロイヤル・ゲープハルト』の開催日の後になるとは思うのですが、私の姉に会ってもらえませんか？」

「えっと、お姉様……と言いますと、ジョセアラ・ルダイシー・ツェルガウ伯爵夫人ですか？」

エードゥアルト学園長にはお姉様がお二人いらっしゃる。

お一人目は、前王妃コルネリア様のご息女でいらっしゃる第一王女のロズリーヌ様。だけど、この方とわたしはお会いしたことがない。お身体が弱いらしく、離宮でひっそりとお過ごしだとか。

で、もう一人の方が、エードゥアルト学園長の双子のお姉様のジョセアラ様だ。

ツェルガウ伯爵と大恋愛の末、結ばれて、今ではお二人のお子様がいる。

「はい。私の婚約を喜んでくれまして。もしよろしければツェルガウ伯爵家にマルレーネ嬢やエイラウス侯爵家の皆様方を招待したいと言っております。婚約式の代わりと言っては何ですが、ささやかな食事会でも……と。いかがでしょうか？」

もちろん一も二もなく承諾よっ！　お父様もお母様も喜んでくださっている。

「とても楽しみです」

ええと、じゃあ、まずは『ロイヤル・ゲープハルト』の日に、陛下方にご挨拶をして、正式な婚約者になる。

次に、ツェルガウ伯爵家に行って、ジョセアラ様たちと婚約式代わりのお食事会。

少しずつ、エードゥアルト学園長とわたしの婚約、そして結婚に向けて動き出していっているわ。

それがすごく嬉しい。

「日程に関しては、姉と相談の上、後ほど。ああ、それからツェルガウ伯爵家には二人子どもがおりまして。兄の方が十二歳のフェイト、妹の方が六歳のリコリーナです。幼いですが、食事会の時は同席させてもよろしいでしょうか？」

貴族だから、大人の集まりに子どもは同席させないのが普通。だけど、ツェルガウ家はそのあたりはあまり厳格ではないのかもしれない。

というよりも、今後、わたしたちとツェルガウ家の皆様とで親戚付き合いをしていく上で、最初から子どもたちとも交流していったほうが良いと、エードゥアルト学園長かジョセアラ様が気を遣ってくださったのかもしれない。うん、きっとそうね。

わたしのお母様も同じように思ったようで、お母様も快諾した。

「エードゥアルト学園長はツェルガウ伯爵家の皆様と仲がよろしいのね？」

「はい。私はフェイトもリコリーナも自分の子どものように大事に思っています」

「子ども……ですか？」

あら？　エードゥアルト学園長ってば子ども好きだったのかしら？　そんなイメージはあまりなかったのだけれど。

わたしが首を傾げると同時に、エードゥアルト学園長が何かを思い出したようにくすりと笑った。

「男女の双子は似ていないことが多いようですが、私とジョセアラは男女差と身長差を抜かせば瓜二《うりふた》つで。そして、リコリーナはジョセアラとこれまたよく似ているのですよ」

「三人とも似ていらっしゃる？」

「はい。ですから、並べると大・中・小という感じで面白いと、甥《おい》のフェイトからよく揶揄《からか》われます」

大きいバージョンが、エードゥアルト学園長。

中間に、双子のお姉様であるジョセアラ様。

それから小さいのがリコリーナちゃんという六歳の幼女ね。

比べると面白い……と、フェイト君が言っていると……。

想像する。

エードゥアルト学園長の女性バージョン。

それからエードゥアルト学園長の幼女バージョン。

同じ髪の色と瞳の色の、その三人並んでいるその様子。

……み、見たいっ！

ま、まるでエードゥアルト学園長がコスプレをしているような感じなのかしらっ⁉

ちょっとコーフンしてしまうではないですかっ⁉

コスプレにコーフンするなんて、まるで転生前の職場の先輩のようだわ。あらら、わたしってば、先輩に結構思考を染められているのかしら？　オタ的思考の感染力ってば強いのね……。

なんて、この時のわたしは暢気《のんき》にそんなことを考えていた。

『ユメアイ』のシナリオはもうおしまい。

悪役令嬢の役目を終えたわたしは、このまま何の問題もなくエードゥアルト学園長の妻になって、「ひゃっほーい」的で幸せな未来にまっすぐ進める。

そう、思っていたの。

【挿話二　ルフレント視点】

我が家のサロンで優雅に午後の紅茶を楽しんでいたその時。マルレーネが息を弾ませて、勢い込んでやってきた。

「見てくださいルフレントお兄様っ！」

余程良いことでもあったのか、マルレーネの瞳《ひとみ》はきらっきらと輝いている。

……何やら嫌な予感がするが。

「エードゥアルト学園長からのお手紙なのですわ！」

単なる手紙がまるで宝玉か聖杯であるかのようだ。恭《うやうや》しく頭上に高く掲げ、そのまま、くるくるとマルレーネは回った。ドレスの裾がひらひらと、軽やかに揺れる。

明らかに、浮かれている……。

「ああ。どこからどう見ても、何の変哲もない、単なる封筒だな……」

淡々と、返事だけをしてやれば、マルレーネは「ふっ」と笑った。

なんだその、わかっていないとばかりに相手を見下すような冷笑は。

「単なる封筒ではないのですよ、お兄様」

封筒から手紙を取り出し、マルレーネはそれを私に示した。

「ここをっ！　この箇所をっ！　ご覧くださいませっ！」

マルレーネが「ここ」と指さしたのは、手紙の一行目。

「うん？『愛するマルレーネへ』と書かれているが。それがどうかしたのか？」

王家の方々への挨拶《あいさつ》はまだだが、一応既にマルレーネとエードゥアルト学園長は婚約者同士ではある。書類だけは提出済みだからな。

婚約者への手紙の書き出しとしては、ごく一般的だと思うのだが。

「そうなんですよ、お兄様っ！」

らりら～と、歌い出し、先ほどよりも余計に多く、くるくると回った。

……なんだこの舞い上がりっぷりは。単なる手紙の書き出しとしか思えない『愛する』がそれほどまでに嬉《うれ》しかったのか？

「もちろん『愛する』というお言葉も嬉しいのですが、それ以上にこの『マルレーネ』の文字に、わたくしは有頂天《うちょうてん》になっているのですっ！」

……わからん。お前の名前は『マルレーネ』だろうに。他《ほか》の女の名が書かれていて、嫉妬《しっと》に駆られるならともかく、自分の名が書かれていることが、どうしてそれほどまでに嬉しいのだろうか？

意味がわからず、首を傾《かし》げる。

するとマルレーネはきっぱりと言った。

「いいですか、お兄様。『マルレーネ嬢』ではなく『マルレーネ』なのですよっ！『嬢』の文字がないのですっ！　し・か・もっ！　このお手紙の中のわたくしの名に、すべて『嬢』はつけられていないのですっ！」

……それがどうした。そんなもの当然ではないのか。

そう言いたげな私の表情を読んだのか、マルレーネは右手の人差し指を立てて「ちっちっちっ」とその指を左右に振った。……実に鬱陶《うっとう》しい。

「理解力が不足していますわねお兄様っ！　『嬢』などという他人行儀な敬称をつけず、わたくしを呼び捨てにしてくださったのは、これが、この手紙が初めてなのですっ！」

「あ、ああ……。そうだった、かな……？」

「そうなのですっ！　ああ、なんという特別感！　わたくしとエードゥアルト学園長との距離が縮まった証拠ですわっ!!」

「……私だって、お前のことを『マルレーネ』と呼び捨てにしているが？」

「もちろんルフレントお兄様は家族ですものっ！　で・す・が、わたくしたちは、ついこの間までは学園長と単なる一生徒という関係でしかなかったのですよっ！　それが、まだ書類だけとはいえ、婚約者になって、そうしていただいたお手紙で一気に呼び捨てですっ！　特別な間柄になったと……そう実感できるのです。わたくし嬉しくて嬉しくて……っ！」

単に『嬢』という敬称を取ってもらっただけで、よくもまあそこまで舞い上がれるものだ。

「手紙程度ではなく、実際に直接呼び捨てにされたら……」

「ああ……、わたくし、昇天してしまうかもしれませんわ……」

うっとりと、頬《ほお》を桃色に染め「わ、わたくし、『エードゥアルト学園長』ではなく『エードゥアルト様』と呼べるように、れ、練習を、しなければ……」などと言う我が妹。

……こいつ、こんな奴《やつ》だったのか？　というよりも、大丈夫かこいつ。恋するあまり、頭のネジの一本や二本や三本や四本、抜けかかっているのではないか？

ギード元殿下と婚約を結んでいた時は、義務感を顔に出さないようにと、常に無機質な笑みばかりを浮かべていたが。それがどうだ。今、マルレーネは身体《からだ》中に幸福感が漲《みなぎ》り、光さえ放てるような、満面の笑みを浮かべているではないか。これは、兄としては喜んでやるべきところなのだろうが……。

初恋に浮かれている妹を直視するのは少々痛い。

「この幸福を……早くお兄様にも噛《か》みしめていただきたいものですわ……」

うん？　それは初恋の幸せに満ち満ちているお前の心情を理解せよと言っているのか？

それともこの私にも、さっさと愛する相手を作れと言ってきているのか？

前者であれば放置だが、後者であれば余計なお世話だと、説教の一つや二つしてやろう。

……まあ、どちらにせよ、少々イラつくが。

お前が幸せなのは、別に、良い。不幸であるよりよっぽどいい。体が回復してからのマルレーネは実に姦《かしま》しいが、それでも呪《のろ》いのせいで全く話せなかった頃《ころ》や呪いが解けた後、苦労して回復訓練をしていた頃に比べれば、百倍も千倍もマシというものだ。

だがな、マルレーネ。大事な妹を、尊敬できる相手であるとはいえ、誰《だれ》かに差し出さねばならない兄の心情を少しは慮《おもんぱか》れ。

いいや、私はまだいい。お前という大事な娘を嫁に出す、我が父の苦悩を知れ。『花嫁の父』はきっと私以上に繊細だ。

目を細めてマルレーネを見る。浮かれっぷりがこれ以上激しくなったら……私は兄として、マルレーネが暴走しないように止めなければならないのかもしれないな。

さてどうするべきか……と、少しだけ、思案する。

そして、ふと気が付いた。

大事な妹に、兄として……か。

そんなことを考えるようになったのは比較的最近だ。

別に不仲だったわけではない。

幼少の頃はお互い別々の乳母《うば》に育てられていたし、私が貴族学園に入学した頃にはマルレーネは王子妃教育に忙しくなった。

同じ屋敷に住んでいても、顔を合わせることはほとんどなかった。血がつながっているだけの、単なる他人。そんな関係だった。別にそれを寂しいだとか思ったことはない。

なのに今、私はマルレーネを大事に思っている。不思議なものだ。

だが、以前の淡々とした兄妹仲よりは、今の関係のほうが良い。これも呪いなどというもののおかげか……と、マルレーネに呪いをかけた誰かに感謝のような気持ちさえ抱いている。

もちろん仲良し兄妹などになるつもりはない。が、それでもマルレーネがエードゥアルト学園長の元へと嫁に行くまでの短い期間、私はマルレーネと楽しく過ごしたいと思うのだ。

これまでしてこなかった兄妹喧嘩《げんか》をしてみるというのも良いだろう。

笑ったり、怒ったり……。取《と》り繕《つくろ》った淑女面《づら》した妹よりも、猫のポーズをエードゥアルト学園長に見られて真っ赤になる妹のほうが百倍面白《おもしろ》い。

もっと早くから、私とマルレーネが親しく過ごせていれば良かった……などと後悔しないように、この短い期間、たくさん些《さ》細《さい》な悪戯《いたずら》を仕掛けてやろう。

そうして知った妹の新たな面を、エードゥアルト学園長に告げてやろう。

ふふふ、この兄の愛を知れ、妹よ！

第三話　ファーストキスは馬車の中

初デート。

なんて美しい響き……。うっとり……。

転生前と転生後の今、両方を併《あわ》せても初めてのっ！　正真正銘《しょうしんしょうめい》初めてのデートっ！

いえ、本当は、家族とエードゥアルト様と一緒に、陛下方に婚約のご挨拶《あいさつ》プラス競馬レース観戦なのだけれど。このエイラウス侯爵家の屋敷以外の場所に、エードゥアルト様とお出かけなんて初めてなのよっ！　もしも馬車の中で二人きりになれるのなら、それは立派なデートっ！　行き帰りがデート。レース観戦もデート。陛下たちは本当にお忙しいから、ご挨拶の時間なんて、きっとほんの短時間のみ。だったらもう、初デートと言っても過言ではないわ！

「初デート……。ようやく実現するエードゥアルト様との初めてのデート……。大人《おとな》のエードゥアルト様に似合うように、わたくしも大人っぽいドレスで……ふっふっふ」

侍女のモーナとカレンが衣裳《いしょう》部屋からわたしの部屋に運んでくれる大量のドレスを、姿見の前で何着も何着もわたしの体に当ててみる。

「んー……これは、イマイチねえ……」

目が覚めるような真っ赤なドレスはモーナに渡して、衣裳部屋に戻してもらった。

「お似合いだと思いますけれど」

「わたくしのこの顔に似合うと言えば似合うわよ。だけど……大人っぽいというより、単に派手じゃない？」

ああ、こーんなにドレスが山のようにあるっていうのに、たった一着が決まらないいいいっ！

このドレスが良いかな？　あれが良いかな？　それとも別の？

合わせるアクセサリーもどうしよう……。

ううう、頭がぐるぐるするわ～。

そんなところに、侍女のイルゼが帰ってきた。

「ただいま戻りました、マルレーネ様……って、あああ、やっぱりそんな無駄にド派手なドレスばっかり広げられてっ！」

「えー？　だって初めてのデートよ。気合入れるに決まっているじゃないっ！　それにエードゥアルト様は大人なのっ！　彼の横に立つに相応《ふさわ》しい大人の淑女的な魅力あるドレスを選ぶとね、必然的に煌《きら》びやかになってしまうのよっ！」

だって、エードゥアルト様って大人かっこいいんですものっ！　あ、時折見せる少年的な微笑《ほほえ》みとのギャップも素晴らしいんだけど。輝く銀縁眼鏡《めがね》に、学園長の風格。王族故《ゆえ》の優雅さに……エトセトラ。わたし、全力出して着飾らないとっ!!

イルゼはわかっていないなと言いたげにため息を吐《つ》く。

「気合が……空回りしておりますよ、お嬢様。さあ、モーナ、カレン。そこに並べているドレスもアクセサリーも全部衣裳部屋に戻しておいて」

モーナとカレンが「どういたしますか？」とわたしを見る。

「ちょっと待ってイルゼ。せっかく並べたのを片付けてどうするのよっ！」

「片付けないと他《ほか》のドレスが並べられません」

「へ？　他のドレスぅ？」

他のドレスって……？　わたしの衣裳部屋のドレスは、今全部見たんだけど。お母様のドレスでもお借りするの……？

「いいですか、マルレーネお嬢様。明後日は初めてのデート兼婚約のご挨拶です」

「うん、そうよ。だから気合でドレス選びを……」

「本当にわかっていないですね、お嬢様。繰り返しますが、初デートに陛下方にご挨拶でございますよ。相手を威嚇《いかく》するような、そんなド派手な色のドレスを選んでどうするんですかっ！」

別にエードゥアルト様を威嚇するために派手なドレスを選んでいるんじゃあないわっ！

そうじゃなくて、わたしのこの真っ赤な髪と、悪役令嬢チックなド派手な顔面に、清楚《せいそ》で可愛《かわい》い服が似合わないだけなのよっ！　というか、派手な服以外持っていないのっ！

わたしだって、初デートに相応しい、ふわふわ可憐《かれん》で清楚な服とか、着てみたかったわよっ！

「しかもクリノリンスタイルのドレスって……」

「えー？　どこが悪いのよ」

クリノリンというのは弾力のあるクジラのヒゲとか針金とかを、丸いカゴのようにつなぎ合わせたアンダースカートのこと。簡単にスカートのボリュームを生み出すことができる優れもの。隣国のヨークシヴァ王国で流行《はや》っていたのが、最近我がゲープハルト王国にも入ってきたばかりなので、流行最先端。

それにこれ、画期的な大発明だと思うのよ。

ペチコートやシュミーズを幾重《いくえ》にも重ねてドレスのスカート部分をふくらませるのは、正直に言って重いし暑い。日本みたいに三月卒業、四月入学なら防寒としての重ね着も良いだろうけど。我がゲープハルト王国はヨーロッパ的な暦で行事が動いているから、学園は七月卒業、九月入学。今日行われる競馬レースは、その夏の最後のお祭り。社交のシーズンはこれで終わりってことを表すイベントなの。これが終われば王都から領地へと戻る貴族もいるし、新学期というか新学年、貴族学園の入学に向けて領地から王都にやってくる貴族の子息や令嬢もいる。

夏がもうすぐ終わる時期とはいえ、ペチコートを重ねたドレスはものすごく暑い。ファッションは我慢なんて言う人もいるけど、それにも限度ってものがある。クリノリンならスタイルを保持しつつ涼しいのに。

「……僭越《せんえつ》ながら、このイルゼ、先ほど外出した時に見てしまった恐ろしい出来事をお話しいたしましょう。なかなかにボリュームのあるクリノリンスタイルのドレスをお召しのご令嬢がいらっしゃいまして。馬車の御者《ぎょしゃ》がそのご令嬢に言っていたんですよ。『すみませんが、クリノリンを外してもらえないと馬車に入れません。馬車の入り口の幅よりもスカートの幅のほうが大きいです』って」

う、うそっ！

「で、そのご令嬢、大通りでクリノリンを外しまして。その外したクリノリン、馬車の外にロープで括《くく》りつけてから馬車に乗り込んでおりましたよ」

み、みっともないっ！

「マルレーネお嬢様。エードゥアルト学園長にそんな破廉恥《はれんち》な姿を見せたいんですか？　このお屋敷から王立ゲープハルト競馬場到着までの間、ずっと馬車の外に、ぶらんぶらんとクリノリンをぶら下げます？」

「い、嫌ああああああっ！」

死ねる。

軽く死ねる。

せっかく断罪回避したっていうのに羞恥《しゅうち》で死ぬっ！

クリノリンって、つまり下着のようなもの。それを往来で取らないと、馬車にも乗れない……ですと？　現代日本的に例えるのなら、タクシーに乗るために、道端でキャミソールとかペチコートを脱いで、その脱いだランジェリーを国旗みたいに掲げるっていう状態……？

い、いやあああああっ！　カンベンしてえええええっ！

真っ赤になって、頭を抱えて蹲《うずくま》ってしまったわたしに、イルゼは「うんうん」と頷《うなず》いた。

「しっかりしているようで、マルレーネお嬢様はどこか抜けておりますからねぇ。こんなこともあろうかとこのイルゼ、ちゃーんと馴染《なじ》みの商人たちに注文をしておきましたとも。ささ、皆様、そちらのドレスを運んでください」

イルゼに呼ばれた商人たちが運び込んできたのは……まあ、なんて可愛らしいドレスっ！

例えば一番右のトルソーにかけられたのは、白を基調にして、金糸と水色の糸で大柄な花の刺繍《ししゅう》が施されたもの。真ん中のドレスは薄い茶色のドレスに、赤に近いピンク色のシフォンが重ねられてある。

「ドレスとしては可愛いけど……。ちょっとわたくしには、似合わないんじゃない？」

わたし、顔立ちくっきりはっきり、ストレートに言うならば「悪役令嬢顔」なのよ。可愛いドレスなんて、どう頑張っても似合わない。

反論すれば、イルゼは「それを似合うように化粧や髪型で整えるのが侍女の技術です」ときっぱり言い切った。す、すごいなイルゼ。

そうしてイルゼはまず白のドレスを指さした。

「このドレスにさりげなく入っているのは水色です」

「うん。水色、目立たないけど。金色と白に水色が差し色として使われているから、一層華《はな》やかに見えるわね」

「さて、ここで質問です。エードゥアルト学園長の瞳《ひとみ》の色は？」

「そりゃ、柔らかな水色で……って、ああああああっ！」

イルゼの言おうとしていることが理解でき、わたしは思わず叫ぶ。イルゼがニヤリと笑いながら、次のドレスを指し示した。

「ではこのドレスの色は？」

「薄茶色と赤っぽいピンク？　水色は使われてないじゃない」

「マルレーネお嬢様。エードゥアルト学園長の御髪《おぐし》の色は？」

「もちろんミルクティ色よ。でもこのドレス、薄茶色ではあるけれど、色、ちょっと違う感じだけど」

「濃いピンク色のシフォンを重ねていますので、色が異なって見えるのですよ」

イルゼがその赤ピンク色のシフォンを捲《めく》った。すると、色味が違うと思われた薄茶色が……。

「エ、エードゥアルト様の髪の色そっくりいいいいっ！」

「はい。エードゥアルト学園長のお纏《まと》いになる色と、同じではあるけれど、それを前面には出さない、さりげなく配色がなされているドレス、それからそのドレスに似合うアクセサリーやヘッドピース、帽子などを集めておくよう指示を出しておきました。既製品ではありますが、これから急ぎ、お針子たちに手を入れてもらいますので、マルレーネお嬢様のお体にぴったり合うように調整可能でございます。オーダーメイドのものと遜色《そんしょく》のない仕上がりになるでしょう」

ふふん、どうだっ！　とばかりに胸を張るイルゼ。

では、あれね。お母様がお買い物をする時に繰り出す、あの必殺の言葉を、今、ここで、わたしも言うべきねっ！

「ぜ、全部買わせていただくわっ！」

……言い慣れない台詞《セリフ》だから、ちょっと上ずってしまったけど。転生前ではできなかった、夢の全部買いですよっ！

持つべきものは、主人の意を汲《く》んで行動してくれる素晴らしい侍女っ！　ありがとうイルゼっ‼

もちろんイルゼには、感謝の気持ちを表すと共に、臨時ボーナスも約束したわっ！

◆◇◆◇◆

そうして入念な準備を重ね、夢にまで見たわたしとエードゥアルト様の初デートの日が、ついに、ついにっ！　やってきたわ！

空は晴れて雲一つない。暑いかなとも思ったけれど、もう夏も終わりの時期なためか、日差しはまだ厳しいけれど、風は結構涼やかよ。

ああ、素晴らしい一日になりそうな予感！

今日のご挨拶が済めば、もうお兄様やお母様に同席されずに、どこにでもエードゥアルト様と二人きりで行けるようになる。ああ、未来は希望に満ちて、明るいわ！

うっふっふ。今日のわたしはいつもに増して、やる気満々のハイテンション。

厳選に厳選を重ねたドレスも気分をアップ。薄いブルーに上品な紺色を重ねた知的美人系の装い。

エードゥアルト様、喜んでくださるかしら？　紺色が目立つので、胸元のレースは、ちょっと見ただけでは白色にしか見えない。けれど、よくよく見れば、実は白ではなく、エードゥアルト様の瞳の薄い水色なの。気が付いてくださるといいなあ……。

同じ布地から作った帽子もかぶる。こちらには水色のコサージュも付けてある。

あ、帽子をかぶるのは、それがドレスコードだから。我が国の競馬は大人の社交なので、細かい規定がたくさんあるみたいなの。わたしは初めての競馬レース観戦なので、お母様やお兄様から色々と教わったわ。

わたしの中では競馬のイメージって、右手に競馬新聞、左手にカップ酒を持ったおじさんたちが、ヤジを飛ばし、はずれ馬券をまき散らすという鉄火場……なんだけど。教わっていくうちにそんなイメージは覆《くつがえ》された。

我が国の競馬のレースは賭《か》けも行われるけど、メインは社交。レースの後にはそのままダンスパーティも開かれるのですって。すごいわ〜。だからわたしとエードゥアルト様の婚約のご挨拶の場にも相応しい……ってわけなのよ。

それでも競馬はお金を賭けるレース。だから、当然、子どもは立ち入り禁止。ええと、公爵家のご子息やご令嬢なども、まだ、貴族学園を卒業していない人は参加が不可なのですって。んー、何人くらいの方に今日はご挨拶できるのかしら。

それから競馬場だから当然、馬が走るコースがある。

そのコースと平行する位置に、どんどーんとそびえるようにして建っている三棟の重厚な建物。

中央の建物が王族専用。

この間、顎《あご》ヒゲダンディなフレデリック公爵様が「王族席」なんてさらっと言っていたけど……。いえ、確かに三階には王族専用の馬見席が設けられているらしい。だけど、二階にはサロンや会食場、ビリヤードルームにダンスホールまであるし、もはや「席」じゃあないわっ！「建造物」？

それとも「会館」？　とにかく大きいっ！

で、東側の建物が上位貴族専用。西側の建物が下位貴族専用。

建物の一階が玄関ホール。そのまま馬車で入ることが可能な仕様。馬車を降りて、中央階段をのぼり二階へ。二階は宿泊部屋や食堂、ダンスホールなどなど。三階が馬見所。庇《ひさし》を大きくせり出すことで前面の壁を取り払い、走る馬がよく見えるようになっているそうよ。この辺の造りは王族専用の建物と大きくは変わらないらしい。

ちなみに平民席は建物ではなく、単なる芝生《しばふ》敷き。さすが王国、階級社会。差が激しい。

ご挨拶をする以上、落ち度があってはいけないと、わたしは頭の中で我が国における競馬とは……などなど、お母様とお兄様に叩《たた》き込まれたあれこれを復習。復習の合間に、せめて馬車の中だけでもエードゥアルト様と二人きりになりたい……なんて、邪念が浮かぶ。いえ、邪念ではないわっ！　当然の権利よっ！

だってもう間もなくわたしたち、正式な婚約者となるのだからっ！

何とかして、二人きりになれないかしら？

心の中でブツブツと呟《つぶや》いているうちに、我がエイラウス侯爵家にエードゥアルト様が到着。エードゥアルト様が大きな花束を抱えて馬車を降りてきた。

「おはようございます、マルレーネ」

きゃあああっ！　『嬢』無しのマルレーネ呼びっ！

お手紙ではいただいていたけれど、声で聞くとまた格別なものがあるわっ！　わ、わたしも、今日からは『エードゥアルト学園長』ではなく『エードゥアルト様』とお呼びしたい。

意気込みはバッチリなはずだったのだけど……。イルゼたちの前でだったら言えたのだけど……。

照れる。

照れてしまう。

『様』と『学園長』なんて、些細《ささい》な違いでしかないのに、エードゥアルト様ご本人を目の前にすると、ものすごおおぉぉおおく照れる。

ううう、わたしってば小心者。

「おはようございます。今日はよろしくお願いします」

うう、言えなかった……と、落ち込みそうになった時に差し出された青い薔薇《ばら》。

「これを、貴女《あなた》に」

「まあっ！　ありがとうございます」

うふふふふ～。大輪の花束なんていただいたのは生まれて初めてっ！　嬉《うれ》しい！　しかも青っ！

そう、青薔薇の花言葉は、奇跡・夢叶《かな》う・神々の祝福。だから、この花束には「夢にまで待った初デートが叶い、まるで祝福されているようです」とか、そんな意味を込めてくださっているに違いないっ！

うふふふふ～。顔がニヤケてしまいそう。慌《あわ》てて顔を引き締める。

ああ、それにしても、やっぱりエードゥアルト様は素敵っ！　前の婚約者のギード元殿下なんて、わたしの誕生日の時でさえ、側近か侍従の誰《だれ》かが選んだ当たり障《さわ》りのないものを、テキトウに送り付けてきただけ。

ま、そんな過去の記憶はゴミ箱にポイっと捨てる。今はこのいただいた薔薇の花束に顔を寄せて香りをかぐ。んー……。しっとりとした甘い匂い。

「素敵ですわ……」

うっとりとしていたら、エードゥアルト様がわたしの耳元に、その唇を寄せてきた。

「素敵なのは貴女ですよ。……そのドレス、よくお似合いです」

そうして、エードゥアルト様はいつぞやのように、ほんのりと頬《ほお》を染められた。

「……私の色を、ドレスにも取り入れてくださったのですね。嬉しいです」

あ、ああああああもうっ！　気が付いてくださっただけでなく、なによもうっ！　この少年のように初々《ういうい》しくも素敵な照れ顔っ！

いつもは学園長モードで堂々として、貫禄《かんろく》さえ感じられるほどなのにっ！　なのに時折見せてくださる、この照れ顔っ！

いやーん、惚《ほ》れる！　いや、もうとっくに惚れてるから、もっと惚れる。

わたしの心の中心で、燃え盛る、いや萌え盛るエードゥアルト様へのこの無限の愛っ！　わたしの心に羽が生えて、天まで飛んでいけそうよ……。

「うふふ」「あはは」な雰囲気で、そのままさりげなーくエードゥアルト様の馬車に乗り込もうとしたのに……。

「待て、マルレーネ」

ルフレントお兄様にがっしりと、わたしの肩を掴《つか》まれてしまった……。

目を細めて笑顔になっているけど、「どこからどう見ても表向きは人好きのする性格を装っておきながら、陰で良からぬことを画策している」としか思えない、実に立派な悪役顔。さすがは悪役令嬢のお兄様。

「エードゥアルト学園長。申し訳ございませんが、我が妹はあちらの馬車へ」

ルフレントお兄様が目線を向けたのは、我がエイラウス侯爵家の紋章のついた馬車。

あー……さりげなく二人きりになる作戦、失敗。お兄様ってば細目なのに目聡《めざと》いわ。大目に見てくださってても良いのにーっと、睨《にら》んでみたら、ひょいと薔薇の花束を取り上げられた。そして、いつの間にか傍《そば》に控えていたイルゼに手渡された。

「お部屋に飾っておきますので」

それだけ言ってイルゼ退場。この間わずかに三秒。は、早っ！

「いいかマルレーネ。お前とエードゥアルト学園長の婚約は、書類上の手続きは済んでいる。だが、陛下や王族の方々に対する正式なご挨拶はまだこれからだ」

「わ、わかっております……」

そう、そのために、今日、競馬場まで赴くのよ。

「デート気分なのかもしれんが、メインは王族の公式行事。お忙しい陛下方にご挨拶をする時間を、わざわざ取っていただくのだ。浮かれるな」

「あの……お兄様。気分と言いますか、実質初めてのデートでもあるのですから、少々大目に見てくださっても……」

王立ゲープハルト競馬場に着いたら、きちんとしますので、せめて馬車の中だけでもイチャイチャしたいんですうううと、目で訴えてみた。

なのにお兄様は、「駄目《だめ》だ」と、一言で却下。

そのままお父様とお母様が乗っている馬車に放り込まれ、ご丁寧《ていねい》に馬車の扉まで閉められた。

あれ？　ルフレントお兄様はこの馬車に乗らないのですか？

馬車の小窓を開けて、馬車の中から外を窺《うかが》う。

すると、お兄様はわたしに向かってニヤリとお笑いになった。それから、エードゥアルト様のほうを振り返る。

「競馬場までエードゥアルト学園長お一人では退屈でしょう。マルレーネのあんな話やこんな話など、お聞きしたくはないですか？」

「是非お願いします」

エードゥアルト様、きりっとした真顔で即答。

ああ素敵……なんて、悶《もだ》えている場合じゃないわっ！

「お、お兄様っ！　何を話すおつもりですか！」

わたしは必死の形相《ぎょうそう》で、小窓から叫んだわ。

「お前が『エードゥアルト学園長』ではなく、『エードゥアルト様』と呼べるようにと、毎日何時間も発声練習をしていたこととか」

ぎゃーっ！　ど、どうして知っているの？

「お、お兄様っ！　やめてえええええ、それは秘密うううううううっ！」

ルフレントお兄様は「ふふん」と鼻で笑っただけで、さっさとエードゥアルト様の馬車に乗り込みやがったわっ！

阿鼻叫喚《あびきょうかん》状態のままに、馬車が出発。

兄への悪口雑言《あっこうぞうごん》を、心の中だけで叫んでいたつもりが、いつのまにか声に出てしまっていたみたい。

馬車の中でお母様に「淑女の言葉遣い」について、みっちりがっつりお説教を喰《く》らってしまった……。

競馬場に到着し、お母様から解放された頃《ころ》にはわたしはヨロヨロよ……。

だけど恋する乙女はめげてはいけない。

馬車を降りたあとは、わたし、即座にエードゥアルト様の元へと突進したわっ！

「エードゥアルト様っ！　馬車の中では我が兄が失礼をいたしませんでしたかっ！」

勢い込んで尋ねれば、エードゥアルト様は何故《なぜ》だか目を輝かせた。んん？

「貴女の声で初めて『学園長』なしで呼んでいただけました」

あわわわわ。毎日練習していたせいか、思わずさらっと言ってしまった……。

「え、えと。その……あの」

赤くなっていいのか、青くなっていいのかわからないわたしに、エードゥアルト様が「嬉しいです」と言ってくださった。

ううう、こ、これからはもう『エードゥアルト学園長』呼びではなく、普通に『エードゥアルト様』と呼べるのね……。

でも初めての『エードゥアルト様』呼びは、もっと情熱と情感を込めて言いたかった……。

ちょっとだけ落ち込みそうになったけれど、ここはもう王族専用の建物の中。しゃんと背を伸ばしてご挨拶に参らねばならない。

わたしは気持ちを切り替えて、きちんと淑女モードになる。エードゥアルト様にエスコートをしていただいて、お父様たちと一緒に馬車の乗降場所の先にある大きな階段のほうへと進んでいった。

◆◇◆◇◆

真っ赤な絨毯《じゅうたん》を敷き詰めた大階段は、エードゥアルト様とわたし、お父様とお母様にお兄様まで、横一直線に並んでもまだ余裕がある広さ。

はー……すごい。

内装も王城並みに豪奢《ごうしゃ》だし、廊下には護衛騎士たちが壁際で一定の間隔を空けて、ずらりと並んでいる。その間をわたしたちはゆっくりと進む。

向かった先は二階のサロン。入室してすぐに視界に入ったのは、前王妃コルネリア様。それからその横のソファにお座りになっているのが前王のご側室のルイーゼロッテ様にステファィ様。アニエルカ現王妃様とその息子であるエルネスト王太子殿下。あ、先日お会いした顎《あご》ヒゲダンディのフレデリック様もいらっしゃる。エードゥアルト様のお兄様方に……彼らのご子息たちも少人数ながらいた。

あれ？　お兄様と言えば、ユストゥス陛下のお姿が見えない。まだお越しではないのかしら……と思った瞬間に！

「エードゥくうううぅぅぅぅぅぅぅううんっ！　よく来たねっ！」

わたしたちの後ろから、大声がっ！

慌てて振り返る。

すると、その声の持ち主が、がばっとエードゥアルト様に抱きついていたっ！

えええ!?　な、何が起こったの!?

大型犬が、尻尾《しっぽ》をぶんぶん振り回しながら、わふわふとエードゥアルト様になついている……ようにしか見えないこの光景。だけど、その大型犬は、実は犬ではなくて、国王陛下。陛下ってこんな方だったのかしら!?

「ユストゥス兄上っ!?」

「落ち着いてくださ い兄上っ！」

しがみついている国王陛下を無理矢理剥《は》がそうとしても、引っ付きまくって剥がれない。エードゥアルト様が助けを求めるように、王妃様たちのほうを見るけれど、皆様一様にぬるい目線で「ふふふふ」とお笑いになっていらっしゃるだけ。

えっと、放置で、良いの……？

戸惑っていたら、エルネスト王太子殿下がわたしたちのほうへと苦笑をしながらやってきた。久しぶりにお会いしたけれど、相変わらずのキラキラしい美青年。白い歯までもが輝いている。

「すまないが、父上の奇行が収まるまで、少々待っていただきたい」

「は、はあ……」

奇行って……。陛下に対してその表現、良いのかしら⁉

「ま、ああいう態度は身内にしか見せないから。エイラウス侯爵家の者たちにも気を許しているのだと思って、大目に見てほしい」

王子様スマイルで、にっこりと言われてしまえばノーとは言えない。

わたしもお父様たちもエルネスト王太子殿下に促されるまま、陛下以外の王族の皆様にご挨拶。

ギード元殿下との婚約が破棄になったことを、ちょっと何か言われちゃうかな……と、実は少し気負っていたのだけれども。そんなことは全くなく、穏やかに挨拶は進む。

あ、ご兄弟のうち、臣籍降下された皆様は残念ながら不参加だそうだ。

あと王太子妃であるエリーゼ様は臨月のためご欠席。あー、久しぶりにお会いしたかったなエリーゼ様。

一通り、挨拶が済んでも「陛下の奇行」はまだ続いていた。

ええと、本当にこのまま放置……で、いいのかしら？　それともこれが兄弟同士の大事な交流で、邪魔してはいけないもの、なのかしら……？

戸惑い継続中のわたしに、エルネスト王太子殿下がいきなり深々と頭を下げてきた。

な、何事⁉

「父上があの状態なので私が代理として言わせていただこう。エイラウス侯爵家の皆にマルレーネ嬢。

我が愚弟ギードが申し訳なかった」

エルネスト王太子殿下だけでなく、アニエルカ現王妃様も頭を下げていらっしゃる。その他の皆様すら沈痛な面持《おもも》ちだ。

え、えええええっ！　王族の方々からの謝罪なんて！

どうして良いかわからず慌ててお父様やお母様を見る。すると、ルフレントお兄様までもが既に深く頭を下げていた。わたしも同じように急ぎ礼をする。

「こちらのほうこそ、力不足でございましたこと、深くお詫《わ》び申し上げます」

「では、お互いにギードに関しての謝罪はここまでとしよう」

「寛大なお心に感謝いたします」

「これからはエードゥアルト叔父上とマルレーネ嬢、二人で幸せになってほしい」

笑顔で付け加えてくださったエルネスト殿下にお礼を言って、これでギード元殿下に関する儀礼的なものは一通り終わり……と、思いきや。

「ごめんね。エイラウス侯爵とエルネストが綺麗《きれい》に纏《まと》めてくれたけど、ギード君の件についてはまだ大事なことが残ってるんだ」

エードゥアルト様に抱きついたままの国王陛下が、低い声でおっしゃった。

あの……陛下、声と顔と態度が一致していませんよ……なんて、ツッコミも入れられないほどの真剣さ。大事なこととは何だろうと、疑問に思った時、サロンの扉が開かれた。

そこに立っていたのは……ギード元殿下とウィプケ嬢。二人……何故、ここに？

「やあ、ギード君。来てくれてありがとう」

陛下はエードゥアルト様からすっと離れ、二人を迎えにいく。ゆっくりとした足取りで笑顔まで湛《たた》えられて。

ギード元殿下……ああ、もうギード様でいいか……は不安げな顔。ウィプケ嬢がギード様と手を繋《つな》ぎ、その手に力を込めた。

「俺《おれ》からの手紙、読んで理解できたかい？」

こくんと、頷くギード様。手紙……って、なんだろう？　えっと、陛下が手紙をギード様に送ってそれで、ギード様がここにやってきたの？

「じゃあ、やるべきことは、わかっているね」

またもや、ギード様は頷いて、そしてウィプケ嬢と手を繋いだまま、わたしの前までやってくる。

わたしは思わず身構えた。

「……すまなかった、マルレーネ。いや……エイラウス侯爵令嬢」

は、い？　すまないって……何？　もしかして、これ、ギード様からの、謝罪っ!?

そんな馬鹿《ばか》な。信じられない。

長年婚約者をしてきたけど、これまでたったの一度だって、感謝の言葉も謝罪の言葉も、ギード様から告げられたことはない。も、もしかしなくても、陛下のそのお手紙とやらで、ギード様が改心でもしたの!?　えええええええ!?　まさか!?

驚いて、言葉が出ない。わたしはただ呆然《ぼうぜん》と、ギード様の下げられた頭を見る。

「俺からも……親として、謝罪をさせてもらいたい」

陛下までが、わたしに向かって頭を下げる。

ちょ、ちょっと待って。はくはくと、口は動くけれど、言葉にならない。何をどう言って、どんな態度を取ればいいのかわからない。

「あ、あの……っ！　どうか……」

顔をお上げくださいなどと、わたしが陛下に言っていいのか……。それすらわからずに、ただ、ひくついた喉で、何とか、意味のない言葉だけを絞り出す。

頭を下げたままのギード様。陛下だけがゆっくりと顔を上げられた。

「ギード君はマルレーネ嬢との婚約を、公衆の面前で自分勝手に破棄した。それはマルレーネ嬢の名誉を傷つけると共に、王命違反だ。俺は国王としてギード君を処罰しないといけない。それが当たり前なんだけど。……俺は公的には国王であり、私的にはギード君の親なんだ。子どもが悪さをしたら、きちんと謝らせるのが親の役目で……、それからその親だって被害者に向かって謝罪をするべきだと俺は思う。だから、ギード君に謝罪をさせるし、俺もマルレーネ嬢たちに謝りたい。だけど、これだけじゃ、まだ不十分だよね」

悪さをして、謝って、それで終わりで良いのでは？

そんな疑問がわたしの顔には表れていたのかもしれない。陛下は真顔で続けられた。

「今はもうギード君は自分の行いを反省している。だが、反省して、謝ればそれで良いのではない。良いか悪いかを決めるのは、加害者ではなく被害者のほうだ。加害者であるギード君を、被害者であるマルレーネ嬢は許すことができるだろうか？」

「あ、あの……わ、わたくしは……」

陛下の強い視線に圧倒されてしまったわたし。

そんなわたしの肩を、エードゥアルト様がそっと抱いてくださった。ああ……、支えてくださっているのだわ。

「許せないのなら、許さないと、言っても構わないのですよ」

エードゥアルト様がわたしの耳元で囁《ささや》く。

確かに、一言で許しますなんて……言えない。下手《へた》をすれば、わたし、『ユメアイ』のシナリオ通りに断罪されて破滅だったのかもしれないのだし。だけど。

わたしはちょっとだけ考える。

「……正直に申し上げても？」

「いいよ」

よし、陛下の言質《げんち》は取った。

「では……。わたくし、今は、エードゥアルト様と愛し愛されるこの幸福に酔いしれておりますの。ですから許すとか、許さないとか、それは既に些事《さじ》ですわ」

以前に何かの本に書いてあった。相手に対して恨みを持ち続けるというのは、その相手に執着し続けていることだって。

それから最大の復讐《ふくしゅう》とは、その相手を完全に忘れてしまうことだとか。

わたしは今幸せで、このわたしの心の中にはエードゥアルト様しかいないの。ギード様なんて、欠片《かけら》だってわたしの中には残らない。塵《ちり》となって、さようなら。どうかわたしの知らないところで勝手に幸せにでも不幸にでもなって頂戴《ちょうだい》。どうなろうともわたしには関係ないし興味もない。

そう突き放したら、ギード様はものすごく傷ついた顔をした。

……何よ、わたしのほうが悪者みたいじゃない。ムカつく男ね！　こんなわたしの思いは顔になんて出してあげないけどね！

「つまり、許すでも許さないでもなく……どうでもいいと」

はい、その通りです……と、言う代わりに曖昧《あいまい》な笑みを浮かべておく。そうしたら、陛下だけでなくルフレントお兄様まで乾いた笑いを浮かべたわ。

うん？　わたしは素直に正直に気持ちを述べましたが？　何か文句、ありますか？

「ギード君のことは……恨む価値すらないのか。マルレーネ嬢から一刀両断されちゃった。えーと、ちょっとフォローしないとさすがに気の毒すぎる。いや、それくらいのことをギード君はしたんだし。でも、えっと……。えっとね、ギード君はマルレーネ嬢から捨てられちゃったけど。俺はねえ」

一度言葉を区切って、陛下は真顔になった。

「俺は、ギード君を捨てないよ」

「ち、父上……」

「国王としての俺は、王命に背いたギード君を処罰せざるを得ない。だけどね、それでも俺はギード君の親で……、馬鹿をやってもギード君は俺の可愛い息子なんだ。だから、俺はいつでもギード君の幸せを願っているよ」

目から涙を溢《あふ》れさせたギード様を、陛下はゆっくりと抱き寄せた。

「それから……、ギード君。君は一度間違えた。だから二度は間違えないように、これからはそこの彼女と頑張りなさい」

そのままギード様は子どもみたいに大きな声で泣き出した。

あら、陛下。うまくまとめたわねえ……。なんて感心していたら、ウィプケ嬢が、わたしのほうを睨むような強い目で見てきた。

エードゥアルト様がわたしの前に立ち、ウィプケ嬢からの視線を遮る。

「何もしません。ただ、謝りたいだけ」

ボソリと呟いてから、ウィプケ嬢は深々と頭を下げた。

「ギード様に嘘《うそ》をついて、貴女を貶《おとし》めました。悪いのはあたしです」

頭を下げたまま、ウィプケ嬢は続ける。

「あたしはこの場にいていい存在じゃない。陛下のご厚意でギード様に付き添うのを許されただけ。だから、本来あたしには発言する権利はないんです。だけど、本当に悪いのはあたしで、ギード様はあたしに騙《だま》されただけ。それだけは言いたかったの」

ウィプケ嬢は顔を上げないまま、謝罪を繰り返した。

エードゥアルト様がわたしを背に庇《かば》ってくださった。だけど、わたしは大丈夫ですと一歩前に出た。

だって今のウィプケ嬢ってば、お花畑の住人なんかじゃなくて、真っ当な人、みたいだし。性格、変わったのかしら……？

「騙す……？」

「はい。あたしがマルレーネ様に苛《いじ》められたとか、そういう嘘をあたしはギード様に言っていました。それはもうギード様にも伝えてあります」

「そう……」

もう済んだことだし、別に「謝罪は受け取ったわ」とか言っても良かったんだけど。ギード様がまだ泣きやみそうもないし。なんとなく、話繋ぎのつもりで聞いてみた。

「どうして嘘なんてついたのかしら？　それほどまでにギード様がお好きだったの？」

テキトウに言っただけなのに、返ってきた答えは衝撃だった。

「話してご理解いただけるかわかりませんが、謝罪として正直に申し上げます。あたしにとってここは『ユメアイ』っていう乙女ゲームの世界で。あたしは唯一知っていた『ギード殿下ルート』を攻略してただけなんです。シナリオ通りの台詞《セリフ》を言っていただけ……って、まあ、途中で本当にギード様を好きになったけど」

ちょ、ちょっと待って。ウィプケ嬢、今、なんて言った？　『ユメアイ』？　しかも、『ギード殿下ルート』を攻略ってどういうこと⁉　それって、まさか……貴女も転生者なの⁉　わ、わたし、もしかしてウィプケ嬢の転生に巻き込まれたの⁉

あまりに予想外で、わたしの頭の中は真っ白になった。

聞きたいことも言いたいことも、たくさんあるはずなのに、それが一つも出てこない。

ウィプケ嬢は「……まあ、ゲームとかルートとか、わかりませんよね？」って感じに肩をすくめると、さっさとわたしに背を向けてしまった。

「ほらギード様！　いつまでも泣いてないで！　用は済んだし皆様お忙しいのよ。もう帰りましょう」

ちょっと待ってっ！　帰らないでっ！　は、話を、詳しい話をしてっ！　お願いっ！

わたしが叫ぶ前に陛下が「ぽんっ」と手を打つ。

「あ、本当だ。時間がない。ごめんギード君、今度こっそり手紙書くからね！」

こくりと頷いたギード様を引きずって、ウィプケ嬢、即退場。

あああああっ！　ま、待ってっ！　行かないでっ！　聞きたいことが……って、この場でいきなりわたしが『転生』だの『乙女ゲーム』だのなんて言ったら、わたし、変な人っ！　ど、どうしようっ！

ウィプケ嬢を捕まえて、後日お会いしたいとか、言ってみる⁉

「じゃあ、皆行こうか」

わたしがあたふたオロオロしているうちに、陛下のそのお声で、今度は王族男性陣がぐるりとエードゥアルト様を取り囲む。

え？　何？　何なのこの包囲網。立て続けに今度は何⁉

「待ってください、フレデリック兄上、ウィンセント兄上。何故私の腕を掴むのですかっ⁉　うわっ！　ラセル兄上っ！　押さないでくださいっ！」

エードゥアルト様がお兄様方に……どこかに連れていかれてしまった……。

あ、えーっと……？

「急いで着替えよう。じゃ、マルレーネ嬢たちは、母上たちとお茶でも飲んで待っててね」

陛下に待てと言われれば、ウィプケ嬢を追いかけるわけにもいかず、またエードゥアルト様をどうするつもりなのかも尋ねられない。

結局わたしは目を白黒させたまま。勧められたお茶を断ることもできずに、お父様やお母様たちと一緒に、席に着くしかなかったの。

◆◇◆◇◆

しばしの後、戻ってきたエードゥアルト様のお姿に、わたしは更なる衝撃を受けた。

ウィプケ嬢のことや異世界転生のことなど頭から一瞬で消えたほどの大インパクト。

何なのこのコスプレは⁉

初めて見るエードゥアルト様の乗馬服姿。これだけでも垂涎《すいぜん》ものだというのに、無理矢理着替えさせられでもしたのか、眼鏡の奥のエードゥアルト様の瞳が、少々不機嫌に細められていた。

実に珍しい。

更に、エードゥアルト様はその手に乗馬用の鞭《むち》をお持ちだった。

えっと……このお姿は……乗馬服×《カケル》銀縁眼鏡×《カケル》不機嫌×《カケル》鞭という素敵方程式が成り立って、そして

導かれる解答が……、つまりは……鬼畜ドS仕様のエードゥアルト様!?

なんなのこれ、この素敵なお姿はっ！　はわっ！　ご褒美《ほうび》？　わたしに対する神様からのご褒美なのかしら!?

思わず神様に祈るように、両手を胸の前で組んでしまったわっ！

「あはははは。マルレーネ嬢が目をキラッキラさせてるよ。良かったねぇエードゥくん」

「だ、だって……エードゥアルト様が……カッコイイ……」

ほう……っと、桃色のため息を吐き出せば、陛下はニヤニヤと口元を歪《ゆが》められた。

だけど、陛下を気にしている場合ではないっ！　一瞬たりともこのエードゥアルト様のこのお姿を見逃せないっ！　ああ、ここが日本だったら、スマホで写真を撮りまくるのにっ！　どうしてこの世界にはスマホがないのっ!?

エードゥアルト様は困ったような、褒められて照れるというような、複雑な感情が入り混じったお顔になった。ああ、そんな表情も素晴らしいっ！

「着替えた程度でそんなになって、マルレーネ嬢は可愛いねえ。エードゥくんがこれから馬に乗って馬場を走っていったら、どうなっちゃうのかなあ？」

ちょっとお待ちください陛下。い、今何と……？

「エードゥアルト様……が、馬に……？　え？　馬場……って？」

「あ、マルレーネ嬢、競馬は初めてだったっけ。あのね、今日は王家主催のお祭りなんだ。だから、第一レースは王家の者たちが騎手役を務めるんだよ」

「つ、つまり……エードゥアルト様が……レースに出場なさる……の、ですか……？」

鐙《あぶみ》の上に立ち、腰を浮かせて背を丸めた前傾姿勢で馬を駆る。

そ、そんな実に希少なお姿のエードゥアルト様を……見る、ことが、できる……と？

「そうそう」

気楽なお返事を、陛下はしてくださった。けれど、わたしの心の中は瞬時に嵐のように荒れ狂い、その嵐がこれまた瞬時に一つの言葉に集約した。

つまり、見たい。

どーってしてもっ！　見たいっ‼

「……私はもう臣籍降下しておりますから、出場する資格を有してはいないのですが。だから、わたしと同じく臣籍降下済みの兄上たち……ジェラール兄上もクリストフ兄上も、ティエリー兄上だって今回は欠席なのでしょう⁉」

「そこはそれ、国王権限で！　出場許可っ！」

「そんなことに権限などを使わないでくださいっ！」

「お祭りだし、良いでしょ？」

「良くありませんっ！」

エードゥアルト様の低い声を気にもしないで、陛下がぐるりと皆を見回された。

「じゃあみんなに聞くね。エードゥくんがレースに参加しないほうが良いと思う人、挙手して〜」

……誰も手を挙げません。

「参加したほうが良いと思う人〜」

全員が即座に挙手しました。僭越ながらわたしも……。

「ほーらね、ここにいる全員の心は一致しているんだよ。特にマルレーネ嬢。エードゥくんのカッコいいところ、見たいでしょ？」

「はいっっっっっ‼」

即答してから、上目遣いにエードゥアルト様を見る。

「えっと、あの……エードゥアルト様。その、ご迷惑でしょうか……」

迷惑がっているお顔のエードゥアルト様。レースに出てほしいなーなんて申し上げるのは、自分でも図々しいとは思うのだけれど……。

うるうると見つめていれば、エードゥアルト様はそのしかめっ面をふっと緩めてくださった。

「他でもない貴女の望みとあらば」

ああ……。本当は気が進まないのに、わたしのためにとレースに出場することを承諾してくださったのね。こういうところがやっぱりエードゥアルト様は大人だなあ……と、わたしは恋心だけでなく、尊敬の念を強めたのだった。

◆◇◆◇◆

さて、わたしは王妃様方と共に三階の馬見席へ移動した。

高い位置にあるこの場所は、レース会場だけでなく、会場外の海までがよく見える。キラキラと輝く夏の海……と言えば、白い砂浜の海水浴場を連想するかもしれない。けれど、残念ながら、我がゲープハルト王国の南側の海岸は、ほとんどが断崖絶壁。ざっぱーんという高い波しぶきがひっきりなしに飛び散っている。そんな海からの風のおかげで夏の野外だというのに、それほどには暑くはない。アツいのは、レースを見ている観客の熱気のほうかしらね……。

とはいえ第一レースはお金を賭けるのではなく、王家によるエキシビション兼開会の挨拶のようなもの。お金儲《もう》け目当ての観客たちの目がぎらつくのは第二レース以降。

その第一レースに出場するのはわずかに六頭。ちょうどその六頭がパドックというレースに出場する競走馬を下見できる場所からゆっくりと出てきたわ。

目を皿のようにしてエードゥアルト様のお姿を探す。乗馬服で騎乗しているなんて貴重なお姿を、一瞬たりとも見逃せない！

あ、発見！

エードゥアルト様は白毛の馬に乗っていらっしゃった。文字通り「白馬の王子様」ね。いや、臣籍降下したから「元王子様」だけど、そんなことはどうでもよい。とにかく「きゃーっ」と心の中で叫んでいるうちに、競馬ならではのファンファーレが高らかに鳴り響いた。

いよいよだわっ！

すべての馬がゲートインを終えると、間髪を入れずにゲートが開き、レース開始！

大歓声が響き、否応《いやおう》なしに盛り上がるっ！

先頭は王太子エルネスト殿下の乗られる黒毛の馬。そのすぐ後ろにフレデリック様。その二頭が先行する形でレースは進む。

エードゥアルト様は三番手だわ。がんばってーっ！

あーっと、国王陛下の乗られた馬が最後尾から内側に切れ込んできたっ！　ぐんぐんと押し上げていき、一コーナーから二コーナーに向かっていく間に、あっという間に国王陛下が首位独走っ！　速い、速い、速いっ！

エードゥアルト様が四番手に……と思ったら、大外から速度を上げられたわ！　フレデリック様の馬を抜かし、エルネスト殿下に追いついたっ！

すごいっ！

会場中から沸き上がる大歓声っ！

エードゥアルト様の馬とエルネスト殿下の馬が並び、そのままその二頭が国王陛下の馬との距離を縮めていく。

行けっ！　抜かせっ！　追い越せえええええっ！

ああ、叫びたいっ！

声を限りにエードゥアルト様を応援したいっ！

だけど、そこをぐっと堪《こら》えて、涼しげな顔でいないと駄目な淑女は辛《つら》いっ！

心の中で拳《こぶし》を握っているうちに、第一レースは国王陛下が逃げ切ったまま終了した。

鼻先一つの差で、エードゥアルト様は三位だった。

一位じゃないのはほんの少しだけ残念。

だけど、真剣な顔で馬を駆るエードゥアルト様のお姿は、わたしの心に深く深く刻み込まれたわ。

ああ、うっとり……。

◆◇◆◇◆

戦い済んで、日が暮れて、あっという間に帰路の馬車の中。

お父様とお母様とルフレントお兄様は上級貴族たちの馬見場のほうに向かわれた。そちらのダンスパーティに参加されるのですって！　貴族ってタフだわ～。

わたしはコーフンしすぎもあって、疲れた感じ。だから、パーティは不参加にして、早々に帰宅。

そ・し・て！　エードゥアルト様と二人きりの馬車が許されました！

うふっ、うふっ、うふふふふ～。

ちょっと疲れたフリで、隣に座るエードゥアルト様にそおっともたれかかる。あ、あざといかな？

でもいいよね、このくらいっ！　だってもう、王族の皆様にもご挨拶を終え、正式な婚約者になったのだものっ！

「今日はとても幸せでしたわ……」

呟くように、告げる。

「そう言っていただけると嬉しいです。まあ、レースで勝つことができたのなら、もっと良かったでしょうが……」

「大事なのは勝ち負けではございませんっ！　今日、わたくしは、エードゥアルト様の色々なお姿や表情と出会えました。だから本当に幸福ですっ！」

青薔薇を抱えられたエードゥアルト様。

ルフレントお兄様と一緒に馬車に乗られた時の、あの眩《まぶ》しい笑顔。

陛下やご兄弟の皆様に囲まれ、連れていかれた時の戸惑い顔や不機嫌なお顔。

乗馬服に鞭！

レース中の真剣なお顔……。

どれもこれもすべて、わたしの心のページに深く深く刻み込まれましたとも！

思わず熱く語ってしまったら、エードゥアルト様は不思議そうにわたしを見た。

「不機嫌だったり戸惑ったり……。そんな顔でもよろしいのですか？」

「ええ、もちろんですわ！　人間ですもの一生涯笑顔のままで……なんて無理でございましょう？　取《と》り繕《つくろ》った顔だけなんて無意味ですわ。泣いたり、笑ったり、怒ったり……わたくしは欲張りですから、エードゥアルト様のたくさんの表情や感情が知りたいのです。エードゥアルト様はどうですか？　わたくしが常に張り付けたような淑女の笑みしかエードゥアルト様に向けなかったら……」

「それは……悲しいですね。私も色々な貴女を知りたいと思います」

不意に、抱き寄せられて、心臓が音を立てる。

「あ……っ」

「驚いた顔も……」

エードゥアルト様の指がわたしの頬にそっと触れた。

「ん……っ」

「赤くなる頬も……」

目を細めたエードゥアルト様のお顔が近づいてきた。

……キス、される、かも。

そう思ったら一気に緊張した。わたしは、エードゥアルト様の服の端をぎゅっと掴みながらも目を閉じる。すると、すぐにふわっとした感触が、頬に、触れた。

……えっと、頬、ですか？　く、唇じゃあないの……？

思わず不満げに口を窄《すぼ》めつつ目を開けたら、エードゥアルト様にくすりと笑われた。

「そんな可愛らしい顔も、すべて私に見せてください」

悪戯《いたずら》が成功した子どもみたいな満面の笑み。

その笑みに目を奪われていたら、今度こそ、本当に、エードゥアルト様に口づけられた。

……やられた。完敗ですエードゥアルト様。も、ホント、大好き。

【挿話三　ルフレント視点】

私の三歳年下の妹、マルレーネを語ってみよう。

ルビーのように鮮やかな赤い色をした、波打つような長い髪。細目の私とは違い、ややつり目気味だがぱっちりとした碧色《みどり》の瞳《ひとみ》。妖艶《ようえん》系美女とも言える派手顔だ。

だが、それはにっこりと、エレガントに笑って黙っていればの話。

動いて話せば「妖艶」の「よ」の字の欠片《かけら》もない。

むしろ対極。猫真似《まね》をして踊るという阿呆《あほう》者。

更に言えば、ある意味野生児。

人間社会から隔絶されて育ち、動物化した子ども……ではない。きっちりと高度な淑女教育を受けた、侯爵家の令嬢のはずなのに。

何故《なぜ》、こうなった……。昔からマルレーネはこんな感じだったのか？　……いや、幼少の頃《ころ》はあまり兄妹同士の交流などしてはいなかったから……どうだろうか？　わからない。

だがきっと、人間社会から放り出したとしても、マルレーネは生き延びるだろう。

そう思うに至ったのには理由がある。

それは、マルレーネにかけられた呪《のろ》いがエードゥアルト学園長の愛によって解け、体も回復した後の、とある日のことだった。

その時マルレーネはきょろきょろとしながら、庭で何かを探していた。

「うーん……、さすがに我が家のお庭には、落ちてはいないわよねえ……」

落とし物でもしたのだろうか？　ならば、この兄が探すのを手伝おう。私は優しいからな。

「マルレーネ？　何か探しているのかい？」

私の声に、マルレーネがパッと振り返る。

「ルフレントお兄様っ！」

青空のように晴れやかな笑顔。我が妹ながら実に美しい。

「岩を探しているのですわっ！」

だが、口を開けばコレだ。

「……い、岩？」

侯爵家の令嬢が何故そんなものを……。

「あ、岩と言っても巨大なものではないですよ。こう……両手で持って持ち上がる程度の……、ええと、つまり、岩というよりも大きな石と言ったほうが良いのかしら？　そういう大きさの岩というか石を探しているのですけど……。さすがに侯爵家のお庭には落ちていませんわねえ……」

当たり前だ、妹よ。ウチの庭は川や池に水が流れ、そこに噴水があり、更に高木や低木があり、花が咲き誇り自然あふれる……というふうに作り込んではあるが、完璧に計算され、整えられているのだ。岩など無造作《むぞうさ》に転がっているわけはない。

「うーん……。ないと困るのですけれど……」

「よくわからんが、岩で何かするのかい？」

とりあえず、聞いてみる。

すると、マルレーネは得意げに答えたのだ。

「割るのですわっ！」

……理解できそうもない。

侯爵家の令嬢が、岩を必要とする理由がわからない。そして、岩を必要とする理由が……割る？

本気で訳がわからない。

無言になった私に、マルレーネは意気揚々と話し出した。

「いいですか、お兄様。岩と一言でまとめても、実は岩にはたくさんの種類があるのです」

まあ、それはそうだな。当然種類はあるだろう。石工など、岩を加工する職業に従事している者ならば、それらの区別は必要だ。……ご令嬢には必要のない知識だろうが。

「そして、岩石の中には節理《せつり》とよばれる割れ目が発達しているものがあるのですよ」

は？　セツリ……？

「例えばカコウ岩を割ると、立方体状に割れるそうなのです」

「そ、そうなのかい……？」

私の首が、ギッと横に倒れそうになった。

「ええ。でもですね、アンザン岩などの溶岩は、平らな板状に割れやすい性質があるのですって」

「うん……？　で……？」

更にギギッと横に傾く私の首。

岩を割る。割れ方が異なる。それが、いったい、なんだというのか。

「割ってみたいと思いましてっ！」

「はあ？」

「それから、わたくしのこの腕が、きちんと回復しているのかもわかるかと思いましてっ！」

キラキラと輝くマルレーネの瞳。

動かなくなっていた腕が、どの程度回復したのかを調べるために、岩を割る……？

理解を放棄して、私は家の者にそのカコウ岩やらアンザン岩などという岩を用意するよう指示を出した。我が侯爵家の者たちは優秀だ。次の日には各種の岩が用意されていた。

「ありがとうございます、ルフレントお兄様っ！　では始めますっ！」

岩の一つを手に取って、別の岩にそれを「がっこんがっこん」と叩《たた》きつけるマルレーネ。

その姿はまるで原始人。

そう、農業が開始される以前、打製石器を作り、それで動物を狩って生きていた時代の人間のようだった。

この話を競馬場に向かう馬車の中で、エードゥアルト学園長に披露した。

エードゥアルト学園長は盛大に肩を震わせていた。笑いを堪《こら》えているのだろう。

しかし、このような好奇心が後にマルレーネの役に立つとは……。

いやはや。人生、何事も体験しておくに限る……のだろうか。
そんなことを思いながらも、私は目を細め、少々遠くを見たのであった。

第四話　サバイバルは絶海の孤島で

閉じていた目を開く。最初に見えたのは、眩《まぶ》しさに目を細めてしまったほどによく晴れた、雲一つない青い空。

聞こえてきたのは潮騒《しおさい》の音。

状況がつかめず、わたしはとりあえず砂浜の上で、体を起こそうと、した。

けれど、大の字になって倒れているわたしの上に、乗っかっている女の子がいて、それで、起き上がることができなかった。

女の子の顔は見えない。

ただ、ミルクティ色の柔らかな髪の色がエードゥアルト様と同じだった。その縦ロールの髪を左右二つに分け、それをエードゥアルト様の瞳《ひとみ》の色と酷似した、水色のリボンで結んでいる。

「もしかして、貴女《あなた》、リコリーナ……ちゃん？」

名を呼べば、リコリーナちゃんはぼんやりと顔を上げた。そのままやっぱり焦点の合わない目でわたしを見て、それからゆっくりと右を見て、左を見た。

「ここ、どこ……？」

さあ？　それ、わたしが今一番知りたいのだけれどね。

ホント、「わたしは誰《だれ》、ここはどこ」なーんて、転生前の世界で使い古された言い回しを、思わず呟《つぶや》きたくなるこの状況。

ま、とにかく落ち着いて、最初から考えてみよう。

ええと。

まず、「わたしは誰」から。

そりゃあもちろんマルレーネ・ベネディクタ・エイラウスよ。

乙女ゲーム『夢見る男爵令嬢は真実の愛を掴《つか》めるか』、略して『ユメアイ』の『悪役令嬢』に転生した元日本人。

断罪されて破滅っていうシナリオだったんだけど、自分の持つ魔道と日本の学校で習った理科的知識をミックスした『呪《のろ》い』をわたし自身にかけて、断罪を回避した。そうして、エードゥアルト様という素晴らしい婚約者とラブラブハッピーな毎日の真っ最中。

でね、今日はエードゥアルト様の双子の姉君であるジョセアラ・ルダイシー・ツェルガウ伯爵夫人のお屋敷に、エイラウス侯爵家の家族と共にご挨拶《あいさつ》に伺ったのよ。ご挨拶兼婚約式の代わり＆結婚式に向けての食事会……という感じで。

そうそうその結婚式っ！

エードゥアルト様とわたしの結婚式の日取りがようやく決まったのっ！　ひゃっほーい！

……ま、でも実際に式を挙げられるのは来年の五月。わたしとしてはもうちょっと早く結婚式を挙げたいなーなんて思っていたのだけれど。

だってね、エードゥアルト様は学園の裏手にお屋敷をお持ちだから、新居を用意する必要もないし、わたしが嫁入り道具を持ってその家に行くだけだし。しかもそのお屋敷、国王陛下から下賜《かし》されたものだから、エイラウス侯爵家のタウンハウスよりも豪奢《ごうしゃ》で広い。既にイルゼたちの部屋だって用意してもらっているの。

だからね、どこかの神殿で、サクッと結婚式を挙げて、さっさとお引越しをして、素早く新婚生活を始めるのだって可能だわ……とか、軽く考えていたのよねー。

だけど、その結婚式が問題だったのよ。

「ぜえええええええっ たいにっ！　俺《おれ》はエードゥくんの結婚式に参加するからねっ！　参加させてくれなかったら末代まで祟《たた》ってやるっ！」

ユストゥス現国王陛下が声を大にしておっしゃった……。末代って……。

もともと陛下にはご参列いただきたいとわたしもエードゥアルト様も考えてはいたわ。

それにエードゥアルト様のご兄弟の皆様に前王妃様方もね、可能な限りご参加いただければ本当に嬉《うれ》しい。

でも人数は多いし、お忙しい方々ばかりだしで、残念だけど、全員は無理かなーと、半分諦《あきら》めてはいたのよ。

打診してみれば、皆様全員一致で「参加っ！」と即答。しかも参加を即答されたのは、国内にいらっしゃるご兄弟だけではなかったの。

前王のご側室でいらっしゃったステフィ様のご子息のアルベール様。この方、隣国ヨークシヴァ王国の第三王女殿下に婿《むこ》入りされているのだけれど。「婚約しました」のお手紙を差し上げたら、山のような婚約祝いの品々と共に、「結婚式には第三王女殿下と共に参加を希望するので、日程調整よろしく！」との返事が。

ありがたいのだけれど……。陛下とアルベール様のご予定を合わせることがまず大変だった。お金がかかるだけでなく、警備なんかの人員采配もある。

まあ、その大変なのを、喜々として陛下が取り仕切ってくれたのは感謝しかない。

ホントね、臣籍降下というか、ご自分から平民になってしまった方もいて、連絡はつくのかしら？と危惧していた。

やっぱり、せっかくの結婚式だから。エードゥアルト様のご家族、皆様お集まりいただけるのならば、それに越したことはない。

で、色々あって、調整もしてもらって、結論から言えば、何とか日程が組めたのは来年の五月、もしくは再来年の十一月だけだった。

「再来年!?　そんなに待てないいいいいいいいいっ！」

叫んだのはわたしじゃない。もちろんエードゥアルト様でもない。ユストゥス陛下だった。

「だから、五月っ！　最優先で準備を整えよっ！」

陛下のその一言で、エードゥアルト様とわたしの結婚式は、国を挙げての大イベントとなってしまったわ……。成婚パレードはさすがにお断りさせていただいたけど、国内外からの招待客が……すごい数に膨れ上がった。

「……私は既に臣籍降下しているのだが……」

ぼそりと呟かれたエードゥアルト様。

ふふ……、人間諦めが肝心よ……。なーんてことは言いません。

陛下たちが最優先でわたしたちの結婚式の準備を着々と進めてくださっているのだもの。わたしはありがたく微笑《ほほえ》むのみ。

……だから、わたし、やらなければならないことが、ない。

今わたしがしているのは、ミアーナ様たちといった、貴族学園での学友の皆様方からの、祝福のお手紙に、誠心誠意の気持ちでお返事を書かせていただいている……とか、ご挨拶……くらいかな……。

陛下とわたしの母が、すごい勢いでお話し合いを重ねてくださっているから、口を挟む隙《すき》もないというのが正直なところ。

まあ……ね、転生前には結婚情報誌、山のように買って読んでいたけれど。こっちの世界じゃあ、その情報、ほとんど役に立たない。

例えばレストランウエディングとか、身内と家族と親しい友人での、小規模でアットホームな結婚式……なんて、無理。

そもそも「身内」だけでも小規模からはかけ離れているのよ……。わたしの家族は父母兄とわたしの四人家族だけど。エードゥアルト様なんてお兄様お姉様だけならともかく、その配偶者にお子様にとそれだけで何十人だし。国王陛下と王妃様と王太子殿下が参列する式であれば、宰相閣下だの国の重鎮の方も招待せざるを得ないし。

とすると、警備だのなんだのも、かなり大仰《おおぎょう》になっていく。

そうして雪だるま式に、どんどんどんどん準備やら式次第やらが大掛かりになっていった……。恐ろしいくらいよ……。

結婚式を挙げる教会も、その辺のテキトウなところではなく、王族の皆様が代々結婚式を行う、王都中心部にある大聖堂になりました……。あは、あはは、あはははは……。大聖堂の収容人数って、最大一万人……。

もちろんそんなに招待客は呼ばないけれど、ちょっと現実逃避、したくなる。

お金、かかりすぎじゃございませんか？　一度ぼそっと言ってみたの。そうしたら……。

「その程度の金で、我がエイラウス侯爵家が傾くとでも？」とお父様。

「あ、大丈夫っ！　もちろん国家予算は使わないから。俺の私財で十分賄《まかな》えるよ！　だから、新郎の父代わりに、俺からのご祝儀だと思って遠慮なく使ってねっ！」と満面の笑みのユストゥス陛下。

お、お金持ちって怖い……。

転生して、これでもかなり「侯爵家の金銭感覚」に慣れてきてはいるはずなのだけれど、それでもちょっと待って、節約って言葉を知ってますか……って、聞きたくなる。

エードゥアルト様も「すみません、マルレーネ。ユストゥス兄上が張り切っているので……、その、ある程度までは大目に見てくれませんか……」と謝ってくださったほどの白熱っぷり。

「いいえ、エードゥアルト様。その、わたくしの母も父も……、陛下と同様で……すみません」

特にユストゥス陛下とわたしの母は、生まれる前の世界とかで親友同士だったのか？　と思ってしまうくらいに意気投合。ものすごい勢いで、わたしとエードゥアルト様の結婚式に向けて、立案・修正・根回し……等々を行っている。

わたしとエードゥアルト様は、お二人の提案に「はい」だの「いいえ」だの、言うくらい。

ほんと、最終決定だけしかやってない。

例えば……「結婚式後の披露宴のお食事！　これについては今のところ陛下と一緒にA案からK案までを考えてみたわっ！　A案は、ゲープハルト王国の伝統的なお料理ね。で、B案はね、隣国ヨークシヴァ風なメニューを取り入れたのよ。あちらは我が国よりも豪華でしょう？　だからね……」延々と続きそうなお母様たちの言葉を遮って「では……Aで……」と答えるのが精いっぱい。

エルネスト王太子殿下なども「王太子としての私とエリーゼの結婚式の時は、もっと予算を使ったので、この程度なら特に問題はない。ため込んだ父上の私財を使って、我が国の経済を回す良い機会かもしれないな」と涼しい顔だ。

陛下たちの暴走を、止めてくれる人が……いない……。

……いや、良いんだけどね。お母様も陛下も楽しそうで何よりよ。

で、ジョセアラお義姉《ねえ》様へのご挨拶。

ツェルガウ伯爵家のサロンでね、ジョセアラお義姉様が「もしも、良かったらなんだけど、あなたたちの結婚式の時に、ウチの娘と息子にフラワーガールとフラワーボーイをさせてくれない？」って言ってくださったの。

あ、フラワーガールやフラワーボーイというのは、結婚式の時にバージンロードにお花を撒《ま》く役のこと。

「えっと、リコリーナちゃんは六歳で、フェイト君は十二歳でしたかしら」

「そうなの。おませな上に賢い子だから、結婚式でもちゃんと役目を果たせると思うわ」

想像する。新郎新婦入場前に、小さい子どもが花びらを撒き散らす姿。あら、可愛《かわい》い〜。わたしは
おもわず笑顔になってしまった。

エードゥアルト様も「ああ、良いかもしれませんね」って、わたしと見つめ合ってにこにこと。

あら、お義姉様の前でラブラブしてしまったわ、うふふ〜。

で……喜んでお願いします。母と陛下にもその旨《むね》お伝えさせていただきます……と、返事をしよう
としたその瞬間に。

突然。

わたしは何者かに「どんっ！」と、突き飛ばされた。

反射的に伸ばした手で、わたしはその「何者か」を捕まえる。その「何者か」からの魔道の発動を
感じて……、その魔道を遮断しようとして……。咄嗟《とっさ》のことだったから、きっと加減を間違えた。相
手の魔力とわたしの魔力が反発して、大爆発を起こす。

多分、そんな感じだったと思う。

衝撃で、意識がちょっと吹っ飛んだから、細かいところはあやふやだけど。でも多分、そんな感じ
で、どこかに飛ばされて、結果この砂浜に転がった……のだと思うのよ。

お腹《なか》の上のリコリーナちゃんがどいてくれないと、起きられそうもない。なので寝っ転がったまま

もう一度、周囲を眺める。

砂浜に巨岩。長い年月をかけて風雨で削られたそれらの巨岩が、点在している不思議な風景。まるで美術館のオブジェみたい。岩の陰からヤシの木っぽい南国植物がいくつも見える。空と海の青、砂浜の白、巨岩の色とヤシの木の葉の緑。それらが太陽に照らされて、砂浜に濃い影を落としている。目が覚めるほどに美しい光と影の明暗の差。どこかの南の島の写真のようだわ。

ぼんやりとそんな景色を眺めていたら、わたしのお腹の上のリコリーナちゃんが、いきなり怒鳴りつけてきた。

「どうしてリコの手をつかむのよっ！　アンタだけ『吹っ飛ばす』つもりが、リコまで一緒に『飛ばされた』じゃないっ！」

え、何？　吹っ飛ばすってどういうこと？

リコリーナちゃんは、わたしを睨《にら》みながら立ち上がる。そして、砂にまみれた水色のドレスのスカートを手で払った。裾の白いレースが揺れる。

わたしも困惑しつつ起き上がる。何が何なのか、全く理解ができない。とにかくリコリーナちゃんに説明を求めた。

「アンタ馬鹿《ばか》なの？　リコからエードゥアルトおじさまを奪っておいて、のうのうとリコの、ツェルガウ伯爵家にやってくるなんて。こーがんむちにも程があるわよっ！　アンタなんかどっかに行っちゃえって、リコの魔道で『吹っ飛ばした』のに。なんでリコまでみちづれにするのよっ！」

こーがんむちって厚顔無恥？　面《つら》の皮、厚い？　それに「リコからエードゥアルトおじさまを奪っておいて」ですって？　ああ……わかった。つまり、リコリーナちゃんもエードゥアルト様が好きなのね。で、奪う？

……冗談じゃあないわ。その一言だけは、相手がいくら子どもとはいえ許せない。

「『奪う』という表現をするということは、貴女ご自身にエードゥアルト様の所有権がおありだとご主張なさるのね？」

これ以上もなく低い声が出た。

「エードゥアルト様は貴女のモノなんかじゃあないわ、リコリーナちゃん」

「じゃあ何よっ！　アンタのモノだっていうつもりっ!?」

「エードゥアルト様はエードゥアルト様ご自身のもの。誰かの所有物などではない。奪ったり奪われたりするような存在ではないわ。それなのに何故《なぜ》貴女は『奪う』などと言うのかしら？　エードゥアルト様が貴女の所有物だとでも言うつもり？」

悪役令嬢顔で、容赦なく睨む。

リコリーナちゃんがびくりと体を震わせたけれども、知るものか。

「エードゥアルト様はご自身の意志でわたくしを選んでくださったの。わたくしが強制したのではないわ。プロポーズもしてくださった。国王陛下にも婚姻の許可を取ってくださった。エードゥアルト様のお兄様方も、王太子殿下も前王妃様方も、みーんなわたくしとエードゥアルト様の結婚を喜んでくださっている。来年には結婚式を挙げるのよ。だから、エードゥアルト様の姉君であるジョセアラお義姉様にご挨拶に行った。親族になるのだからご挨拶を差し上げるのは当然。それのどこが厚顔無恥？」

子どもに対して容赦ない？

いいえ、そんな甘いことをわたしは考えない。これは女と女の戦い。転生前のテレビドラマなんかでよくある三角関係モノの泥沼のストーリーと同じ。

だから、相手に対して容赦する理由なんて、一つもない。

「それにねえ、貴女。知性も言葉もお持ちなのでしょう？　だというのに何も言わずにいきなり魔道で『吹っ飛ばす』？　乱暴ね」

「な、何よっ！　悪いっ⁉」

「わたくしと貴女は初対面。出会い頭にいきなり殴りつけるようなことをした貴女を悪いと言わないのなら、何を悪いと言うのかしら？　わたくしが貴女に対して何も言わずにいきなり殴ったら、貴女怒らないの？　怒るでしょう？　それと同じよ」

穏やかに説得なんて、してあげない。

いきなり魔道を使って、どこかに吹っ飛ばすなんて、そんな乱暴をしたのはリコリーナちゃん、そっちですからねっ！　わたし、自分から喧嘩《けんか》は売らないけど、売られたら、買うわよっ！

「で？　ここはどこ？　貴女、わたくしをどこに『吹っ飛ばし』たの？」

「知ってるはずないでしょうっ！　リコはまっすぐに、どっか遠くにアンタを飛ばして、二度と帰ってくるなって……」

要するに、リコリーナちゃんも、ここがどこかは知らないわけ？

わたしは思わず額に手を当てた。

……あーのーねえ、運良く海辺、それも砂浜なんかに転がったから良かったものの、これが、四方八方水平線しか見えない海のど真ん中とかだったら……。

想像するだけでぞっとする。

着飾った重たいドレスで着衣水泳なんて無理。

ドレスがあっという間に水を吸って、重さで身動きが取れなくなって溺死《できし》一直線。海の藻屑《もくず》となり果てる。

今リコリーナちゃんがわたしに言った「二度と帰ってくるな」というのはつまり、どこかも知らない遠くの場所に飛ばして、そのままわたしを放置するつもりだったの？

……冗談じゃあない。姪《めい》っ子だからって、そんな危険人物、エードゥアルト様のお傍《そば》に置いておけますかっ！　がっつりと教育的指導をして、きっちりと、何が悪いのか、理解させてやるわっ！　お説教タイムスタートよっ！

「二度と帰ってくるなと、着地地点も計算せずに飛ばす……ね。砂浜なんて比較的良い場所に到達したから良かったけれど、もしも、あの海にでも落ちていたら？　わたくしも貴女も今頃《いまごろ》溺死しているわよ？」

怒りを抑えるように、わざと少しだけ声を低める。はい、『ユメアイ』の悪役令嬢モード。

「魔道を使った結果、どのようなことが引き起こされるのか。想像すらしないなんて、貴女のほうこそ馬鹿なの？」

「リコ、馬鹿じゃないもんっ！」

「だったらわたくしが死んでもなんとも思わない冷血漢？　ああ、善悪の区別もつかない赤ん坊？」

呆《あき》れを込めた、軽蔑《けいべつ》の目つきで見下し続ける。決して大声で怒鳴りはしない。だけど、怒鳴るより、こちらのほうが効果はありそう。

思った通り、リコリーナちゃんの瞳から、ぶわっと涙が溢《あふ》れて出た。

「う、う、う……うわーんっ！」

大声を上げて、泣くリコリーナちゃん。だけど、容赦はできないわ。だって下手《へた》したらわたし、死んでましたからねっ！

リコリーナちゃんは、そのまま少しだけ、放置する。意地悪じゃないよっ！　自分のした悪いことを、自分自身に染みこませるにはこうやって時間をおくほうがいいのよ！

それに……正直なところ……、リコリーナちゃんに構っていられる状況ではない……かもしれないのだ。

そう「わたしは誰、ここはどこ」の「どこ」が、問題なの。

ええ、大問題よ。こんなところに来た原因のリコリーナちゃんが、現在位置を把握していないというのならば、急いで調べなくてはならないわ。

わたしは頭の中で、ゲープハルト王国の地図を広げる。

我が国の北と西は切り立った山々。だから除外。南と東は海に面している。この間の初デート、競馬場がある辺りがやや西寄りの南側ね。でも、その南の海はほとんどの場所が断崖《だんがい》絶壁。今わたしがいるような広い砂浜なんてなかったはず。猫の額のように狭い浜ならいくつかあったと記憶はしているけれど。だったら東の海側なのか……といえば、多分違う。もしもここが東側の海だったら、対岸に隣国であるヨークシヴァ王国が見えるはず。だけど、わたしが今いるところから見えるのは、島一つない水平線。

と、すると、ここは……。

可能性その一。

ここはウチの国ではなく、他国である。

だけど、六歳のリコリーナちゃんの『魔力』が仮に強大だったとしても、人間二人、他国の海岸まで瞬間移動させることなんて、できるのかしら？　ちょっと無理だと思う。

だから、可能性その二。

ウチの国の南の海の沖合に、ぽつんと一つだけ、島がある。人間が住んでいる島なのかと言えば、そうじゃない。無人島というか……流刑《るけい》島。

罪人に対して海に入って泳げ、と命じるの。当然罪人は抵抗するんだけど、無理矢理に海に追いやるのよ。そして罪人に向かって言うの。

「海に浮かぶあの島まで辿《たど》り着けば、お前はそこで生きていけるぞ」って。

だけど、島まで泳ぎ着ける者なんていない。荒い波にのまれて即溺死。

そう、島流しという名の溺死刑。

……で、多分だけど、きっとここは、受刑者の、誰もが辿り着くことができなかった、その流刑島なのだ……と、思う。

ああ、エードゥアルト様と、ラブラブな日々を送っていたはずなのに……っ！　今度は島流しの刑ですか……。さすがのわたしもちょっと、なんていうか……めげそう。うー……でも、めげている場合ではない。なんとしてもエードゥアルト様の元に帰るのよっ！

目指せ、再びの「ひゃっほーい！」な日々っ！

そのためにはまず確認。

ここが、もしも流刑島なら。この島の北側に行けば、ゲープハルト王国南岸の断崖絶壁が見えるはず。だから、まず、この推測が正しいかどうかを確かめなきゃ。北側に移動しよう、そうしようっ！

で……、うーん、えーと……北ってどっちかしら？

方位磁石なんて、もちろんない。空を見上げて太陽を見ても、今は真上にある。時間が経《た》てば、太陽は西に沈むから、それでだいたいの方角はわかるけど。太陽が傾くまでぼけ〜っと空を眺め続けているわけにもいかないし。……棒でも立てて、その棒の影から方角を割り出す？　それだって一時間とか二時間とか、結構待たなくてはならない。そんな時間はもったいない。

未《いま》だにえぐえぐと泣いているままのリコリーナちゃんを、ちらりと見る。

「ねえ、わたくしは行くけど、貴女はどうする？　このままここにいる？　それともわたくしについてくる？」

リコリーナちゃんからの返事はない。

もしかしたら、わざと無視されているのかも。わたしはため息を一つ吐《つ》くと、リコリーナちゃんに背を向ける。

「ちょっ、ちょっと待ちなさいよっ！　リコを置いてどこに行くつもりなのよっ！」

さっさと歩き出したわたしに、リコリーナちゃんは高圧的に怒鳴ってきた。

わたしはわざと面倒くさげに振り向く。

「声はかけたでしょう？　返事をしなかったのは貴女だわ。それにねえ、わたくしを殺しかけた貴女に配慮する必要がありまして？」

「殺すだなんて、そんなつもり、ないっ！」

「そんなつもりがなかった、あった、という問題ではないの。今わたくしが生きているのは単に運が良かったから。運が悪ければ、貴女のせいで、わたくしはとっくに死んでいます」

「う……」

「ですからわたくし、貴女には配慮はいたしません。それともわたくしを害しかけた貴女に対して気を遣えなんて主張するおつもり？」

「リコはっ！　アンタを飛ばしただけっ！」

「飛ばした結果、何が起きるのか。貴女には想像もできないの？」

まあ、ごちゃごちゃ言っても、気が立っている状態のリコリーナちゃんには通じないだろうからね。

もう少し時間をおいてから、何が悪いのか、わからせよう。

ため息を吐きだしたくなるのを無理に引っ込めて、わたしは逆に艶《あで》やかに笑って見せた。

「貴女が何をどう思おうと、ご自由にどうぞ。同様に、そこにいたければいればいいし、わたくしについてきたければ、それも貴女のご自由になさればいいわ。わたくしは貴女に何も強制はいたしません。同様に、貴女もわたくしに命令しないでくださる？」

さ、切り替えて確認するべきことを確認しなければ。わたしは言うだけ言って、さっさと背を向ける。

「ちょっと、どこにいくのよっ！」

「どこに向かおうと、わたくしの自由です」

すたすたと歩きつつ、リコリーナちゃんに『飛ばされた』時のことを、冷静に考える。

もしもリコリーナちゃんの魔力に、わたしの魔力が反発して爆発的な威力になった……のなら、情《じょう》状酌量《しゃくりょう》の余地はある……というか、責任の半分はわたしにある……と、言えなくもない。

だけど、容赦なく、敢《あ》えて突き放すように接する。優しく諭《さと》しても、反発されるか増長されるだけだと思うから。

やっぱりリコリーナちゃんは、きゃんきゃんと吠《ほ》えている。わたしは無視してどんどん先に行く。

リコリーナちゃんは文句を言いながらもわたしの後を追いかけてきた。

◆◇◆◇◆

さて、巨岩を避けつつ島と思《おぼ》しき場所をぐるりと半周。

すると、見えてきました対岸の大陸。断崖絶壁の海岸線。

念のため、太陽と影を見て、だいたいの方角も確認する。確かにこの島に対して、本土は真北。予想は的中。やっぱりここは離れ小島。

「流刑島……か」

なんとなく、声に出してみたらリコリーナちゃんがぎょっとした顔でわたしを見た。

「る、流刑島って何っ！」

「知らない？　我が国の刑罰の一つ。王都から見て南の海に、ぽつんと浮かんでいる孤島。そこまで泳げと受刑者を無理矢理海に放り出すの」

「ひ、ひどいっ！」

「刑罰なんだから仕方ないでしょう。ひどくないと犯罪抑止力にならないのだし。それで、海に放り出された受刑者が必死になって目指す小島が、多分ここ」

「じゃ、じゃあ、この島には、悪い人たちがたくさんいるってこと？」

蒼白《そうはく》な顔になったリコリーナちゃん。

わたしは首を横に振る。

「多分、いないわ。この海、波が荒い上に潮の流れもかなり速いでしょ。だから、みんな途中で溺《おぼ》れて死んでいるの」

「うそ……」

もしかしたら過去にはこの島に辿り着けた受刑者がいたかもしれない。だけど、ユストゥス現陛下の御代《みよ》では流刑は為されていない。だから、きっとここは無人島。

「嘘《うそ》なんて言わないわよ。この島にはきっと誰もいない。わたくしと貴女の二人きり」

女の子が二人、島流しにあって、そこに男が何人もいたら、そっちのほうが悲惨よね。貞操の危機的意味で。だから二人きりなのはある意味幸運。

「ほんとうに、ここ、誰もいないの……？」

「さあ？　探索してみないとわからないけれど。今歩いたところを振り返っても、人の手が入っていた様子はないでしょ？」

島の中央に行くにしたがって、こんもりとした山がある。で、ヤシ的な木とか見えたり、ブーゲンビリアっぽい花なんかが咲いていたりしたのは目視できたのだけれど……。

「ほら、どこを見ても道がない」

「え？　道？」

「人が通れば道ができるわ。だけど、この場所は人の手の入っていない、自然そのままに見えるのよ。もしかしたら、わたくしたちが今通ってきたところの反対側か、島の中心部には誰かがいるかもしれないけれど……」

生い茂った緑が無造作《むぞうさ》に伸びているだけ。その緑を踏み分けて通ったなんていう跡はない。

「ほ、本当に……ここ、だれも、いない……の？」

リコリーナちゃんが心細げに言う。

「わからない。まだこの島を、海岸線に沿って半周しかしていないから」

「じゃ、じゃあ、探す……？」

「貴女がそうしたいのなら、そうすればいいわ。わたくしはやらないけどね」

「どうして探さないのよっ！　誰かいて、助けてくれるかもしれないじゃないっ！」

「貴女が誰かを探したいのなら、貴女が、お一人で、ご自由に、どうぞ」

敢えて突き放す。

「ひ、ひどい……」

知らない場所で、一人になれなんて、怖いんでしょうね。だけど、わたしはリコリーナちゃんの召使ではない。それに、小さい子のわがままや癇癪《かんしゃく》に付き合ってあげられる余裕なんて、きっとこの先無くなると思うし……。主導権は、こちらが握っておかないと、命にかかわる。

「いるかどうかもわからない、いたところであてにできるかどうかもわからない。そんな誰かを探す暇はないの。のんびりしていたら、すぐに夜が来る」

ここが流刑地なら、当たり前だけど、灯《あか》りなんてないし、食料もない。家だってないし、ベッドなんて当然ない。

「無人島で生き延びるために、まずやるべきことは、水分の確保。それから寝床の確保よ。知ってる？　人間はね、水なしじゃあ三日程度しか生きられないの」

今は夏だから、もっと早く喉は渇《かわ》くだろうけど。

「アンタ馬鹿なの？　水ならあるじゃないっ！　そこにっ！　たっくさんっ！」

偉そうな態度でリコリーナちゃんが指さしたのは、海。

「……死にたいの？」

思わず低い声が出た。

「え？」

「喉が渇いている時に海水なんてそのまま飲んだら、それこそすぐに死ぬわよ」

海水を沸騰させて真水を作る方法も知ってはいるけれど……、今ここにそれができるだけの道具はない。

「え？　どうしてよ？　海の水だって水でしょっ⁉」

「海水は塩分濃度が濃すぎるの。体に海水が入るとね、その濃すぎる塩分濃度を元に戻そうとする作用が働くわ。海水を飲んだ以上の水分が、逆に体の外に排出される。それで、海水を飲めば飲むほど脱水症状になるの」

きちんと説明したつもりなんだけど、リコリーナちゃんはよくわからないというふうに眉根《まゆね》を寄せている。えっと、六歳児にわかるのは、綺麗《きれい》か汚いか、程度かしらね……？　んーん、どう説明しようかしら。

「じゃあ、ものすごくおおざっぱに言うけど、海には魚とか、生きて泳いでいるでしょ」

「うん」

「で、その魚は死ぬとどうなる？」

「どうなるって……、そんなの知ってるわけないじゃない」

「わたくしを馬鹿呼ばわりするくせに、貴女、この程度の想像もできないの？」

「う……」

「じゃあ、考えてみて。この目の前に広がる海には、生きた魚もいっぱいだけど、死んだ魚の死骸もたくさん沈んでいる。死骸は腐り、やがて海水に溶ける」

「え……」

あ、想像できたみたい。やっぱり六歳でも、綺麗と汚いの違いくらいはわかるらしい。よし、この線で説明しましょう。

「腐っているのは魚だけではない。この海で溺死した過去の受刑者たちの死骸も、腐って溶けて海水に混じっていたはず。それから水温が高い時期の海には病気の元になる細菌も増えるの。海の水を飲むと、その細菌もわたくしたちの体に入る。そして吐き気や下痢なんかの症状を起こす。さて、そんな腐った死骸や細菌混じりの海の水、リコリーナちゃんは飲みたい？」

「ぜったいに、嫌っ！」

ちょっと海水を飲んだくらいなら、平気だとは思う。だけど、無人島で脱水症状なんて、死亡直結ルート。大雑把《おおざっぱ》すぎるわたしの説明だけど、リコリーナちゃんには安易に海の水を飲むのは危険とだけ、わかってもらえればそれでいい。

「話を元に戻すけど、海の水は飲めない。じゃあ、どうやって水を得る？　いるかどうかもわからない人を探しているうちに、三日経過。わたくしとリコリーナちゃんは渇き死に……したい？」

「い、いやっ！」

「だから、優先すべきは飲める水を探すこと」

無人島サバイバルの基本よね。ここまで歩いてきた時に、一応周りを見渡してはいたんだけど、海岸線の岩場から水が湧《わ》き出ているなんて場所は……ぱっと見ではわからなかった。

火を熾《おこ》して飲み水を得る方法もいくつか知っているけど、それをするには結局道具が必要になる。その道具を作っている暇は、今はない。夜が来るまでに手っ取り早く、水もしくは水分を得られる方法は……。

「ねえ、リコリーナちゃん、バナナはわかる？」

「はあっ？　何言っているの？　リコは馬鹿じゃないのよっ！　そのくらいわかるに決まっているじゃない！　黄色い皮の果物でしょっ！」

「じゃあバナナの木もわかる？」

この島にバナナの木があれば、水の確保はかなり容易《たやす》い。あれば、だけどね。

あ、そうそう、正確にはバナナっていうのは木じゃなくて、草なのですって！　柔らかくて、ネギみたいな感じだって、以前読んだ本に書いてあったのよ。

「あと探してほしいのはヤシね。ココヤシの種類なら、ココナッツの実を割れば水分を蓄えているし、デーツヤシなら、ナツメみたいな果実がなっているはず。カナリーヤシの種類なら、その木の付近にタマシダとかイヌビワとか、着生植物が根を下ろしている可能性が高いわ。イヌビワは樹皮を傷つければ、白い色をした樹液が出てきて、それ、飲めるらしいけど……。かぶれる危険性もあるみたい」

樹液をするなんて、カブトムシみたいねーなんて、ちょっと思ったりして。

「あとは……そうね、島で見つけやすいのはアサイーとか？　あ、雑草メロンっていうのもあるかも。味はお世辞にも美味《おい》しくはないようだけど、食べられる、はず。他《ほか》には……アロエかな？　そういうのを探せばまあ何とか二人くらい、しばらくは生きていけるわよ。多分、どれかはあるでしょう。さあ、手分けして食べられるものか、飲めるものを探しましょうか」

　転生する前に読んだ本の知識。わたし、お金のない家庭で育ったから、学校の図書室の本なんて、端から端まで読んだのよ。植物図鑑とか、サバイバル系の漫画とか色々と。当時は面白《おもしろ》いって思って読んでいただけだったけど、まさか転生して役に立つなんて思ってもみなかったわ。知識は正義！な〜んてね。あー、ホントたくさんの本を読んでいてよかった。こんな流刑地に飛ばされても、何とか生きていけそう。

「リコリーナちゃんはこの辺りを探してくれる？　わたくし、もうちょっと先の、あっちのほう、探してくるから」

　手分けして探そうとしたのだけれど……、何故だかリコリーナちゃんはぷるぷると小刻みに震えだした。あら、どうしたのかしら？

「震えていないで探しましょ。日没まで時間はあまりないのよ」

　促せば、リコリーナちゃんは涙目でわたしを睨んできた。

「アンタの言っていることなんて、ぜんぜんわかんないっ！」

「は、い？」

「知らないわよバナナの木なんてっ！　ヤシ？　ナツメ？　探せって言われてもそんなの見たことも聞いたことも、ないっ！」

「貴女、わたくしを『馬鹿』呼ばわりしていましたけど。そのわたくしが持っている程度の知識すら、わからないの？」

悔しそうに、リコリーナちゃんは唇を噛《か》む。

うーん、六歳の女の子を苛《いじ》めるようなきつい言い方は、本当はしたくはない。でも、救助が来るまでは、きっとこの島で二人きり。わたしとリコリーナちゃんの仲を取り持ってくれる第三者なんて、ここにはいない。だから……。

「では、貴女ができることは何？」

「な、なにって……」

「水を確保する方法は？　火の熾し方は？　救助を呼ぶための狼煙《のろし》は上げられる？　できないの？　ならば、家や小屋の建て方は？　蔓《つる》を編んでかごを作ることはできる？」

「あ、アンタはできるっていうの⁉」

「当然よ。常識でしょ」

敢えて言いきる嘘。わたしだって知っているだけで、できるかどうかはわからない。

「……ねえ、リコリーナちゃん。貴女は他者を馬鹿にできるくらいに賢いの？」

お互いに協力し合わないと生死にかかわるかもしれない今のこんな状況で、馬鹿呼ばわりされ続けるのはすごく気に障《さわ》る。友好的になれとまでは言わないけど、わたしを馬鹿にする態度は改めてもらわないと。

「馬鹿じゃないのなら、他人に対する礼節程度、当然ご存じですわよね？　貴女とわたくしは、初対面。そのわたくしをあれだけ罵《ののし》るなんて……貴女のほうこそ厚顔無恥ではなくて？」

とりあえず、さっき言われた単語をそのまま返してやる。

震える手で、ドレスを握りしめているリコリーナちゃん。目には涙が浮かんでいた。

「わたくし、礼儀知らずは嫌いなの」

「リ、リコだってアンタのことなんて、嫌いっ！」

「そう？　じゃあ、ここでお別れしましょう。さようなら」

またもやくるりと背を向ける。

あー……六歳児に対して、かなり無慈悲だってことは自覚しているのよ。わざというか、半分演技。ズキズキと良心が痛む。痛むけど……リコリーナちゃんの敵対モードを解除してほしい。頑張れわたし！

「ちょ、ちょっと待ってよっ！」

「何故待たねばならないのかしら？　嫌いな者同士、顔を突き合わせなくてもいいでしょう？　貴女はご自分でご自由になされればよろしいわ」

「だって……、だって……」

「だって、何？」

「こんなところで……リコ、ひとりで……無理に決まっているじゃないっ！」

「わたくしは別に、貴女がいなくても生きていけますけれど？　むしろ貴女がいるほうが邪魔だし足手まといね」

「ひ……ひどい……」

「わたくしに対して酷《ひど》い態度を取っているのは貴女のほうよ。リコリーナちゃん、貴女がわたくしを馬鹿にするなら、わたくしだって貴女を馬鹿にするわ。当然でしょう？　それともなあに？　わたくしを罵ってくる貴女に、親切にしろとでも貴女はご主張なさるの？　子どもであることを免罪符に、わたくしが大人《おとな》だから、好きでもない貴女の面倒を見ろと？　ずいぶんとまあ、恥知らずなのねえ。わたくしは貴女の奴隷でも侍女でもないわ」

「う……」

「わたくしに教えを請《こ》いたいのなら、取るべき態度があるでしょうに」

「と、取るべき態度って……」

「悪いことをしたら『ごめんなさい』で、助けてほしいのなら『お願いします』よ。貴女、その程度のことすら知らないの？」

侮蔑《ぶべつ》の表情で、冷ややかに見下す。

……正直言って、わたしの胃も、もう限界。

これじゃあ悪役令嬢っていうよりも、小さい子に対する苛めみたいだもの。あああ、嫌。本当はこんな言い方したくない。

怒り方って本当に難しい。優しい言葉で「悪いことは悪い」と、伝えられたら良かったのだけど。わたし、親に叱られたことなんてなかったし。だけど、リコリーナちゃんが悪いことしたんだって、運が悪ければ、わたしはリコリーナちゃんのせいで死んでいた可能性もあるって、わからせないと駄《だ》目《め》だ。

だって、また、リコリーナちゃんがわたしをどこかに『飛ばす』可能性だってある。

もしもこの荒れる海に飛ばされたら？　それを考えるだけで、全身が震える。はっきり言って、怖い。

そこまでしないだろう……って思いたいけど、実際に今、この島にわたしがいるのはリコリーナちゃんがわたしを『飛ばした』からだ。

一度、されたのだから、二度目もある……かもしれない。

でも、わたしは死ぬわけにはいかない。

そうよ、無事に、生きてエードゥアルト様の元に帰るんだからっ！

そのためには……ここで、引けないの。リコリーナちゃんに悪いことは悪いと理解してもらうわ！

そして、できることならこの島にいる間だけでも、協力態勢を作り上げないとね！　そのためだったら悪役の演技程度、してみせる。

わざとため息を吐いて、リコリーナちゃんに背を向ける。ここまで言ってわからないようなら、もう知らないといった素振りで。

そうしたら、ようやく「ごめんなさい。助けて……ください。お願いします……」って、小さな、本当に小さな声でリコリーナちゃんが言った。

よっし、第一ラウンド、勝者、わたしっ！　いがみ合いはこれで終わりっ！

「では、わたくしのことは『アンタ』ではなく『マルレーネ様』と呼びなさい」

腰に手を当てて、胸を張る。わたしだって、実のところ、知識はあっても自信があるわけではないだけど。

「呼べるのなら、無人島で一人でも、生き延びられる知識、貴女に教えてあげてもよろしくてよ」

わたしは淑女らしく、ううん、『悪役令嬢』らしく、不敵な笑顔で答えたわ。

◆◇◆◇◆

日没までのわずかな時間で、探せたのはバナナの木が一本だけ。しかも実はまだなっていなかった。んー……時期的には実がなっていてもおかしくはないんだけど。ま、仕方がない。これだけでも大収穫と思いましょう。

「これ……どうするの？」

「ああ、まずは切るの」

切るのはバナナの木の地面から三十センチくらいの高さのところ。次に、その切り株の中をコップみたいにくり抜くの。そして、虫が入らないようにハンカチとかをかけておく。一晩経つと地中から吸い上げられた水分がたっぷりと溜《た》まるらしいわ。読んだ本の通りならね。

「切るって……切るものなんて何もないじゃない」

そう、それが問題。

ナイフの一本でもあればサバイバルは楽勝……とまでは言わないけれど、わりと何とかなる場面は多いらしい。

だけど、わたしもリコリーナちゃんもナイフなんて持っていない。わたしの爪を魔道で強化してみるというのも考えたけれど、ナイフほどの強化はできない。明日はナイフが作れそうな石とか岩とか探して、一応ナイフ的な何かを作ってみるつもりだけど……うまくいく、かな？

ちょっと前に、ルフレントお兄様に岩を用意してもらって、割ったことはある。あの時は「これがアンザン岩で、割れ方はどうこう」って知っていたからできただけ。自然にある岩が、何の、どんな岩かなんて、区別はつかない。

とりあえず、いまはのんびりしている時間がないから、別の方法を試してみる。

「リコリーナちゃん。この木のここから上だけ『吹っ飛ば』せる？」

バナナの木に手を当てて指し示す。

「え……っと、やったこと、ない……」

「じゃあ、試してみましょ。木を全部吹っ飛ばすのではなくて、リコリーナちゃんの膝《ひざ》の高さより上の分だけ、ちょっと飛ばす……っていうか、どかす感じでお願い」

ゴクリ、と唾を呑んだ。リコリーナちゃんはバナナの木に手を当てた。

「失敗したら、他の方法を試すから大丈夫。とりあえず、できるかどうかだけでもやってみて」

「う、うん……」

目を瞑《つぶ》って、集中して。それからリコリーナちゃんは魔道を発動させた。バナナの木が、ちょっと離れたところでボスンと倒れた。

「お見事っ！」

「こ、これでいい……の？」

「うん、上手《じょうず》っ！　リコリーナちゃん、すごいっ！」

倒れた木のほうはちょっと放置。

「じゃあこれ、下のほうの中身、くり抜きますっ！」

バナナの木ってね、包丁でもスパッと切れるくらいには柔らかいらしいの。読んだ本に書いてあっただけだから、本当はどうか知らないけれど。何かで穿《ほじく》れると思うのよね。あ、これを使ってみましょう。ネックレスのチェーンの先に付いている、アクアマリンがちりばめられた、大きめのV字のチャーム。スプーンとかフォークみたいにして、バナナの木の幹の中をざっくざっくとくり抜いていく。ちょっと手がべたついてきたけど、大丈夫。

「リコリーナちゃん、ハンカチ持ってる？　あったら広げて」

「は、はいっ！」

くり抜いた中身をリコリーナちゃんのハンカチの上に少しずつ載せていく。

「それ、口に含んで噛んでみて」

「え？　こ、これ食べられるの？」

「一応可食だけど、糸みたいっていうか、繊維質だから、喉に引っかかるかも。だから噛んで、水分だけ飲んだら、残りの繊維質の部分は吐き出してね。ホントに食べるものがなーんにも無かったら、死ぬ気で呑み込んで食べてみようとは思っているけれど」

お手本的に、わたしが先に一塊《ひとかたまり》を口に含んで、もぐもぐと噛んでみせる。美味しくはないけど、水分が口の中に広がる。それから吐き出す。くり抜き終わったバナナの木のほうは、虫が入らないようにわたしのハンカチを載せておく。朝にはこのくぼみに水が溜まっている……はず。

「バナナの実がなっていれば良かったんだけど。まあ、とりあえず、今日はこれで水分だけ取って、あとは明日、一緒にがんばりましょう」

リコリーナちゃんも恐る恐るくり抜いた中身を口に含む。

「……あんまりおいしくない」

「そうね。でも、水分が取れるだけマシでしょ」

わたしは倒れたバナナの木のほうに向かう。

「じゃ、次はこのバナナの葉っぱ。木からむしり取ります！」

ちょっとだけ、魔道で筋力を増強して、力任せに葉を剥《は》がす。

「葉っぱなんてどうするの？」

「うん、これから夜になるでしょ。とりあえず砂浜で寝ちゃおうと思って」

「え、ええっ⁉」

「だってここにはベッドなんてないのよ。なるべく背中が痛くならないように、柔らかい寝床で寝たいんだけど。砂の上なら体は痛くならないかなって」

「そ、そう……なの？」

多分。だけど、土の上よりはマシだと思うのよね。

「それでね、海風が直接当たるから、きっと冷えるでしょう？　毛布もシーツもないから、このバナナの葉っぱを敷物とか毛布代わりにすればいいかなって」

砂を掘って、その砂に埋まって寝ることも考えたけど。……埋まって身動きできなくなったら怖い。

だから、その案は却下。

とりあえず、適当な数のバナナの葉を持っていく。この島に着いて、最初に寝転がっていた砂浜なら寝やすいかな……と思ったのだけれど、やっぱり心情的にはゲープハルトの本土が見える位置のほうがいい。なんとなく、安心感がある……気がする。

なので、流刑島の北海岸辺りをうろうろする。

探しているのは岩と岩の間、砂浜になっているところ。満潮になっても海の波が届かない辺り。ついでに言えば、海風が体に直接当たらないところが良い。風に当たれば涼しいけれど、寝ている間に体温を奪われて、風邪《かぜ》なんてひいたら命取り。

……あ、巨石と巨石が円状に並んでいて、小部屋みたいになっているところ、発見。当然隙間はあるけれど、とりあえず、仕方がない。明日にでも蔓とかいろんな葉っぱとかを集めて家の形にしていこう。

「リコリーナちゃん、この辺りにバナナの葉っぱを敷いてくれる？」

まずはマットとか絨毯《じゅうたん》的に、砂の上にバナナの葉を敷き詰める。

「んー、敷く分には良いけど、布団《ふとん》代わりにかけるのには足りないか。もうちょっと取ってきまショ」

何往復かしているうちに、夕方になった。ヤシの木はシルエットだけになり、砂の上に黒い影を落とす。夕陽《ゆうひ》のオレンジ色の美しい光と影のコントラスト。いつまでも眺めていたいと思わせられるほどに、幻想的な瞬間。

だけど、その美しさに心を奪われている暇はない。すぐに夜が来る。灯りもない。聞こえてくる波の音は、子守歌のように優しい……というよりも、夜の静けさを一層引き立ててしまう。

わたしは腰を下ろした。

「リコリーナちゃん。ここで寝転がってみて」

「こ、こう……？」

恐る恐る、といった感じに、それでも素直にリコリーナちゃんはわたしの言うことを聞いた。

「寝てみてどう？　背中痛くない？」

「だ、大丈夫……」

「そう、なら良かった」

言いながらわたしもごろりと寝転んでみる。む、コルセットがキツイ。ドレスを脱いで、コルセットを取る。で、ドレスを緩く着直す。これで良しっと。

「残りの葉は体の上にかけてね。防寒と防風は大事よ」

横になって、暮れゆく空を見る。夕焼けのオレンジ色は無くなり、空は暗さを増していく。ひとつ、またひとつと星が瞬《またた》きだす。そうして星に埋め尽くされる夜空。

……正直に言えば、怖い。こんなところで本当に大丈夫か……なんて不安になる。知識はあってもサバイバルなんて初めてだし。小さい子を抱えて生き延びることができるのか……。だけど、わたしは敢えて、くすくすと声に出して笑ってみた。

「……何笑っているのよ」

「ここにエードゥアルト様がいらっしゃったら、すごくロマンチックだわ〜って想像したのよ。そうしたらちょっと楽しくなっちゃったの」

強がりを、無理にでも、言葉にする。

「はあ？」

呆れたような、リコリーナちゃんの声。

「無人島で、食べるものもなくって。砂浜に寝っ転がっているっていう状態でロマンチック？　アンタ頭に蛆《うじ》でも湧いているの？」

「アンタじゃなくて『マルレーネ様』よ。それに蛆が湧くなんて失礼ね」

「う……、だって……。こんな夜で、暗くて……、怖くないの？」

あー……つまりは、リコリーナちゃんも怖いのか。んー……、手とか繋《つな》いであげてもいいけれど、わたしのことを「アンタ」呼ばわりしているうちは、そこまで優しくはしてあげない。

……だいたいわたしの手だって震えているしね。手を繋いだら、わたしの強がりがバレてしまう。

だから、代わりにわたしはわざとおどけた声を出す。

「ん？　ぜーんぜん。広がる星空はまさに絶景。波音もロマンを掻《か》き立てられる音楽よ。夜空を眺めて、流れ星を探したり『ちょっと冷えますわね』なんて言って、寄り添ったりなんて……。きゃーっ！　素敵！　楽しい妄想も捗《はかど》りますわっ！　ふふふ〜」

「……呆れてものも言えないわ」

リコリーナちゃんは、わたしに背を向けてしまった。ちょっとは怖さも減ったかしら？

「怖い怖いって考えるより、楽しい妄想でもしながら眠りなさいな。エードゥアルト様が助けに来てくれるまで、わたくしと二人きり、ここで生き延びなきゃならないんだから」

サバイバルで一番大事なもの。当然水もなんだけど、それよりも大事なのは生きる意志。もう駄目だなんて諦めたら、そこでおしまい。何が何でも生きて帰る。そう、強く願う。

リコリーナちゃんはしばらくの間、黙ったままだった。

わたしはそのまま夜空を見続ける。エードゥアルト様のことを妄想していたら、何とか震えも収まってきた。

「……助けに来て、くれるかしら」

小さな、呟き。

「来るわよ」

即座に断言するわたし。

「だって、リコ、アンタを『飛ばして』それでリコもこんなところまで『飛んじゃった』のよ。どうやったって見つけられるはずないじゃない……」

リコリーナちゃんの声が震えている。泣いているのかもしれない。

「あらっ！　愛するわたくしが突然いなくなったというのに、探さないエードゥアルト様じゃなくってよっ！　何としてでもわたくしを見つけてくださるに決まっているわっ！」

うん、それはね、信じているの。どんな手段を使ってでも、エードゥアルト様はわたしを探してはくれるでしょう。

ただ問題は……。この流刑島にわたしとリコリーナちゃんがいるとわかった後。この島まで助けにやってくる手段。

我が国の東側、波の穏やかな湾内で使っている小舟で、この南の海に乗り出すのは無謀。波が荒くて転覆する可能性が大きい。かといって、この海に対応できるくらいの大型の船なんて……我が国には多分、ない。危ない南の海に乗り出さなくても、穏やかな東の湾で十分なくらいに魚は獲れている。だから、大型船なんて、ない、はず。少なくともわたしは知らない。

この島で生き延びるよりも、リコリーナちゃんにゲープハルト王国本土まで『飛ばしてもらう』ことも実は考えた。ただ、到着地点を考えずに『飛ばされる』のは、今の時点では危険度が高い。それに六歳の幼女の魔力……って安定しているの？　わからない。こんな遠くまで、普通に飛ばせるだけの魔力の持ち主っていうのならば、わたしが場所を指定して、この辺りまで『飛んで』っていうのもできるかもしれないけど。

だけど、リコリーナちゃんの魔力が不安定なものだったら？　それにここまで来た時は、多分、わたしの魔道との反発による爆発的な威力も加算されたと思うのよね……。同じ状況を、わたしがうまく作れるかしら……？

わからない。わからないなら危険があると考えておくべきよね。

成功を期待して、試しに『飛ばして』もらって、それでこの海に落ちたら最悪だ。溺死一直線コース。

だから、とにかく食べ物と飲み物を確保して、リコリーナちゃんとある程度の信頼関係を結んで、それから、彼女の魔道がどれくらいのものかを確認していって……。確実に助かる道を探らないとね。

その間にエードゥアルト様が助けに来てくだされればいいのだけれど……。どうなるか、先は見えない。

だけど、わたしはなんとしてでも、エードゥアルト様と幸せな一生を送りたいっ！

そのために、今、わたしにできるのは、ただ一つ。

絶海の孤島だろうが、何があっても生き延びる。

エードゥアルト様との「ひゃっほーい！」な人生を、諦めてなるものですかっ！

だから、怖いなんて思っている暇はわたしにはないっ！

怖くても、怖くないっ！

絶対に生きて帰るのよ、エードゥアルト様のお傍にねっ!!

◆◇◆◇◆

目が覚めると同時に、波の音が耳に入ってきた。半身を起こして辺りを見る。朝日はすでに上っていた。巨石と巨石の間から見える海がキラキラと輝いてすごく眩しい。今日もいい天気ね……なんて、ちょっと呆《ほう》けながら、横で寝ているリコリーナちゃんを見る。あら、寝顔は天使ねえ……。

じーっと見つめても、目覚める気配はない。

どうしよう。食べ物や飲み物を確保しておきたいのだけれど。でも、リコリーナちゃんの目が覚めた時、傍にわたしがいなかったら、置いていかれたと思うかもしれない。それはかわいそうだし、何よりこれからわたしはリコリーナちゃんとある程度の信頼関係を結ばなくてはならない。単独行動はやめるべき。でも……、リコリーナちゃんが起きるのをボケっと待っているのも時間がもったいない。

「ええっと、できることは……」

とりあえず、立ち上がって伸びをする。潮の香りが鼻をくすぐる。ああ、お腹空いたわ。

「その辺に貝殻とか、落っこちていないかしら？」

ハマグリみたいな二枚貝があれば、スプーンのように何かを掬《すく》うのに使えるだろうし、ほら貝みたいなのが見つかれば、水を貯《た》められるかもしれない。酒瓶とか、漂流物が流れついたりしていないかしら？　瓶やガラスがあれば、日光を当てて火を熾せるんだけど。

とりあえず、リコリーナちゃんの視界に入る程度の海岸線辺りを行ったり来たりしながら探す。

見つかったのは流木、シジミみたいに小さな貝。たったそれだけ。うーん、収穫は少ない。もうちょっと別の場所を探すほうが良いかしら？　でもリコリーナちゃんを置いてあまり遠くへ行けないわよね……と、振り返って見れば、ものすごい形相《ぎょうそう》のリコリーナちゃんが、わたしのほうへ走ってきた。

「どうしてリコが起きた時にそばにいないのよっ！」

あ、涙目だわ。怖かったのかしら？

「あのね、わたくしは貴女の侍女ではないの。昨日も言ったでしょう？　わたくしは自分の好きにやるから貴女も自由にしなさいって」

「い、いないいから心配したじゃないっ！」

自分が不安だから、わたしが隣にいないのを責めたのに、わたしを心配してなんて強がりを言うのかこの子は。思わずくすくすと笑ってしまったわ。

「何を嗤《わら》っているのよっ！」

「いえ、貴女が可愛いなーって思って」

「は、はあっ⁉　アンタ、馬鹿なの？」

……馬鹿馬鹿言うのは口癖なのかしら？　よろしくないわ！　わたしは手を伸ばしてリコリーナちゃんのほっぺたを「むにーん」と思いっきり引っ張った。

「淑女らしからぬ悪いお口はこれかしら？」

「いひゃいっ！　はにゃしてっ！」

「口の利き方に気をつけなさい。それに、目上の人間に対して『馬鹿』なんて言うと、貴女のほうが馬鹿に見えるわよ」

「アンタが馬鹿だから馬鹿って言っているのよっ！」

「馬鹿以外に知っている言葉はないの？　愚者《おろかもの》、痴《し》れ者、虚《うつ》け者、愚物、暗愚。せめてこの程度の単純な言い換えくらいしなさいな。それすらできないなら、貴女、語彙力《ごいりょく》不足よ。お勉強、きちんとなさっているのかしら？」

ついでにリコリーナちゃんのおでこを中指でピンッと弾《はじ》く。

「わたくし、『礼儀知らずは嫌い』だと昨日言ったでしょう？　覚えてないの？」

「おぼえて……ます」

「そう、記憶力が確かで何よりだわ。だったらもう一つ覚えているわよね。わたくしは『アンタ』という名ではないの。昨日貴女にわたくしのことを何と呼べと言ったか、もう忘れたの？」

「覚えているわよ……」

「では、わたくしの名は？」

「…………マルレーネ、様」

「よくできました」

わたしはにっこりと笑う。

「では、今度はきちんとそう呼ぶように。わかったら、まずは水と食料を探しましょう」

そのまま昨日のバナナの木のところに向かう。被《かぶ》せていたハンカチを取れば、昨日抉《えぐ》ったくぼみに、ちゃんと水が溜まっていた。バナナの根を通って濾過された、地中からの水だから綺麗なはず。くぼみに直接口をつけて、まずわたしが一口飲む。

「残りは全部飲んでいいわよ」

リコリーナちゃんが戸惑いながらもなんとか水を飲んでいる間に辺りを見回す。

「んー……、この辺りにはもう何もなさそうだし。場所を変えましょうか。とりあえず島の海岸線に沿って、ぐるりと一周してみよう」

頭の中に地図を描きながら、歩く。昨日通った道は砂浜に巨岩が点在しているような場所だった。今度は島の海岸線を、反対周りで、昨日倒れていた場所に行こうと思ったのだけれど……、そちら側は砂浜など無く、完全な岩場だった。

「リコリーナちゃん、この岩場、歩ける？」

「無理……かも」

やってやれないことはない……とは思うけど。踵《かかと》の高い靴に岩場はキビシイか……。

「岩場は後回しにして……。先に島の内側に……行く……？」

整備された道なんて当然ない。木々の間が少しだけ開いていて、何とか通れそうな場所があるだけ。

奥に行けば行くほど鬱蒼《うっそう》としていそうで、正直怖い。

……蛇とか、ネズミとか、いない……かな……。ううん、いるかもしれない。嫌だなあ……。

嫌だけど、火を通せば蛇って食べられる……。ネズミも……。果物ばかりじゃ体も持たないかもしれないし。積極的に、蛇やネズミを捕まえるべき……？

いやいやいやいや、万が一、毒蛇とかに噛まれでもしたらどうなるか。さすがに毒のあるなしなんてわからないし、リスクが大きすぎる。……うん、やめておこう。そもそも蛇を捕まえたとしても、捌《さば》くとか、無理。

あ、そうか、捌くにはナイフが必要だったわ。ううん、蛇は捌きたくないけど、ここで生き延びるのに、きっとナイフは必要になる。例えば……茂みを通っていく時に、元の場所に戻れるように、ナイフで目印をつけながら進むとか。

「んー……、先にナイフ、作ってみましょうか」

作れるかな？

とりあえず、チャレンジ。岩場の近くで手ごろな石を探してみる。ナイフに適しているのは平たくて、割れやすく、磨きやすい石。そんな知識はあっても、実際にどの石が割れやすいのかなんて……見てもわからない。

悩んでも仕方がないから、とりあえず、目についた石でチャレンジ。あ、割れたっ！　だけど、割れすぎて、粉々……。あら、力を入れすぎたかしら？　それとも軟らかすぎる石だったのかしら？　小さすぎた？　とにかく石を拾っては割る……というのを繰り返す。かなり頑張って、ようやく一つ、かなりいい感じに割れたのができた。

「よし、じゃあ、これを磨いていきましょう！」

大きくて平たい岩に、石を擦《こす》りつけて磨く。擦れた嫌な音が出ないかなと思ったけど、意外にも大丈夫だった。そして、石はどんどん削れて鋭くなっていった。あら、これならイケるかも！　しばらくの間、無言で石を削る。うん、もういいかな。

研《と》ぎ終わった石のナイフを手に持って、近くの木にバツ印をつけてみた。柔らかい植物くらいなら切れそうね。試しに近くの木に巻き付いていた蔓を切ってみた。

わお！　スパッと切れましたよっ！　ちょっと楽しいわ！　スパスパスパと、たくさん蔓を切っちゃった。せっかくなので、切った蔓でかごを編む。

「ん、よし。これで目印をつけながら進んでいきましょう！」

ナイフ、便利っ！　かごも便利っ！　道具ってやっぱり人類の素晴らしき発明だわっ！　ふっふっふと、調子に乗って食べ物を探す。

なんと！　デーツの実っぽいのを見つけたわっ！　しかも大量に！　そのまま食べても良し、乾燥させてドライフルーツを作っても良し。

ココヤシの実っぽいのも発見！　あー……表面が滑《なめ》らかな、緑色の殻のほうじゃなくって、茶色の繊維質みたいなのにくるまれている実のほうだから……ココヤシじゃなくて、ココナッツ？　あれ？　区別とかあったっけ？　あまりよく覚えてはいないけれど、まあ、どちらにせよ、食べられそうだから、問題はない。

ということで、まずはリコリーナちゃんの出番。

昨日のバナナの木の要領で、ヤシの木も倒してもらう。環境破壊だけど、ごめんなさい。今は生き延びるほうが大事なの。倒した木は、火が熾せるようになったら、燃やして使い切るから大目に見てね……って、誰に向かって言い訳しているのかしら。

で、デーツっぽい実はかごに入れて、ココナッツっぽい実はリコリーナちゃんと手分けして持つ。それから、昨日眠った場所に帰る。

さあ、食べよう！

「あ、こっちのデーツっぽい実を食べる時は、中に虫が入っていないか気をつけて」

虫という言葉にリコリーナちゃんは「ひいっ！」と飛び上がった。

「む、虫、入っているの!?」

「かもしれないってことよ。気をつけながら食べましょ」

わたしは一つの実を毟《むし》って口に放り込む。あら、意外にサクッとした食感。ああ、これ、まだ熟しきっていないやつなのね。熟しているものなら干し柿みたいにねっとりと甘いはず。まあ、これはこれで食べやすくて美味しい。

じゃ、次はココナツっぽい実、いってみよう！　さっき作ったナイフがここでも大活躍っ！

えっと、ココナツの実の上部には、くぼみが三つあるらしい。本で読んだところによると、その三つのうち、一つが他のくぼみより柔らかいのでナイフが刺さりやすいみたいなの。わたしは順番にそのくぼみを触ってみる。

……あ、これかな？　柔らかそうな感触のくぼみにナイフを突き刺す。手を切らないように注意しつつ、小さな穴をあける。コップの上に置いて、果実水を取るんだけど。コップなんかないから、コップがあれば、あけた穴を下にして、コップの上に置いて、果実水を取
……ぬるいせいか、あんまり美味しくはない。えっと、常温の、薄めた経口補水液ってカンジ。ココナツウォーターは天然のスポーツ飲料って言われているくらいだから、冷蔵庫とかで冷やせれば美味しいのかもしれない。

ああ、冷蔵庫、欲しいなあっ！　氷の魔道でも使えたら良かったのに！　ま、ないものねだりをしてもしょうがない。

「リコリーナちゃんの分も穴をあけてあげる」

「……それ、そのまま飲むの？　飲めるの？」

「うん、中に結構な量の果実水が入っているわよ。あ、もしも油みたいにドロドロしてたら、劣化しているから飲まないで。お腹、痛くなるかも」

中の水を飲み終わったら、今度は果肉。

まず割った時に殻が飛び散らないように、ココナツっぽい実をハンカチで包む。それから大きめの石で、ガンガンと叩《たた》く。割れたらナイフを使って、殻から果肉を剥がしていく。手を切らないように注意。白い果肉には茶色い薄い繊維が付着しているから、それも慎重に取る。

あー、ココナツ特有の、なんていうのかしら？　クリーミーミルクっぽい南国風の甘い香りが漂ってくる。お菓子みたいな匂い。だけど、味はね、甘くないのよ。どんな感じかというと、まず食感は、イカに近い。イカよりは少しシャクシャクしてるかな？　わさび醤油《じょうゆ》つけて食べたら美味しそう。でも匂いは甘いの。変な感じだけど、不味《まず》くはないわ。

あ、そうだ、繊維質の殻は今後使えるだろうから、一ヶ所にまとめて乾燥させておこう。

「今日はわたくしが全部やってみたけど、今度からはリコリーナちゃんも自分でやってみてね、教えるから。とりあえず、ちょっと休憩したら岩場に行って、リコリーナちゃんの分のナイフも作りましょうか」

そんなふうに食料と水分になる果実を調達していく。

だけど、順調順調……と、調子に乗っていたのがマズかったのか。

わたしは、うっかり岩から落ちてしまったのだ。

◆◇◆◇◆

それは流刑島にやってきて五日目のことだった。食料採取が順調だったから、欲が出た。というよりも、生理的に限界だった。

「顔、洗いたーいっ！　お風呂に入りたーいっ！」

今はまだ夏。おかげでバナナの葉っぱを毛布代わりにする程度でも、凍えずにすんでいる。それはありがたいっていえばありがたいのだけれど……。汗はね、かくのよ。汗をかくのに着の身着のまま。海に入って、手足は洗ってはみたけど、余計にべたつくだけだった。

頭もなんだか痒《かゆ》いし、島の中央とかに滝とかないかな……と、一応入れそうなところは行ってみた。だけど池や水たまりすらなかった。

で、思ったの。初日に通らなかった岩場地帯。あの辺りのどこかに、滝とか湧き水とかってないかしら……って。

ここに来てから晴天続き。でもこの島にだって雨は降る。雨が降れば、島の地面は水を貯える。染みこんだ雨水はどこかに流れ出るはず。

あ、あと潮溜まり。岩礁の上にはくぼみがある。で、そのくぼみは満潮時には海水に浸《つ》かっているけれど、干潮時には潮が引いて、そのくぼみに海水が残って、プールみたいになるのよね。溜まった海水が多少蒸発して、塩分濃度が濃くなっている場合もあるけど、大雨が降って、そのくぼみに雨水が溜まって、限りなく淡水に近くなっている場合もある。

だから、運よく淡水っぽい潮溜まりが見つかれば、お風呂代わりに使えるかもしれないと思ったのだけれど……。

あるかなー、あると良いなー……と願いつつ、岩礁地帯を探しに探す。

残念ながら、淡水に近い潮溜まりは無かった。逆に塩分濃度が濃いものばかり。

うーん……。疲れた腰を伸ばすようにして崖のほうを見る。

すると……わたしの身長の六倍くらい高い位置にある岩の割れ目から、ちょろちょろとした水が流れていた。

滝のようなダイナミックな流れではない。岩に張り付いて、その岩肌を濡らしている……って程度。

だけど、あの水を何かに溜めれば、体はともかく顔くらい洗えるかもっ！

とにかくもっと近くで見て確かめよう！

そう思って、わたしは岩場によじ登った。ロッククライミングな感じでね。普通なら、こんな崖は登れない。でも、わたしは魔道で身体強化の操作もできる。

えーと、どうやったかというと……。

人間ってね、自分では最大限の力を出して頑張っているつもりでも、危なくないようにって脳が体にブレーキをかけているの。このブレーキを外した状態が、所謂《いわゆる》「火事場の馬鹿力」ね。

で、わたしはそんな「火事場の馬鹿力」が普通に出せるように、魔道を行使。そうすると、非力な淑女だって、ロッククライミングくらいできるようになるのですわ、おーほほほほほ。

……なんて、調子に乗ったわたしは馬鹿。

グイっと手を伸ばして……。その水に、指の先が触れた……と思った瞬間に、手が滑った。

わたしの体がぐらりと揺れて、そのまま後ろに落ちていく。

「きゃあああああああああっ！」

リコリーナちゃんの叫び声を、どこか遠くに聞きながら、「ああ、死んだ……」と、わたしは思った。

◆◇◆◇◆

死ぬ直前って、走馬灯のように、自らの人生の様々な場面が次々と脳裏に現れては消えるっていうわよね。うん、まさしくその通りだった。

日本のお父さんとお母さん。祖父母たち。職場の先輩。日本の懐《なつ》かしい風景。実家の団地。一人暮らしをしていた狭い六畳の部屋。侯爵家のわたしの部屋。学園。過去の出来事や、出会った人たち。リコリーナちゃんもごめんなさい。助けが来るまで一人にさせてしまうね。エイラウスのお父様とお母様、ルフレントお兄様。わたしの侍女のイルゼ、モーナ、カレン。同級生たちにミアーナ様。ユストゥス陛下に王族の皆様方。

それに……エードゥアルト様。

ああ、せめてもう一度だけでもお会いしたかった。ううん、これからの一生、ずっと一緒にいたかった。結婚式だって来年には行う予定だったのに。うっかり落ちて死ぬなんて馬鹿みたい。ああ……悔しい。それに悲しい。

「おーい」

エードゥアルト様との別れを考えると、胸が締め付けられるほどに辛《つら》い。ぼろぼろと涙がこぼれる。

嗚咽《おえつ》も止まらない。

「おーいってば！　アタシの声聞こえてる？　ねえ、後輩ちゃーん、目ぇあーけーてー」

わたしが泣いているというのに、なにこの声。

……って、声⁉

しかもどこか聞き覚えのある……。

わたしは慌てて目を擦る。そして、我が目を疑った。

だって、わたしの顔をじっと覗《のぞ》き込んでいた黒縁眼鏡《めがね》の女性って……。

「せ、先輩……？」

「はぁい！　後輩ちゃん、久しぶり。元気だった？」

マルレーネに転生する前の、あの『ユメアイ』の攻略ノートを押し付けて……コホン、貸してくれた先輩が、何故だかわたしの目の前に、いた。

しかも職場の制服とかじゃなくて、パジャマ姿に裸足《はだし》。そこにウサギ耳が付いているデザインの、ふわもこなパーカーを羽織っている。

「え、え、え？　まさか、今までのこと、全部、夢？」

マルレーネに転生したのも、エードゥアルト様とのことも、全部、全部、夢だったの⁉

「違う違う。夢っていうなら今現在が、夢」

「……先輩の、言っていることが、全然わからないんですけど……」

「あー……、どこから説明してみればいいのかなぁ……」

先輩はちょっとだけ首を傾《かし》げる。

「えーと、じゃあ、端的に言うと」

「はい」

「アタシ、『新世界の神』になりましたぁっ！」

「……はぁ？」

前々からちょっとおかしい……コホン、ご自分の好きな分野にしか興味がなく、言語中枢は発達しているのに、他人にはわかりにくい表現ばかりするとか思っていたけれど。

神？　先輩、脳みそ、どうかしちゃったの？

「んー……、言葉で説明するの、難しいな。じゃ、まず周囲を見てよ、後輩ちゃん」

「は？　え、え、えええええええええええええっ！」

訳がわからないまま、それでも先輩の言葉につられ、辺りを見る。

そして、余計に頭が混乱した。

だって、わたし、宇宙空間に、浮いているっ！

冗談ごとでなく、本当に、わたしの足元に、地球に酷似した星が見える。その傍に、銀色の月。頭上の遥《はる》か彼方遠くには、火星っぽい赤い星。無数のきらめく星々が、四方八方に点在する。

先輩がすっと上に手を伸ばす。するとその星の一つがすいーっと流れてきた。その流れ星に先輩が乗り、わたしの周りをぐるぐると回った。

「ここはねえ、アタシが作っちゃった世界なんだ～」

流星からひょいっと降りた先輩が、無重力空間でゆっくりと回転する。

……駄目だ。視界から入った情報を、わたしの脳が処理できない。先輩が言っている言葉も、見えている風景も、完璧に意味不明。

「ちょ……、すみません先輩。本気で訳がわからない……」

「ええっとさ、アタシが後輩ちゃんにノートを貸した日があったでしょ？　覚えてるかなあ？」

「ああ……、はい、えっと『ユメアイ』の」

「そうそう。その日の夜中、いきなりに。女神様っていうヤツがアタシの前に現れた。で、間もなくこの世界が消滅するから、アタシをどこか異世界に転生させてあげますって言われちゃった☆」

「は、はいいいいいっ？」

いやいや、わたしが誰かに巻き込まれて転生した……というのは考えたことがあったけれど。ホントに神様みたいな存在がいて、誰か……っていうか、先輩が異世界転生してたの!?　わたしはそれに巻き込まれていたの!?

「うん、だけどね。異世界転生したらアタシ、もう『ユメアイ』できなくなるでしょ？　仮に『ユメアイ』の世界に転生させてもらってもねえ。アタシはゲームをプレイしたいのよ。登場人物になんてなりたくないし」

世界が滅びるとか、異世界転生よりも、先輩にとってはゲームプレイのほうが大事なのか……。

「あ、『ユメアイ』だけじゃなくて。まだまだ読みたい本とか漫画とかもあったのよ。リンク堂に予約してたのが、まず『ユカ＆エミの事件簿』の五巻でしょ。林アカネコ先生の短編集でしょ。それから素敵絵師はっぴー様のイラスト集でしょ。『高松宮薫子さまの生徒たち』でしょ。それから、ええと、そうそう、忘れちゃいけない『キミとハルの国へ』もね！　手に入れずして死ねるかってーの」

先輩はご自分の指を折って数えている。ちなみにリンク堂というのは、職場の近くにあった大型書店。

「アニメもねえ。『チーム・サイトウA・K・Y』の新作オリジナルロボットアニメの予告動画、見たばっかだったのに。本編見ずして異世界転生なんてできますかってっ！」

うん、相変わらずのオタ……えっと、ご自分の趣味全開ですね。あまりのブレなさに、逆に安心するわ……。

「他にもねえ、行きたいイベントとかあったのに、世界が消滅？　冗談じゃない。それ、片っ端から全部、データで保存してよってね、女神様に迫ったの」

うわぁ……。女神さまも、ご愁傷《しゅうしょう》様……。

「そうしたら、面倒だから自分でやってって言われちゃった。それで、異世界転生する代わりに女神パワー、分けてもらったんだ。世界が消滅する前に、勢い込んで、『ユメアイ』の世界とか、その他もろもろぜーんぶ詰め込んで、再構成して、作った『宇宙』がここ、というわけなのよ」

つまり、なんですか？　この宇宙空間に広がる星々は、全部が全部、先輩が作った創作物で、アニメとかゲームとか小説とか、そういう世界が点在していると……？

「世界作ってこれで安心。あとは端から順番に観賞してやるって思った後に、はっと気が付いたの。世界ってことは、つまり日本も消滅でしょ？　そうしたら後輩ちゃんとかアタシの可愛い妹とか死んじゃうじゃない！」

……ええ、まあ、そうでしょうけど。アニメやゲームが先ってあたり、やっぱ先輩はオタ……。

「もう慌てたわよ〜。知り合いとか、その付近の人間、なんていうか、漁業の投網《とあみ》的にさ、がばっと網投げて、引っ掛かった人の魂、とにかく適当に、ぽいぽいぽーいって作ったばかりの世界に投げ入れて」

と、投網……。えーと、つまり、あの気持ち悪いぐるぐる……って、先輩の超テキトウな仕事の結果なのか……。

「数が多いから、大雑把《おおざっぱ》にアタシが作ったばかりの世界に転生させまくったの。マジで大変だった〜。もう百年分の仕事をした気分。だからあとは、ゴロンと横になりながら、作った世界を見たり読んだりして楽しむかーって」

「それじゃ、わたしがマルレーネになったのは先輩のおかげ……？」

思わず首を傾げたら、赤い髪がふわふわと宇宙空間に広がった。

「あー、うん。焦《あせ》ってたから、狙《ねら》ってマルレーネにしたわけじゃないけど」

先輩……。大雑把すぎる……。

「だから、多分ウチの妹も、きっと『ユメアイ』の誰かになっていると思う。あー、うちの会社の連中とか、ご近所さんとかも、かな？　網からこぼれて他の世界に入っちゃってるかもしれないけど。どっかで元気にしているでしょ」

ウィプケ嬢だけじゃなく、他にも色々転生者がいっぱいいるのかしら……。

「誰が、どの世界の誰に転生とかって……わかるんですか？」

「んー、神的パワーで調べればわかるかもだけど。検索する？」

検索って……パソコン使ってインターネット検索ですか。

わたしはちょっと考える。

ウィプケ嬢も転生者。もしかして、日本での知り合いだったのかな……とか。

それよりも、わたしの両親とか祖父母とかも『ユメアイ』の世界に転生しているのかもしれない。

「先輩……あの、わたしの両親とかも、その……どこかの世界に転生して……います？」

「近しい人は一括してがばっと放り込んだつもりだけど、ほら、大雑把だから。同じ世界にいるとは限らないかなあ」

「そうですか……」

同じ世界じゃなくても、どこかの世界で、無事でいてくれればいい。調べてわかるって言われたら、あれもこれも知りたくなる。例えばエードゥアルト様も転生者なのかとか。それからエードゥアルト様との未来とか。

知る楽しみっていうのもあるだろうけど、それじゃなんかズルしているみたいだし。教わった通りの未来を迎えるだけというのなら、シナリオに沿っているだけで、そこにわたしの意志はないみたいだし。

そんなの生きているって言わないよね。

もう、わたしは『ユメアイ』の悪役令嬢のシナリオから外れて、破滅なんかしないで、自分の意志でエードゥアルト様との未来に突き進んでいる。

だから、知りたいけど、知らないままでいい。

自分の手で未来を掴む。

そうして絶対に幸せになりたい。

そんなことを、思ったら。さすがに神様である先輩には、その思考が筒抜けだったみたい。

「そっか、そっか。後輩ちゃんは幸せを目指すんだね」

「はい。もちろん」

「よかった。アタシ、物語はやっぱりハッピーエンドが良いんだ。イチオシのマルレーネが幸せなら言うことはないよ」

にこにこしながら先輩はうんうんと頷《うなず》いている。

「……先輩は？」

「へ？　アタシ？」

「こんな空間に一人で……、寂しいとかないんですか？」

日本の頃を思い出す。わたし、夏休みが嫌いだった。長時間一人きりだったから。両親はケアセンターに祖父母を送ってから仕事に行った。わたしはたった一人、家で過ごす。

冷蔵庫の中にレンジで温めるだけのおかずはたくさん用意されていたし、炊飯器にはご飯が炊かれていた。それを昼と夜に分けてぼそぼそと食べる。味は美味しいのかもしれないけれど、気分的に不味かった。

だから、就職して、先輩と一緒に食べるお昼ご飯が楽しかった。

食べながら先輩が話してくれる漫画や同人誌の話はほとんど理解できなかったけれど、聞いているだけで良かった。誰かと一緒に話しながらご飯が食べられて、笑って……。先輩は、寂しくないのかな？　こんなところに一人で本当に幸せなのかな？

先輩は一瞬だけきょとんとして。すぐさま「あっはっは」と大口を開けて笑った。

「好きな本やアニメやゲームを、好きなだけ読んだり見たりやったりできる。しかも頑張って仕事してお金を稼いで、寝不足になりながら、何とか捻出した時間だけ、余暇として使えるんじゃなくて。好きなことだけに何千年も何万年も没頭できるこの現状。笑いが止まらなくなるくらい、幸せよ」

ぴょーんと、先輩はウサギみたいに飛び跳ねた。

「ひゃっほーい……って、感じですか？」

「うん。擬音で表現するならまさにそれ。ひゃっほーいっ!!」

二人して、大笑いして。この宇宙空間を、銀河の果てまでぴょんぴょんと飛び回った。

「あ、一応付け加えておくと、たまに女神様とかそのお友達とか、アタシの様子を見にきてくれるのよ。その時にね『ユメアイ』のこととか、他の漫画とかアニメのこと話してね。ハマる神様続出よ」

「そ、それって神様に布教活動……」

「うっふっふ。神様総オタク化計画発動中っ！　ねえ後輩ちゃん、人生って楽しいねえ」

……先輩はどこまでいっても先輩だった。一人でも生きていけるし、一人に飽きたら相手が神様だろうが女神様だろうが自分の趣味に引きずり込んで、楽しく生きる。見習いたいとは思わないけど、そんな我が道を行くって姿勢は結構好き、かも。

「さあてと、そろそろ後輩ちゃんは現実に戻る時間だね」

「え？」

「ここはね、後輩ちゃんが見ている一瞬の夢だよ。現実の後輩ちゃんは崖から落下している途中」

「待って、先輩。それじゃ、わたし、現実に戻ったら、落下で死亡⁉」

「あっはっは。ネタバレ厳禁だよー。じゃ、また。いつか夢で逢《あ》えると良いね」

「ちょ、ちょーっと先輩ってばあぁぁぁぁあああ」

叫びと共に、まるでプールの飛び込み台から水の中に落ちるような感じで、わたしはどこかに落ちていった。

◆◇◆◇◆

「きゃあああああああああっ！」

リコリーナちゃんの叫び声。ああ、さっき聞いた声だな……と思う間もなく、ドボンっと、わたしの体が水に沈む。一瞬、海に落ちたのかと思ったけど、意外に底は浅かった。ああ、ここ、潮溜まりだったんだ。岩に体が叩きつけられてたなら死んでたわ。助かった……。

潮溜まりの底を、思いっきり蹴って、わたしは水面を目指して浮上する。塩分濃度が濃い潮溜まりなのか、すぐに体は浮いていく。だけど、その塩水が目に染みて痛い。わたしはぼろぼろと泣きながら、潮溜まりの中から這《は》い出ていった。

……ううう、本気で真水が欲しい。目とか顔とか洗いたい。

そういえば、もともと真水が欲しくて岩場に登ったんだった。もうさすがに岩登りはしない方がいい。また落ちたら、今度こそ死んでしまうかもしれない。竹とかがあるのなら、雨樋《あまどい》的なものを作って、それで水を伝わしていって何かに溜めよう。

それより先に、濡《ぬ》れたドレスを何とかしなければ。水を吸って、ものすごく重たい。

四苦八苦しながら濡れたドレスを脱いで、亜麻《あま》布のシュミーズ一枚だけの姿になる。そのシュミーズも濡れてわたしの体にぴったりと張り付いた。あら、わたしのナイスバディがくっきりと……なんてね。ふざけている場合ではない。

見れば、リコリーナちゃんが顔を覆ったまま、へたり込んでいた。

あー……、これは怖くて目が開けられない……という感じなのかしら。

「リコリーナちゃん。わたくし、無事に生きてます」

リコリーナちゃんが恐る恐る目を開ける。そして、わたしを見て、ふるふると震えたかと思ったら、いきなりドバっと大量の涙を流した。

「お、落ちて……死んだと、思った……」

「うん、ごめんなさい。ちょっと失敗したわ」

運……というか、先輩のおかげかな？　でもどうだろう？

落下途中で見たあれは、本当だったのか、それとも死ぬと思ったわたしの妄想だったのか……。

現実に戻ってきてしまえば、さっきの出来事は夢だったのではないか……と思ってしまう。

リコリーナちゃんをあやしつつ、わたしは考える。

だけど結論なんて、当然出ない。夢かもしれないし、妄想かもしれないし、本当なのかもしれない。

うん、どれでもいいのかもしれない。だって、本当だろうと妄想だろうと、わたしが進むべき道は決まっている。

ひゃっほーいなハッピーエンドよ。

ねえ、そうでしょう先輩。

心の中で、そう先輩に問いかければ、空の太陽が、きらりとひときわ強く輝いた……ように見えた。

「さ、リコリーナちゃん。そろそろ泣きやんで」

「そんなこと、言われても、アンタのせいで、泣いてんのよっ！　腰も抜けて、動けないのよっ！」

「あー、それはホント申し訳ない」

少しは懐《なつ》いてくれたのかしら？

それともこの無人島で一人きりになるのが怖いだけ？

まあ、どっちでもいいか。少なくとも、わたしが死ぬのを怖がってくれるのなら、もう二度と、いきなりどこかにわたしを勝手に『飛ばした』りはしないでしょう。

とりあえず「ごめんね」と「ありがとう」をもう一度きちんと伝えて、ついでにリコリーナちゃんの頭もわしゃわしゃと撫《な》でておく。リコリーナちゃんは、わたしの手を嫌がることなく大人しく撫でられていた。

「うーん、わたくしもだけど、リコリーナちゃんの頭も結構汚れているわね……」

「仕方ないでしょうっ！　お風呂なんてないんだし」

「そうよねえ……。でも、恋する乙女としては、いくら無人島でお風呂とか石鹸《せっけん》とかなくても、身綺麗にはしておきたいわ……。リコリーナちゃんはこんな汗臭い状態で、救出に来たエードゥアルト様にお会いできる？」

「う……」

ちょっと悩む。潮臭いのと、汗臭いのと、どちらがマシか。

「うーん。ずぶ濡れついでに洗ってしまいますかっ！」

さっき落っこちた潮溜まりに、脱いだばかりのドレスを放り込んでざぶざぶと洗う。しっかりと水を吸わせた後、絞らずにそのまま大きな岩の上にドレスを広げる。一日じゃきっと乾かないだろうけど、仕方がない。

「リコリーナちゃんのドレスも洗う？」

「う……、リコはいい」

「そう？」

まあ、わたしは潮臭いほうを選んだけど、リコリーナちゃんは汗臭いほうを選ぶと。どっちがよりマシなのかは、人それぞれよね。

「ついでにわたくし、体も髪も洗いますわよっと」

下着姿のまま、別の潮溜まりにドボンと飛び込んだ。太陽の熱で熱せられて、温かい。塩水でなければ温泉みたい。

髪を手櫛《てぐし》で解《ほぐ》す感じで洗っていく。

あ……髪、傷んじゃうかしら……？

一応「塩シャンプー」なんていう、塩を使った洗髪方法もあるらしい。塩に含まれているナトリウムイオンが、フケとか垢《あか》なんかの汚れを落としてくれるんですって。だけど、塩シャンプーをしたあとは、お湯でしっかりと洗い流さないと髪が傷む……って。つまり海水で髪の毛を洗うと、汚れは落ちるけど、髪がダメージを受けるってことかしら？

うーん……。ちょっと悩むけど、背に腹は代えられない。だってもう、頭皮がかなり痒い。この痒さ、耐えられないっ！　傷んだ髪は、エイラウス侯爵家に戻った後、イルゼたちに何とかしてもらえばいい！

ということで、わたしはふんふんと、鼻歌を歌いながら髪を洗う。

しかめっ面のリコリーナちゃんが「……やっぱりリコも入る」と、ドレスを脱ぎだした。腰が抜けたのは治ったようね。脱いだドレスは簡単に畳んで、リコリーナちゃんは髪のリボンもするりと取る。

「無理して付き合わなくてもいいのよ？　これ、海水だし、あまり綺麗ではないかもしれないわ」

「いい。リコも体洗いたい。頭も痒いもの」

ちょっと考えて、リボンをドレスの間にそっと挟んで。それからリコリーナちゃんも恐る恐る潮溜まりに足を入れた。

「そうね。わたくしも、もう限界」

そういえば、海洋深層水とか、海辺の天然温泉もあったわよね。先輩と一緒に行ったこともあったなあ……なんて、思い出し笑いをしていたら、リコリーナちゃんに睨まれた。

「……崖から落っこちて、死ぬかと思ったのに、楽しそうに鼻歌まで歌って。本当にアンタってノーテンキよね」

リコリーナちゃんに睨まれた。

「それにこんな無人島に飛ばされたっていうのに怖がりもしないで平然と食べ物探すし、寝床は作るし。アンタっていったい何なのよっ！」

「何と言われましても……」

まさか悪役令嬢でーっす……なーんて言うわけにもいかないし。

「普通の、侯爵令嬢、ですけど……」

「アンタが普通？　普通って言葉の意味、知ってて使ってる？」

「普通ですわよ、当然でしょう」

ちょっと異世界転生して、ちょっと転生前の記憶があるだけじゃない。……あー、さっき見たのが夢でなければ、この世界の創造神と「先輩・後輩」の間柄《あいだがら》にもなる……のは、さすがに普通とは言えない……かも？　わたしはちょっと考える。

「ただ……そうね。どんな困難が降りかかってきても、どんな手段を取ってでも、破滅を回避して幸せになろうとする意志だけは、他の人より強いかも」

悪役令嬢の断罪を回避するために、自分に『呪い』をかけるとかしたし。

「……どんな手段でも？」

「もちろん自分の良心に恥じるような行いはしないわよ。だって幸せになりたいもの。卑怯《ひきょう》な手段なんて取ったら、恥ずかしくってエードゥアルト様に顔向けできないじゃない。胸を張ってエードゥアルト様の隣に立てないようなこと、わたくし、絶対にしたくない」

破滅回避して「ひゃっほーい！」な人生がわたしの望むものよ。

「……リコの取った手段は、卑怯、かしらね……」

「自分の胸に自分で問いかけなさいな。他人をどこか遠くに飛ばして排除する。それをしても貴女は微笑んでいられるのかしら？」

「……リコのチカラは……もしもリコが悪い人に拐《さら》われそうになっても、悪人から身を守ることができるすごい魔道……ってしか、思っていなかったし」

「今まで怒られたこともなかったの？」

リコリーナちゃんは項垂《うなだ》れた。

「フェイトおにいさまには……。でも、リコ、悪いなんて一度も思ったことなかった。だけど……」

「だけど、なあに？」

「さっき、アンタが崖から落っこちた時、リコがアンタを遠くに『吹っ飛ばした』ことと重なったの。リコが誰かを『飛ばし』て、そのせいでその誰かが死んだら……、リコは人殺しになる……。リコは、アンタを……もしかしたら殺していたのかもしれないって……」

ぶるぶると、リコリーナちゃんは震えていた。

最初にわたしが言ったことと、今リコリーナちゃんが言ったことはほとんど同じ。

だけど、リコリーナちゃんは、ようやく納得してくれたみたい。

わたしはふふふと笑った。

「実感できて良かったじゃない」

「良かった？　どこがよっ！」

「自分の持つ力を正しく理解できれば、それを正しく使えるでしょう？」

リコリーナちゃんは、目を見開いて「アンタって……」と言ったきり、黙ってしまった。

海からの潮を含んだ風が、わたしとリコリーナちゃんの間に吹いていく。肌寒さは感じない。むしろ涼しくて、心地が良いくらい。けれど。

「さ、そろそろ上がろうか。体、乾かさなくちゃね」

リコリーナちゃんは何も言わず、ただ小さく頷くだけだった。……何か、考えているみたい。だったら、少し放っておいたほうがいいのかな？　自問自答の時間って大切よね。

じゃあ、その間にわたしは……ええと、まず岩の上に干しておいたドレスをちょっと持ち上げてみた。途端に水滴がぼたぼた落ちる。

「焚火《たきび》とかで乾かす……？」

できるかしら？　でも、やれるかどうかなんて、悩んでないで、やってみよう。とりあえず、ドレスはそのまま放置。風で飛ばないように、いくつか石を載せておく。

「リコリーナちゃん、枯れ木とか枝とか集めるの手伝ってくれる？」

まだ何か考えているみたいで返事はない。だけど、わたしが島の内陸部のほうに向かっていくと、大人しくついてきた。

さて、まず波打ち際と寝床の中間辺りに、大きめの石や岩でかまどっぽいものを作る。大きさは馬車の車輪くらいでいいかしら？　ちょっと大きすぎかな？　まあいいや。大は小を兼ねるでしょ。

そしてその中に、枝や立ち枯れの太めの木、今まで食べたり飲んだりしてきたココヤシっぽい実の殻なんかを入れる。

「火は熾せるかしら……」

かまどっぽいのを作っただけで、火がつけられなかったら意味はない。

ここからが本番、頑張りどころよっ！

自作のナイフを使って、厚さ一センチくらいの板を作る。できたらその板の端にV字の切り込みを入れる。そのV字の切り込みに添うようにしてくぼみも作る。板と摩擦のための棒と、それからココヤシっぽい実の外殻の繊維の部分を用意した。あとは両手で摩擦棒を挟み、圧をかけるイメージでひたすらに摩擦、摩擦、摩擦っ！

腕も魔道で強化して、本当にこれでもかってくらいに摩擦を続ける。

すると何とか煙が上がって、ココヤシの繊維に火がついた。せっかくついた火を消さないように、慎重にかまどに火種《ひだね》を移す。

「わーお！　やればできるっ！」

汗びっしょりで、腕も痛いけどね。

少しずつ燃えていく枝や木。……うん、消えそうもない、大丈夫。

炎にあたりつつ、下着を乾かす。

乾いたけど、一晩中焚火を燃やしたままでいたいから、もう一回枝や折れた木を探しにいく。完全に枯れた枝だけではなく、生木もね。何故かといえば、煙が出るから。

「ゲープハルト本土の誰かが、この狼煙を見つけてくれるといいんだけど……」

流刑島から煙が出ているって誰かが見つけてくれれば。騎士団とか王城とかに知らせがいくかもしれない。期待しすぎてはいけないけれど、エードゥアルト様のところまで知らせが届けば、助けが来るかもしれない。

「とりあえず、一晩中狼煙を上げてみましょうか」

夕陽が水平線に落ちるギリギリまで燃えるもの採集をして、それからようやくわたしとリコリーナちゃんは、その燃え盛る炎の近くに腰を下ろした。

何も言わずにぱちぱちと燃え続ける炎を見る。

地上の炎、空には星。燃え、爆《は》ぜる音と波の音。

そのままどのくらいの時間が経ったのだろう。疲れもあって、うとうとし始めた頃、リコリーナちゃんがぼそりと呟いた。

「……大人になったら結婚してって、四歳の時に、ちゃんと言ったつもりだったの」

焚火で照らされたリコリーナちゃんの顔。炎と共に揺らめいて見える。

「エードゥアルトおじさまはね、笑ってリコの頭を撫でてくれて『ありがとう、嬉しいよ』って言ってくださった。リコは、それがおじさまからの承諾だと思ったの」

わたしに対して言っているのではなく、まるで独白のよう。感情を込めることなく、淡々と紡《つむ》がれる声。

「だけど、フェイトおにいさまが言ったの。リコに『自分の記憶を都合のいいように改ざんするな。叔父上はその気持ちが嬉しいと言っただけで、承諾なんてしてない』って。それから、リコは覚えていなかったんだけど、『年頃になったらすっかり中年になった叔父のことなどは忘れて、同世代の青年に恋をするんだろうね。だけど気持ちは嬉しいよ』って、リコにエードゥアルトおじさまが言ったんですって。リコの求婚を見ていた大人たちは、みんな微笑ましげに笑っていたって……」

「そう……」

なんと返事をしていいのかわからず、相槌《あいづち》だけを打つ。その相槌すら望まれているのかわからないけれど。

「誰も……リコの気持ちを、本気だと思ってくれなかった……。リコは、エードゥアルトおじさまがアンタと婚約をするってウチに来たその時まで、ずっとエードゥアルトおじさまの婚約者はリコだと思っていたのに……。リコが大きくなって、エードゥアルトおじさまと結婚できる日を、ずっとずっと待っていたのに……」

すっとひと筋、リコリーナちゃんの瞳から涙がこぼれた。

「どうして？　リコが子どもだから駄目なの？　子どもの言葉は通じないの？　そんなの酷いっ！　リコは真剣に言ったのにっ！」

「リコリーナちゃん……」

「アンタはずるいわっ！　大人だから、エードゥアルトおじさまに好きだと言えば、ちゃんとそれが通じるのっ！　リコの言葉なんて、気持ちなんて、本気にしてもらえないっ！」

涙目で、睨んでくるリコリーナちゃんに、どうやって言葉をかければいいのかわからない。

だけど……。言おう。伝えよう。わたしの気持ちを。

「言葉なんて、通じないのが普通だとわたくしは思うけど？」

無邪気な子ども扱いが嫌ならば。わたしだって本気で答える。

慰めなんて、してあげない。

「貴族学園に通っている時、わたくしには婚約者がいた。そしてその婚約者には恋人がいた。可憐《かれん》で可愛らしい男爵令嬢がね」

「え……？」

「わたくしは嫉妬《しっと》をして、その男爵令嬢を苛めたそうよ？　彼女の持ち物を池に落としたとか、婚約者に近寄るなって怒鳴ったとか？　色々勝手に言われたわ。わたくしは『真実の愛で結ばれた恋人たちを邪魔する悪役令嬢』なのですって！　笑っちゃうわよ。わたくし、王命でなければ婚約なんてさっさと解消して自由になりたかったたっていうのに！」

「え……何を、言っているの……」

「王族としての公務もわたくしに押し付け、男爵令嬢と遊びまわっている婚約者なんて、そんなものいらないのに。そう言っても誰も信じてはくれなかった。わたくしは権力を振りかざす傲慢《ごうまん》な悪役令嬢。男爵令嬢は虐《しいた》げられるかわいそうな娘って、学園中の人たちから言われていたのよ」

信じられないというリコリーナちゃんの表情。

「……そんなわたくしを信じてくれたのが、エードゥアルト様なの。みんなの前で、わたくしは男爵令嬢を苛めてなんかいないって言ってくださった。ねえ、リコリーナちゃん。その時わたくしが、どれほど嬉しかったかわかる……？」

エードゥアルト様に対してだけでなく、クラスの皆様やミアーナ様にも感謝している。嬉しかった。一人きりで断罪を回避しないといけないって思い込んでいた当時のわたし。

「誰もが主観と偏見に満ちた目で物事を見ている中、わたくしを信じてくださった人たちがいた。天にも昇るような気持ちだった。わたくしはね、その時の気持ちを、感謝を……いつもいつでもエードゥアルト様に伝えたいって思うのよ。気持ちなんて、黙っていたら通じないのが当たり前。だから、わたくしは、恥ずかしくても、照れてしまっても、頑張って好きを伝えるの。伝わりますようにって願いを込めて、何度も繰り返し伝えるわ」

選ぶドレスにエードゥアルト様の色を入れる。あざといかもしれないけれど、馬車の中で二人きりなら、そっとエードゥアルト様にもたれかかる。

言葉で、態度で、唇で。わたしのすべてで好きを伝える。

伝わらなくて、傷つくことだってきっとある。

わたしが日本の家族と一緒に暮らしていた頃、祖父母たちにはまったく話は通じなかった。お母さんは時間があれば話を聞いてはくれたけど、それでもやっぱり結論は「手助けはするけど最終的には自分で何とかできるように頑張りなさい」だった。

……諦めて、麻痺《まひ》して、慣れてしまったから、わたし、マルレーネになってから、一人で断罪を回避しようなんて思ったのよね。

もしも、わたし、自分に『呪い』なんてかけないで、最初から全部お父様たちに相談していたら、わたしを一人にしないで一緒に断罪を回避する方法を、考えてくれたかもしれない。動かない腕、出ない声に、お父様たちを悲しませるなんてこと、しなかったかもしれない。

それを、わたしは後悔している。

でも今更後悔しても、過去は変えられない。

だから、これから先の未来では、同じ後悔は繰り返したくない。

言葉に出す。もしも伝わらなかったら、伝わるまで、何度でも。

辛くなって、諦めてしまうこともあるだろうけれど、それでもわたしは……お父様たちと、エードゥアルト様と、一緒に生きていきたいと思ったから。一緒に幸せになりたいと願ったから。だから、諦めずに、何度でも、繰り返し、伝える。

「リコリーナちゃんは、四歳の時に求婚した。そのあとは？　心が本当に伝わるまで、何度も繰り返しエードゥアルト様に愛を伝えたの？」

「……一度、言えば、通じるのでは、ないの……？」

「通じる場合もあるわ。通じない場合もある。リコリーナちゃんの気持ちは一度だけじゃエードゥアルト様には通じなかった。きっと。ただそれだけよ」

「そんな……。じゃあ、わかってもらえるまで、繰り返し言えばよかったっていうの？」

「伝わるかもしれないし、伝わったところで、リコリーナちゃんとエードゥアルト様の気持ちは同じではないかもしれない。だけど、リコリーナちゃんがもう一度エードゥアルト様に求婚をしたいのなら、すればいいと思うわ」

「なにそれ……。アンタ、自分がエードゥアルトおじさまに愛されているっていう自信があるっていうの？　それ、自慢？」

「自慢じゃなくて、信頼。わたくしはわたくしを愛してくださったエードゥアルト様を信じているの。乙女チックな考えかもしれないけど、エードゥアルト様と気持ちが通じ合えたのって、奇跡だと思ってる。話が伝わらないのが当たり前の世界で、お互いに、一生懸命に言葉を紡いで、心が通じ合ったのよ」

　声が出なくても、拙《つたな》くても、一生懸命に心を伝えた。

「リコリーナちゃんがわたくしと戦いたいというのなら、受けて立つわ。子どもだからって容赦はしない。全力を出すわよ、本気でね。だって、貴女、子ども扱い、嫌なんでしょう？　リコリーナちゃんの、エードゥアルト様に対する気持ちは、わたくしは本気だと受け取ります。リコリーナちゃんはエードゥアルト様が好き。わたくしもエードゥアルト様が好き。でもわたくし、貴女にも、他の誰かにも、絶対に負けないわ」

　わたしは正々堂々と戦う。不敵な笑顔でも浮かべてね。

　さあ、リコリーナちゃん、かかってらっしゃいっ！

なのに、リコリーナちゃんは膝を抱えて蹲《うずくま》るだけだった。

「あら、戦わないの？」

「……勝てないもの」

「うん？」

「リコじゃ、アンタには、勝てないもの……」

リコリーナちゃんは、泣かなかった。ただ、全身を震わせて、唇を噛みしめ続けた。そんなリコリーナちゃんを、わたしはずっと見つめていた。

◆◇◆◇◆

そのまま数日、わたしとリコリーナちゃんはエードゥアルト様のことを話すでもなく、淡々と日々を送った。

起きて、食べ物と飲み物と燃えるものを探して。潮溜まりで体を洗って。明るいうちから火を熾して。狼煙を上げる。火が消えたらまたつける。その、繰り返し。

そうして今日。わたしたちがいる島の対岸……ゲープハルト本土のほうに動きがあった。

「リコリーナちゃん、見える？」

「見える……。あっちからも、煙が上がってる……」

リコリーナちゃんが何度も目を擦って、対岸を見る。確かに、白い煙が一本、上がっていた。

「こっちも、狼煙、上げようっ！　気が付いたよって、ここにいるよって、あちらに通じるように」

昨夜の炎はもう消えている。だから、もう一度火種を作るところからやらなきゃいけない。

「火はわたくしが熾すから。リコリーナちゃんは急いで燃えるもの、持ってきてっ！　その辺のヤシの木とか、倒してしまってもいいからっ！」

「わかったっ！」

駆け出したリコリーナちゃんを見送りながら、今ふっと思い出した。

横一列に並んだ三本の狼煙は、遭難していると伝えるもの。それがこの世界でも通じるかどうかは知らないけれど、とにかく、その通りに三本、煙を上げてみた。

しばらくしたら、向こう岸の狼煙も一本から三本になった。

「通じてるっ！　あっちにいるのが誰だか知らないけど、自然に狼煙が増えるなんてことないから、こっちに合わせてあちらも狼煙を増やしてくれたのよっ！　気が付いたよって、伝えてくれているんだわっ！」

リコリーナちゃんはきゃあきゃあと飛び上がった。

「助かるのねっ！　リコたち、あっちに帰れるのよっ！」

気が付いてもらえたのは嬉しい。きっといつか、帰ることができる。でも、この海に漕《こ》ぎ出せる船なんてない。今だって波は恐ろしく高い。

どうやって、帰れるのか……。喜んでいるリコリーナちゃんには悪いけど、すぐに帰れるとは思えない。

「リコリーナちゃん。いつ帰れるかはわからないけれど、向こう岸の誰かは気が付いてくれたのよ」

「うんっ！」

期待と希望で、リコリーナちゃんの顔が輝いている。

「だからね、いつでも帰れるように、準備だけはしておきましょう」

「準備……？」

「そう、すぐに迎えは来ないかもしれないけれど。えーっと、とにかく……ドレスだけは、着ましょうか」

「あっ！」

この間、潮溜まりで体を洗ってからというもの、わたしもリコリーナちゃんもドレスを着ないまま過ごしていたのよね……。乾くまで着なかったのではなく、乾いてからも、だ。

一度ドレスを脱いでしまうとねえ……。重いし、暑いし。どうせすぐ汗かくし。女の子同士で二人きりだったから、下着姿でいいかーとか。ぶっちゃけると、ドレスなんて着ないほうが、楽だったしね……。焚火もあるから夜も寒くなかったし。

二人して、いそいそと、ドレスを着る。髪もばっさばさになってしまっているから、わたしはハンカチで緩くまとめておいた。リコリーナちゃんは自分のリボンで髪を結ぶ。

そうしているうちに、海は目を疑う光景になった。

「うっそでしょうっ！」

わたしは思わず叫んだ。

海の荒い白浪《しらなみ》が、パキパキと凍っていく。対岸からこの島に向かって、一直線に。

「氷の……橋？　こっちに伸びてくる……」

目の前の光景が信じられないのはわたしだけでなく、リコリーナちゃんもだ。あんぐりと口を開けている。

「まさか、船がないからって……海を凍らせて、そこを歩いて渡ってくるつもりなの!?」

どれだけの魔力が必要になるというのか。そもそもそんな大きな魔道を使える人間がいるのか。

「無茶でしょうにっ！　本土からこの島までどれだけ距離があると思っているのよっ！　……ええと、本土からこの島まで歩いて……。えっと、一般的な歩行速度……時速五キロとか、かしら？　だったら、ここまで一時間半とかそれ以上？　往復を考えれば三時間以上!?　そんな長い時間、海を凍らせる魔道って……人間業じゃないわよっ！」

増幅系の魔道の持ち主でもいるの？　それとも回復薬とか魔石とか、そういう便利アイテムを使って魔力を増幅している？　仮にそうだとしても……無茶でしょう!?

考える。海を凍らせるほどの力を持つ魔道士の協力を得られる人。決して安くはない魔石の大量使用ができる人。そんなの、陛下か王族か……エードゥアルト様くらいしか、わたしは知らない。

「エードゥアルト様……」

胸が熱くなる。

「え、こ、これ、エードゥアルトおじさまがやってるの？」

「……いいえ、エードゥアルト様は氷の魔道は使えない。だから、陛下や魔道士たちに、協力を要請したのだと思う……。陛下のご協力を得て……。あとは異母兄様の誰か……、ええと、ウィンセント様が、優秀な魔道士だったはず……」

わたしたちを助けてくださるために、どれほどの手を尽くしてくださったのだろう。無茶や無謀なことも、きっと……。

ああ、エードゥアルト様……。

わたしはぐっと唇を噛む。視神経に眼球。いくら可能だからといって、柔らかいそこをあまり強化はしたくない。下手をすれば失明だ。だけど、そんなこと、言っていられない。

わたしはわたしの魔道で、自分の目を、視力を強化する。遠くを見られるように。予想通り、その凍った海を誰かがこちらに向かって走っていた。

「エードゥアルト様……」

迎えに、来てくださるおつもりなのだ。この凍った海を渡って。

いつ、魔力が足りなくなって、この凍った道がなくなるのかもわからないというのに。氷が溶けたら海の波にさらわれて、溺れてしまうというのに。

それでも、エードゥアルト様は、自分の足で、走って、わたしを迎えに来てくださっている。

ああ……、わたし、泣きそうだ。嬉しくて。どうしようもなく、心が震えて。

「……リコリーナちゃん、わたくしと貴女をエードゥアルト様のところまで『飛ばし』て」

「え？」

「エードゥアルト様がこの島に走って辿り着くまでどれくらいの時間がかかると思う？　それまでの

間、ずっと海を凍らせ続けるなんて不可能よっ！　誰が魔力を行使しているのかは知らないけれど、魔力が持つはずがないわっ！」

魔力が持たなければ、氷は溶けてエードゥアルト様は海に落ちてしまう。

「お願いリコリーナちゃん。絶対に貴女から手を離さないから。エードゥアルト様のところまでわたくしと一緒に『飛び』ましょう！」

「む、無理よ！」

青ざめて、リコリーナちゃんは半歩後ずさった。

「どうして？　リコリーナちゃんのお屋敷からこの島まで『飛べた』のよ。エードゥアルト様のところまでくらい……」

「無理って言ってるでしょう！　普通なら隣の部屋まで程度の距離しか、リコは『飛ばせ』ないのっ！　アンタを『飛ばした』時だって、こんなところまで『飛ばせる』なんて、思ってはいなかったのよっ！」

「え？　じゃあ、どうしてこんな遠くまで……」

「あの時は、リコはアンタを恨みに思ってたてっ！　時間をかけて、リコの体に魔力を貯めていってたのっ！　単に魔力を足したんじゃなくて、掛け算でっ！　何倍……何十倍にもリコの魔力を増幅していたのっ！」

掛け算されたリコリーナちゃんの魔力。

それから、それを遮断しようとして、逆に反発させてしまったわたしのミス。

……あの時、わたしは、何をした？

思い出すのよ、あの時の感覚を。

リコリーナちゃんの魔力が貯められていない状態なら、それで逆にちょうどいい。きっと、多分だけど。わたしの誘導で、エードゥアルト様のところまで飛べるかもしれない。ううん、ちょうどぴったりじゃなくても良い。とにかくエードゥアルト様に近づければ。

わたしはリコリーナちゃんの両肩に手を置く。ぐっと強く握る。

「この状態で、まっすぐにエードゥアルト様のところまで『飛ばし』て。大丈夫、リコリーナちゃんの魔力はわたくしが増幅する。調整もできる」

「で、でもっ！」

「失敗はしないわっ！　大丈夫、信じてっ！」

わたしの剣幕に圧《お》されたリコリーナちゃん。しばらくの間、躊躇《ちゅうちょ》をみせた。けれど、決意をしたのか、力強く頷いてくれた。

「行こうっ！　エードゥアルト様のところまでっ！」

リコリーナちゃんが思い切り息を吸ってから、わたしの胸を「どんっ！」と押す。

浮遊感。

砂浜が、島が、ぐんぐんと遠ざかる。足元に海が見える。……ああ、だけど、魔力が足りない。本土はきっとまだ先だ。力を振り絞って、飛ぶことを、意識する。もっと先まで行かなきゃ……。そう思ったけれど、ふっと、力が弱まってしまった。ここまでか……。

いきなり体の重みを感じて、わたしとリコリーナちゃんは凍った海の上に投げ出された。

「ごめんなさい。力、足りなかった。リコリーナちゃん、大丈夫？」

「う、うん……」

「あとは歩こう。氷、滑るかもしれないから、慎重に、ゆっくりと……」

そこまで言いかけた時、わたしの背後から声がした。

「マルレーネっ!?」

その声に、わたしは反射的に振り向いた。

突然現れたわたしたちを、信じられないような顔をしたエードゥアルト様が見つめていた。わたしは走った。エードゥアルト様へと。走って走って走って。転びそうになったところをエードゥアルト様に受け止められた。そのまま強く抱き寄せられる。

「マル、レーネ……っ」

「エードゥ、アルト、さま……」

名を、一度だけ呼んで。あとはそのまま強く抱きしめ合う。呼吸が、苦しいほどに荒い。

ああ、会いたかった。抱きしめてほしかった。ずっとエードゥアルト様の元に帰りたかった。

わたしを、痛いほどに強く抱きしめてくるエードゥアルト様の腕。確かな存在感。その手の力が少しだけ緩められ、右の手が、わたしの頰《ほお》に伸ばされた。頰を撫でてくれる掌《てのひら》。近づいていく顔と顔。触れる唇。ああ、エードゥアルト様だ。確かに、触れることができる場所に、エードゥアルト様がいる。

「無事で、よかった……」

エードゥアルト様のその声に、わたしはボロボロと涙を流してしまった。

「エードゥ……、さ、ま……」

涙が止まらなかった。

「エードゥ、アルト、様……っ！」

「ああ、私はここにいる。ちゃんと、マルレーネを抱きしめている」

子どものように、声を上げて泣き出してしまったわたしを、エードゥアルト様は優しく抱き止めてくださった。

「もう二度と離しません。もう大丈夫ですから……っ！」

わたし、ちゃんとリコリーナちゃんと一緒に食べて、飲んで、眠って。そうやって無人島で過ごしていたんですよ。平気だったんです。……そんなふうに胸を張って言うつもりだった。だけど、思いが溢れてしまった。エードゥアルト様の名前を呼ぶことと、泣くこと、それだけしかできずにいた。

生きて再会できて、嬉しくて。幸せで、他には何も考えられずにいて。

エードゥアルト様に、浸《ひた》っていた。

……だから、リコリーナちゃんが、「……やっぱり、エードゥアルトおじさまは……、リコなんて、心にも留めてくれていなかったのね……」と、ぼそりとした呟きを漏らすまで、わたしはリコリーナちゃんの存在を忘れていた。

「リコリーナ……」

わたしを抱きしめたまま、エードゥアルト様がリコリーナちゃんを見る。

「フェイトから、話は聞いた」

　感情を込めずにエードゥアルト様がリコリーナちゃんに言った。

「子どもの戯言ではなく。リコリーナは本気で私に求愛していたのだと」

　リコリーナちゃんの顔は石ころのように無表情だった。ただ硬い、動かない顔でエードゥアルト様を見つめていた。

「貴女の気持ちを本気と受け止めなくてすまなかった。謝罪をする。その上で、求婚にはお断りをさせていただく。私が一生涯愛するのはマルレーネだけだ」

「……わかりました。お答えいただきありがとうございました。それから、リコがご迷惑をおかけしてごめんなさい」

　リコリーナちゃんはそのまま深々と頭を下げた。怒鳴ったり、泣いたりすることもない。大人と六歳の子どもではなく、大人同士が謝罪し合うかのようだった。

　わたしを抱くエードゥアルト様の手からは、固い緊張が感じられた。リコリーナちゃんも、そうだ。だけど、よく見れば、リコリーナちゃんの体が不自然に揺れていた。泣きたいのを、無理に抑えているのだ。

　わたしには、今、ここで言える言葉は何もない。

　これが、リコリーナちゃんが主人公の物語ならば、わたしはリコリーナちゃんから愛する人を奪う悪役なのだろう。

　だけど、エードゥアルト様が選んでくださったのはこのわたし。

奪ったのでも、盗んだのでもない。

エードゥアルト様がわたしを愛してくださって、わたしがエードゥアルト様を愛した。それだけだ。

だから、わたしはリコリーナちゃんに何も言えない。……今は、まだ。

言えないけれど、わたしはリコリーナちゃんから受けたすべてを忘れないようにしようと思った。

忘れずに、それでもわたしがエードゥアルト様の隣に立つに相応《ふさわ》しくいられるようにと願う。

背を伸ばし、まっすぐに前を向いて。矜持《きょうじ》を持って。止まらずに、明日に向かう。

きっとそれだけが、謝罪の代わりにわたしがリコリーナちゃんにできること。

「……行こうか」

「はい」

エードゥアルト様から差し出された手に、わたしの手を乗せる。

リコリーナちゃんは俯《うつむ》いたまま、それでも、ゆっくりと、わたしたちの後をついてきた。

◆◇◆◇◆

凍った海を通って、ようやく岸に辿り着けば、そこには大勢の人がいた。

魔道士と思われるローブを被った者が何十人も。騎士服を着た者たち。それからわたしのお父様とお兄様。皆、わたしたちを助けるために来てくださった方々なのだろう。

「助けてくださいまして、ありがとうございました」

皆様方にお礼を言いつつ、お兄様とお父様のほうへと身体《からだ》を向けたその時。

「馬鹿馬鹿馬鹿馬鹿リコリーナの大馬鹿者ぁっ！」

驚いて、振り向けば、コーヒー色の髪をした十歳くらいの男の子が、怒鳴りながらリコリーナちゃんをぎゅうぎゅうに抱きしめていた。

「こんなに大勢の人たちに手間かけさせてっ！　叔父上にも迷惑をかけてっ！　本当に馬鹿だなリコリーナはっ！」

馬鹿だ馬鹿だと繰り返しながら、男の子は大泣きしてる。

「……ごめんなさい、フェイトおにいさま」

リコリーナちゃんが淡々と謝った。

その二人のすぐ近くに立っている男の人がきっとリコリーナちゃんのお父さんのツェルガウ伯爵なのだろう。ジョセアラお義姉様にご挨拶に行った時には、お会いする前にリコリーナちゃんに飛ばされてしまったから、初めてお会いしたのだけど。そのツェルガウ伯爵がわたしに向かって深々と頭を下げていた。

頭を上げてくださいと言う前に、わたしはお父様に抱き寄せられ、そしてルフレントお兄様に頭を小突《こづ》かれてしまった。

「……嫁入り前の娘が、外泊なんてするんじゃない」

冗談めかして言ってきたルフレントお兄様の目は赤かった。目の下も茶色くくすんで見える。きっと、夜も眠れずに、わたしのことを心配してくださったのだ。

「ご心配をおかけいたしました。ルフレントお兄様、お父様、本当にごめんなさい。わたくしはこの通り無事です」

「……なら、いい。母上が屋敷で待っているから、さっさと帰るぞ。父上、いつまでも泣きながらマルレーネに抱きついていないでください」

そのままルフレントお兄様にずるずると引きずられて、馬車に乗せられそうになった。

だけど、ツェルガウ伯爵がそのままだった。

「あのっ！　頭を上げてくださいっ！　あと、リコリーナちゃんっ！」

叫んだわたしを、ルフレントお兄様が無理に馬車に押し込んだ。苦々しげな顔をしつつ、エードゥアルト様に顔を向ける。

「エードゥアルト学園長には申し訳ないが、この愚妹は早々に連れ戻させてもらいますよ。それから、あちらの伯爵家には、後ほどエイラウス侯爵家から正式に抗議を」

「お兄様っ！」

ルフレントお兄様の言葉を遮って、馬車の中から怒鳴ったら、今度はわたしが睨まれた。

「お前はあいつらに何をされたかわかっているのか!?」

「魔道で飛ばされて、流刑島でリコリーナちゃんと過ごしましたっ！　そして今、皆様のおかげで救出されましたっ！」

「ツェルガウ伯爵家の小娘に、我がエイラウス侯爵家の大事な娘が誘拐《ゆうかい》されたも同然だ。従ってその罪は償ってもらわねばならない」

「違いますっ！　家同士の諍《いさか》いなんて、そんな大げさなものではございませんっ！　これはわたくしとリコリーナちゃんの、個人的な、単なる女同士の戦いです。それがちょっと大仰になってしまった、それだけのことですわっ！」

仮にわたしのことを思ってだとしても、罪だの賠償だのやーめーてーっ！　わたしはエードゥアルト様に嫁ぐのよっ！　ツェルガウ伯爵家の皆様と親戚になるのっ！　仲良くしたいのよっ！

必死になって、ルフレントお兄様を説得する。

ルフレントお兄様は苦虫を潰しきった顔になった。

「……女同士の争い？」

「はいっ！　エードゥアルト様に相応しいのはこのわたくしか、それともリコリーナちゃんかという、本気で全力の言い争いに過ぎませんっ！」

「…………ならば喧嘩両成敗とさせていただこうか」

ルフレントお兄様は拳《こぶし》を握り、わたしの頭にその拳を思いっきり落としてきた。

ごんっ！　と、叩かれて、わたしの目から星が飛んだ。

「痛あぁぁぁああいっ！」

痛みと衝撃で、頭を抱えて蹲る。

ルフレントお兄様は、リコリーナちゃんのところにもスタスタと歩いていく。そして、リコリーナちゃんの頭をゴツンと叩いた。

リコリーナちゃんも、わたしと同じく痛みに蹲った。

「さて、こんなにも大勢を巻き込んでの救出劇をさせられたというのに、エードゥアルト学園長を巡る単なる女同士の争いとは。いやはや、愚妹どもが皆様方にご迷惑をおかけしたこと、エイラウス侯爵家として謝罪いたします」

ルフレントお兄様が恐ろしく優雅に一礼を、した。

「阿呆《あほう》な小娘たちは、即刻家に連れて帰り、双方の親に叱ってもらいましょう。それからエードゥアルト学園長」

「はい」

「六歳の子どもと本気で喧嘩をするような愚妹ですが、嫁にもらう気はまだありますか？　今なら無条件で返品可能です」

ぎゃーっ！　お兄様ったら何を言い出すのよっ！

「どんな困難をも乗り越える根性と意志を持つ、素晴らしい婚約者を手放す気はありません」

エードゥアルト様が胸を張って答えられた。

あ、あの……えーと、エードゥアルト様？　わたしを好いてくださった理由は、可愛いとか綺麗とかじゃなくて……こ、根性？　あの、前にわたしのこと、可愛らしいって言ってくださってましたわよね……？

「ありがとうございます、学園長。では、この色ボケの野生の猿は、我がエイラウス侯爵家の総力をもってして、学園長に相応しい淑女に鍛え直します。教育には少々時間がかかると思いますが、お渡しする日まで、お待ちいただきたい」

い、色ボケ？

野生の猿⁉

ルフレントお兄様が真顔でおっしゃられたせいで、騎士団や魔道士の皆様の何人かが、慌てて手で口を押さえた。

エードゥアルト様すらも、口の中で奥歯を噛みしめるようにして、笑いそうになるのを堪《こら》えている。だけど、頬がひくひくと動いているのは止められなかったみたい。

「……か、かしこまりました」

ルフレントお兄様は「そうですか」と、さらりと言って、目を細められた。

……出たわ、この「どこからどう見ても表向きは人好きのする性格を装っておきながら、陰で良からぬことを画策している」としか思えない、お兄様特有の黒い笑みがっ！

「それから、婚約継続とあれば、予定通り来年には結婚ということになりますね。今後、そちらのツェルガウ伯爵家とも、親族関係となりますので。愚妹共々改めてよろしくお願いします。今後この小娘共が、阿呆な理由で諍いを起こさぬよう、しばらくお互いみっちりと扱《しご》いて参りましょう」

お兄様の言葉にツェルガウ伯爵だけでなく、リコリーナちゃんまでが深々と頭を下げた。

「では、女性にモテモテのエードゥアルト学園長。後始末はお任せします。私は野生の猿の如《ごと》き妹を、きちんと調教しなくてはなりませんので」

笑いを堪えていた皆様が、耐えきれず「ぶはっ！」と噴き出した。

ちょーっと、ちょっとお兄様っ！　ひどくないですかっ⁉　わたし、これでも王城で王子妃教育だって受けていた立派な淑女ですよ!?　学園の成績だって、三年間ぶっちぎりで学年トップ。学業だってマナーだって完璧と言えるほどよっ！

なのに猿!?　調教っ!?　ひどすぎですうううっ！

しかも、ようやく再会できたエードゥアルト様をこの場に残して、わたしをエイラウス侯爵家に連れて帰るなんてっ！　いえ、家には帰りたいですっ！　だけど、エードゥアルト様と一緒に帰らせていただいたって良いじゃありませんかあああああっ！　わたし、家族にもそうだけど、エードゥアルト様に会いたくて会いたくて会いたくてっ！　あんな島で、頑張って生き延びたんですよっ！　ご褒美《ほうび》的に、エードゥアルト様といちゃいちゃいちゃいちゃさせていただいたって、良いではありませんかあああああああっ！

……わたしは馬車の中で、むくれて「お兄様、酷い」と叫んでいたけれど、しばらく経った後に、ふっと気が付いた。

「もしやお兄様。お兄様は……禍根《かこん》が残らないようにと、わざとあのようなことをしたのですか？」

ルフレントお兄様は、ちらりとわたしを見て「さあな」とだけおっしゃった。そして、そのまま馬車の外に目を向けた。

……ううむ、兄の愛はわかりにくい。だけど「ありがとう」と素直に言うのもちょっと違うかしら。とりあえずわたしは、思いっきり淑女スマイルを浮かべて「大好きですわ、ルフレントお兄様」と言ってやった。

お兄様はそっぽを向いたまま「ばーか」と言って、口角を上げげた。

むかっ！

◆◇◆◇◆

さて、それからは一応「穏やか」に日々が過ぎていった。

ルフレントお兄様からは、本当に淑女教育のやり直しをさせられた。

お兄様の選び直した家庭教師を数人つけられただけでなく、お母様自《みずか》らもわたしの教育係となった。

ものすごく厳しかった……。地獄を見たわ……。

イルゼたちには「マルレーネお嬢様のお肌がっ！　髪がっ！」と嘆かれて、これでもかというくらいに肌も髪も磨き上げられた。おかげで肌はもっちもちのぷるんぷるん。髪もさらっさらに戻ったわ。

ありがとう、イルゼたち！

あ、あとは救出に携《たずさ》わってくださった皆様にも、後日改めて御礼に行ったのね。わたしが完璧なる淑女の装いで、完璧なご挨拶を差し上げたというのに、皆様目が笑っていた。猿が淑女に化けた、とか思っているに違いない。

くそう、お兄様め……。感謝もするけど恨みますよっ!!

あとは……、陛下方にも直接お礼を言いたくて、エードゥアルト様と一緒に謁見《えっけん》に向かったの。

だって、あんなに大勢の騎士様や魔道士の皆様を動員してくださったのは、もちろんエードゥアルト様が尽力してくださったおかげなのだけれども、許可をくださったのは陛下だからね。

だから、せめてものお礼にと、あの流刑島の詳細地図的なものを作ってみた。

島の全景や方角。砂浜地帯と岩石地帯で色分けもした。イメージ的には、観光地でよく配布されている観光マップみたいな感じかな？　そんなふうに仕立て上げてみた。

追加情報で、リコリーナちゃんと飲んだり食べたりしたものの一覧表。

バナナの木から水分を取る方法や、岩からナイフを作る方法とか。サバイバルに必要な事柄もまとめて載せてみた。

……まあ、あの島に王族の皆様が流れ着くことはないでしょうけれど。もし今後、造船業とかが発展していって、将来あの島を寄港地とかに利用するようになったら。その時に役に立つ資料にはなるかなーって思って。

情報は価値になるからね。

そんな感じで、思いつく限り、がんがんレポートにしてみたら、途中で作るのが楽しくなってしまったわ。あはは。詳細地図どころか、詳細報告書になってしまった。

しかも人を殴れるほどに、分厚いものになった……。

それを陛下と王太子殿下にお渡ししたら、目を丸くされてしまった。

エルネスト王太子殿下は、わたしの作った報告書を熟読されて「あ、貴女は転んでもただでは起きない方ですねぇ……」と感心してくださった。

「マルレーネちゃんって、やっぱり王族に欲しいくらい有能だねえ。この報告書レベルのモノをさあ、うちのゲープハルト王国全土で作ったら。観光事業どころか国防にも役立ちそうなんだけど。うーん、エードゥくんの臣籍降下、取りやめて、マルレーネちゃんを王族に取り込もうかなあ……」

えーと？　わたしの呼び方がマルレーネ嬢からマルレーネちゃんになりましたが陛下。身内扱いにしていただいたのかしら？

それはそれで嬉しい感じ。

でも、臣籍降下の取り消しは……どうかしら？　わたしが口出しできることではないし……と、横に立つエードゥアルト様を見上げれば、エードゥアルト様は実に微妙なお顔だった。

「……これから結婚式を挙げるのですよ。兄上、マルレーネに全国調査などさせないでください。家に帰れば可愛い妻が待っている。そんな未来を楽しみにしているというのに、その肝心の妻が、国王命令で不在なんて、冗談ではないです。私の新婚生活を邪魔しないでください」

きゃあああああっ！　エードゥアルト様が、わたしを可愛い妻っててっ！　言ってくださったあああああっ！

踊り出しそうな心を抑えていたら。

「妻になる前なら良い？　結婚式の五月まで、マルレーネちゃん、暇でしょう？　だったら、王都周辺とか、日帰りで行ける程度の場所の地図とか、ちょっと作る気ない？」

真面目《まじめ》な顔で陛下に言われてしまったわ。

あははは、どうしましょうねえ……。結婚前、これでもかってほど、ラブいちゃしたいっていう、希望を持っているのですけれど……ね。

ともかくサバイバルはもう終わり。あとは結婚式までのカウントダウンよっ！

【挿話四　エードゥアルト視点】

常日頃《つねひごろ》、侍女に傅《かしず》かれて暮らしている侯爵令嬢が、無人島に飛ばされた。

島までは波が荒く、船も出せない。救出は困難を極める。

ユストゥス兄上すらも「……五日が限界じゃないか？　それ以上の時間が経《た》てば、救出は絶望的だ。飲まず食わずで令嬢が生きていられるとは思えない」と悲観的になっていた。

そうして私は陛下に言われた。

「エードゥくんが行くというのなら……、できる限りの手助けはするよ。だけど……、あの島に確実にマルレーネ嬢がいるとは限らないし、いたとしても……遺体になった彼女を連れて帰るという覚悟はしておくほうがいい……と思う」

遺体という言葉の重みに腹の奥がずしんと重くなる。

だが、絶望などしてやるものか。マルレーネは絶対にこの腕に取り戻す。

決意と共に、私はマルレーネがいなくなった時点から今までをもう一度振り返り、救出の可能性を探る。

発端は、マルレーネたちと共に、双子の姉であるジョセアラの屋敷に挨拶《あいさつ》に行ったこと。

そして、そのサロンで姉に「もしも、良かったらなんだけど、あなたたちの結婚式の時に、ウチの娘と息子にフラワーガールとフラワーボーイをさせてくれない？」と提案されたのだ。

マルレーネも嬉《うれ》しそうに微笑《ほほえ》んでいたので、それを承諾しようと口を開きかけた、その時だった。

ノックもせずに、サロンの扉が開かれ、リコリーナが入ってきた。そしてそのまま、小さな手をマルレーネに伸ばし……、二人の姿がふっと消えた。

「え？」

声を発したのは私だったのか、それとも姉のジョセアラだったのか。

姉も私もただ呆然《ぼうぜん》としていた。

「あの馬鹿《ばか》っ！」

叫んだのは、フェイトだった。

「フェイト？」

顔を向ければ、フェイトは泣き出しそうな顔で私に頭を下げてきた。

「ごめんなさい叔父上っ！　あの馬鹿が、リコリーナが、エイラウス侯爵令嬢をどこかに『飛ばし』たんだっ！」

リコリーナの能力は私も知っている。その能力の訓練の手助けもしたことがある。

だが、何故《なぜ》リコリーナがマルレーネを飛ばす？

わからない。

不甲斐《ふがい》ないが、私はすぐには動けなかった。

マルレーネがいきなり消えた衝撃に、思考が停止してしまっていた。

だが、呆然としている場合ではない。頭を振って、無理矢理思考を叩《たた》き起こす。

「フェイト……、どういうことだ？」

「あいつは掌《てのひら》で押したモノを遠くに吹っ飛ばせる能力を持っているから」

「それは知っている。聞いているのは何故、リコリーナがマルレーネを飛ばしたのか、その理由のほうだ」

何故だと問いつつ、今はそんな場合ではないと、再度頭を振る。

混乱している場合ではない。今ここで優先すべきは、フェイトを問いただすことではない。

マルレーネを探すことだ。

私はかけている眼鏡《めがね》を外してテーブルの上に放り投げた。自分の目に、魔道を集中させる。

普通では見えない魔道の痕跡を、私は見ることができる。リコリーナの魔道の軌跡が残っているうちに、それを追わなくては。今すぐ、早く。それ以外はすべて後回しでもいい。

「……あちら、か」

魔道の痕跡は、真南に向かって伸びていた。

「姉上、馬を貸してください」

「わ、わかったわ……っ」

バタバタとサロンから出ていく姉。私も屋敷の外に出た。

用意された馬に跨《またが》り、私は魔道の軌跡を追いかける。

王都中心部を抜け……まっすぐに南へ。魔道の痕跡が消えないうちにと馬を急《せ》かして。

どのくらいの時間が経過したのか、汗だくになりながら、我が国の南に位置する岬に出た。ここは年に何回か、落ちて亡《な》くなる者もいるほどの断崖《だんがい》絶壁で、今も、波が荒々しく岩にぶつかり、白い飛沫《しぶき》が飛んでいる。魔道の軌跡はこの岩場で止まることなく、まだ、まっすぐに伸びていた。

「この先には何もない。……まさか、海に落ちた？」

これ以上魔道の跡を辿《たど》ることはできず、私は馬に跨ったまま、呆然と海を眺めた。

遠くに広がる水平線。いや、違う。島がある。昔、流刑《るけい》島として使われ、今は放置されているだけの島が。まっすぐに行けば確かにその島に辿り着きはする。

「現時点で考えられる可能性は三つ。海に落ちたか、あの島まで飛んだか。それとも……更に遠くへ行ったたか」

リコリーナの力で更に遠くへというのは考えられない。そもそもこんな遠くまで飛ぶこと自体がリコリーナの力をはるかに凌駕《りょうが》している。

「そうすると、残りは二つ。海に落ちたか、島に辿り着いたか……」

海の波は荒い。もしも落ちていれば、既にマルレーネは波に呑《の》まれ、海の底に沈んでしまっているだろう。私はぞっとした。考えたくない。

「島に辿り着いていると……願いたい。まず確かめるのが先……か」

どうすればそれを確かめられるのか。付近の領民に頼み船を出してもらうか……。いや、東の海ならともかく、この南の荒い海に出せる船など我が国にはない。

断崖から海を見下ろしつつ、私は途方に暮れた。

その場から離れがたくは思ったが、ここで一人呆然としている場合ではない。

海に落ちることなく、あの島に辿り着いていると仮定する。

どうやって、それを確かめる？

もし本当にあの島に飛んでいたのだとして、どうやってマルレーネを助け出せる？

私一人の力では、無理だ。助けを求めなくてはならない。

まずはユストゥス兄上に異母兄たち。それから懇意《こんい》にしている魔道士たち。エイラウス侯爵家。

どこにだって頭を下げる。使える力ならなんだって使う。

だから、頼むから、生き延びていてくれ。

私は持てる限りの手を尽くした。

結果、海を凍らせて、それを橋のように伸ばしていくこととなった。それが現状では、一番成功率の高い方法だろうというのが、魔道士たちの結論だった。

「だけど、橋を架《か》けるにしても……、歩いて、もしくは走って島まで往復？　何時間凍らせていればいいんだよ。それ、可能？」

協力をしてくれている魔道士たちの一人が言った。

「氷の魔道を使えて、かつ高度にそれを維持できる魔道士って今何人いるの？　回復魔法にポーションに……魔石、とか？　全部使って、回復と魔力増加させつつ……？　ま、凍らせるのは良いよ。でもさ、あの島に本当にご令嬢たちがいるの？　そんでもってまだ生きてるって確信ある？　俺《おれ》ら魔道士は良いよ？　王家のお墨付きでの大規模実験、できるようなもんだからさ。だけど、助けに向かって、でもご令嬢は既にお亡くなり……って状況、考えていたほうが良いんじゃない？」

救出の計画は、立てられてはいくが、時間が経てば経つほど魔道士たちは「救出は無理じゃないか？　いや、魔道協力はするけどね」という態度になっていく。

急いで救出するよりは、確実に、魔道を成功させるために安全に……時間をかけるようにと。

そんな中、流刑島から狼煙《のろし》が上がったのだ。

自然発火による煙ではない。明らかに、人為的な煙だった。

島には、確実に誰《だれ》かがいる。

あの狼煙は、救助を求めるものだろう……きっと。

気が付いたと知らせるために、こちら側からも狼煙を上げた。

すると、しばらく経って、島の狼煙は三本に増えた。

「あっはははは。あんなことするのはウチの愚妹だけだよ、そうに違いないっ！」

ルフレント殿が半泣きになりながら、笑った。

「無人島に飛ばされたご令嬢ならすぐに死ぬ？　ウチのマルレーネはその辺の土や草を食べてでも生き延びるだろうよ。その程度の根性、軽く持ち合わせているからなっ！」

私も全くの同意見だった。マルレーネが簡単に死ぬわけはない。

待っていてくれマルレーネ。世界のどこにいようとも、絶対にこの私が助け出す。

魔道士たちの協力を得て、海を凍らせていく。その氷の橋ともいうべき場所を、最初は騎士の誰かが進んでいくことになっていた。

だが、それを私は却下した。

「あの島にいるのは絶対に、私の婚約者です。ですから、私が迎えに行きます」

どれだけの距離があるというのか。

普段鍛えもしていない人間が、凍った海を往復するだけでも体力は持たない。

狼煙を上げたマルレーネやリコリーナが歩ければいいが、抱えて帰ってこないといけないのならば、体力のある騎士たちが行くべきだ。

そんなことは、大勢の相手から何度も何度も繰り返し言われた。

だが、マルレーネを迎えに行くのだ。

他《ほか》の誰でもない、私が行かずしてどうするのだ。

「……わかった。いいよ。行っておいで」

眉《まゆ》を寄せて、行かせたくないと表情にありありと浮かべながら、陛下が最終決定を下してくれた。

ルフレント殿はいつの間にか、体力増強や疲労回復といったポーションの類《たぐい》を大量に用意してくれていた。

「……よろしく頼みます」

手渡してくれたルフレント殿の後ろで、エイラウス侯爵が私に向かって頭を下げてくれていた。

二人とも、私に任せるのではなく、本当は自身で島に行きたいのだろう。それでも、余計なことなど何も言わずに、ただ、私に託してくれた。

心の内に溢《あふ》れてくる感情は、山のようにある。

だが、多くは語らず、私はただ「……必ず」とだけ答えた。

そして私はただひたすらに、凍った海の上を走り続けた。

走るといっても、速度は出ない。滑らないようにと足の親指の付け根や膝《ひざ》に、余計な力が入ってしまう。そのためか、息はすぐに上がってしまった。だが、速度を落とす気にはなれない。一刻も早く、マルレーネの元へ。

汗が額から流れ続ける。それを拭《ぬぐ》おうとした時、ふわっとした赤い色が見えたような気がした。

ハンカチで無造作《むぞうさ》にまとめられた、赤く長い緩やかな、髪。

「マルレーネっ⁉」

私は思わず叫んだ。わたしの声に、反射的にマルレーネは振り向いた。そのままマルレーネが私の方へと走ってくる。転びそうになった彼女を、私は慌《あわ》てて受け止めた。

「マル、レーネ……っ」

「エードゥ、アルト、さま……」

そのまま激しく抱きしめ合う。

ああ、会いたかった。

確かめるかのように、手を伸ばし、マルレーネの頬《ほお》に触れる。日焼けしたのだろう、肌がいつもより少し赤い。唇もかなり乾燥していた。

だけど、生きていてくれた。

「無事で、よかった……」

子どものように声を上げて泣き出したマルレーネを、今度はそっと抱きしめた。
生きていてくれて、ありがとう。
私の元へ、帰ってきてくれてありがとう。
愛している。もう、二度と離さない。

最終話　あなたと共に「ひゃっほーい」な未来へ

ついについにっ！　待ちに待った結婚式の当日となりましたっ!!

五月の空は、素晴らしくよく晴れて、雲一つない。まるでわたしとエードゥアルト様を祝福してくれるようだわ！

花嫁控室でわたしは幸せを噛《か》みしめていた。すると……。

「マルレーネ、入ってもよろしいですか？」

少し緊張した顔のエードゥアルト様が来てくださったのっ！

う、わあああああああっ！　かっこいいいいいいいいいっ！

結婚式は新婦が主役で、新郎はその新婦の引き立て役……なんて、転生前の結婚情報誌とかには書かれてあったけれど。

それ、絶対に違うわっ！　今日の主役はエードゥアルト様よっ！

ジャケットの丈《たけ》が少し長めなフロックコート。実は、これ、ユストゥス陛下がアニエルカ王妃様と結婚式を挙げられた時のものなのよ。それをエードゥアルト様のお体に合うようにと、仕立て直したの。だから、豪奢《ごうしゃ》な上に、王子様感がすごい。

で、わたしもそんなエードゥアルト様のご衣裳《いしょう》に合うように、お姫様感たっぷりのウエディングドレスを作ってもらったの。

色はもちろん純白。総レースのドレスは、十分袖の長袖に首回りも詰まったハイネック。これぞまさに王室風パーフェクト・エレガントっ！

手にしたブーケはミュルテという白い花と緑の葉をベースにシノグロッサムという水色の小ぶりな花と白薔薇《ばら》を合わせたの。どの花も愛や不死、純潔を象徴するといわれ、よく花嫁のブーケに使われるものなのよ。

そして、そのわたしのブーケに合わせたブートニアが、エードゥアルト様の胸ポケットにもつけられておりますっ！　わたしの髪の色に合わせた赤の薔薇の花もプラスされているのよ！

ふおおおおおおっ！　完璧だわエードゥアルト様っ！　完璧にかっこよすぎるうううううっ！

スマホで写真……は無理だから、誰《だれ》か絵師をっ！　絵師を呼んでっ！　今のエードゥアルト様のお姿を、後世に残してええええええっ！　あ……、落ち着けわたし。今日のわたしはエレガントな花嫁よ。コーフンのあまり鼻息荒い馬のようになってはいけないわっ！

「素敵ですわ、エードゥアルト様……」

しっとりと、お淑《しと》やかに言いつつも、目をハートマークにして、うっとりとエードゥアルト様を見るわたし。

エードゥアルト様は何故《なぜ》だか息を呑《の》んで、硬直された。手で口元を押さえていらっしゃる。

あれ？　わたし、どこかおかしい……のかな？

大コーフン状態なのを見破られてしまったかしら!?

「女神……」

エードゥアルト様の抑揚のない呟《つぶや》きに、わたしは少しだけ首を傾《かし》げた。

「はい？」

「まるで、女神のように……光り輝いているように見えて、その……」

表す言葉が思いつかないと、喉を詰まらせてしまったエードゥアルト様。

え、もしや、今の「女神」というお言葉は、わたしが女神のように美しいということなの⁉

はわわわわっ！　嬉《うれ》しさと照れくささで、わたしも顔が赤くなってしまう。

黙ったまま、わたしたちは見つめ合って、照れ合って……。そんなわたしたちを花嫁控室の壁際からお母様やイルゼたちがぬるーい視線で遠巻きにしていた。

すると、再びノックの音がして、今度はルフレントお兄様が入ってきた。

「マルレーネ、そろそろ時間だ。準備はできているか……と、エードゥアルト学園長までこちらでしたか。我が妹のウエディングドレス姿はどうですか？　この野猿も、なんとか外見だけはいっぱしの花嫁に仕立て上げることができました」

まだその猿ネタを引きずりますかルフレントお兄様っ！

キイキイ言ったら、今度は子猿とか言われそうだから、黙る。

でも覚えていなさいお兄様。心の中で仕返しを誓ったわたし……なのだけれども。

「これほどまでに美しいマルレーネを我が妻にできるとは。私は世界一の幸せ者です」

エードゥアルト様がきっぱりと、そうおっしゃってくださったので、お兄様の暴言は許してあげることにしたわっ！　ふっ、わたしって心が広いっ！

◆◇◆◇◆

わたしたちの結婚式が始まった。

荘厳な音楽が流れる中、わたしはエードゥアルト様に手を引かれて、祭壇の前までゆっくりと進む。

エードゥアルト様は既に臣籍降下しているというのに、参列者の数がものすごく多い。これってほとんど王族の方のご成婚の儀、そのものよね。

……まあ、さすがに王都のパレードは、却下させてもらったけれど。でも、千人？　二千人？　数えきれないほどの招待客。

べつにまあ、わたしと個人的付き合いのある方々だけをご招待したわけではなく、侯爵家としてのメンツとか、陛下も王妃様も王太子殿下も参列してくださっているので、その他お付き合いのない貴族の皆様も、こぞってご参加いただいた結果、すごい数になってしまっただけなのだけど……。

その上、隣国ヨークシヴァ王国の第三王女様と、そこに婿《むこ》入りしたアルベールお義兄《にい》様だけでなく、そのお子様……つまり、隣国の姫君やら王子様やら護衛やら侍女やら……大所帯で我が国にいらしてくださったのよ！

「こういう時でもないと里帰りもできないし。せっかくだから子どもたちに僕の祖国も見せてあげたかったし。ユストゥス兄上にも会いたかったしね。あ、ついでにエードゥアルト、結婚おめでとう」

アルベールお義兄様、里帰りか観光に来たんですか！

わたしとエードゥアルト様の結婚式はついでですか！

……まあ、いいか。久しぶりに会えたお兄様に、エードゥアルト様も嬉しそうだったしね！　うん、エードゥアルト様が幸せであるのなら、問題なしよっ！

そんな大勢の中に、リコリーナちゃんも、いた。

フラワーガールは遠慮します、とお断りされてしまったけれど、参列はしてくれていた。

リコリーナちゃんの横を通り過ぎる時、わたしはちらとリコリーナちゃんの顔を窺《うかが》った。それに、リコリーナちゃんも気が付いてくれたみたいで、少し困ったような、はにかんだような笑みをわたしに返してくれた。

もう、心の整理がついたのかな？

だけどごめんねリコリーナちゃん。貴女《あなた》のことは、ちょっと後で。わたしはこれから神様の前に進み、エードゥアルト様との永遠の愛を誓うのだ。

わたしはそのまま進んでいく。エードゥアルト様と一緒に、司祭様の待つ祭壇の前へと。

司祭様はわたしとエードゥアルト様を見て、頷《うなず》くと、厳《おごそ》かな声でおっしゃられた。

「病める時も健《すこ》やかなる時も、悲しみの時も喜びの時も、お互いを愛し、助け、慰め、敬い、その命のある限り、心を尽くすことを誓いますか？」

司祭様の声にエードゥアルト様が「はい、誓います」と答える。

わたしにも同様の問いかけがされ、わたしもエードゥアルト様と同じく「はい」と答えた。

そうしてわたしのヴェールがあげられた。

「わたくし、世界で一番幸せな花嫁です」

愛《いと》しい気持ちが溢《あふ》れて、自然に言葉が出た。

いつでも、どんな時でも。わたしはエードゥアルト様に愛を伝えたい。

これ以上もなく優しいお顔のエードゥアルト様が、ゆっくりとわたしの頬《ほお》に手を添えた。そのままわたしは目を閉じる。唇にそっと触れた柔らかい感触を、うっとりと受け止めてから、目を開けた。

ああ、なんて幸せなのだろう。

その言葉以外、もう、何も考えられなくて、そのまま少し、二人で顔を合わせて微笑《ほほえ》み合った。

盛大な拍手。それからおめでとうの言葉。わたしたちはそろって一礼して、祭壇から下りていく。

来た時とは逆に、今度は招待客の間を通って退場する。

その途中、わたしはぴたりと足を止めた。

すぐそこに、リコリーナちゃんがいる。

わたしは息を吸うと、招待客に向かって優雅にゆっくりと一礼をした。顔を上げてから、ぐるりと一同を見渡す。

「ご存じの方もいらっしゃるかもしれませんが、他国の風習に『ブーケトス』というものがあります」

予定にはないわたしの動きに、エードゥアルト様は内心驚いていたのかもしれない。けれど、それを顔には出さずに、わたしに合わせてくれた。

招待客たちの拍手が一度鳴りやんだ。何を言うのだろうと、皆がわたしに注目する。

「それは、結婚式で、新婦が持っているこのブーケを、未婚女性に渡すというものです」

本来ブーケトスは花嫁が招待客に背を向けて、誰に渡るのか見えないようにして、後ろへ放り投げるもの。相手を指名とか、するものじゃあない。だけど、わたしは勝手に……わたしのやりたいようにさせてもらう。

「花嫁のブーケを受け取った未婚女性は、いつか幸せな結婚ができると言われています」

そこまで言って、わたしはリコリーナちゃんのほうにブーケをすっと差し出した。

「リコリーナちゃん」

驚いた顔のリコリーナちゃん。……本当はね、このブーケを渡すかどうか、悩んだの。エードゥアルト様の妻となるわたしから、恋に破れたリコリーナちゃんにブーケを渡すなんて、ちょっと傲慢《ごうまん》じゃないかしらって。せっかく落ち着いた心を……もしかしたら抉《えぐ》ってしまうのではないかしらって。

だけど、わたしはリコリーナちゃんにも幸せな未来へと進んでもらいたい。

転生前の日本なら、結婚という選択も、仕事に生きるという選択もある。先輩のように、趣味まっしぐらな幸せもあるだろう。

だけど、この国ではまだまだ女性の幸せは結婚だ。特に貴族の娘なら、未婚のまま一生を送るなんて、何らかの事情がなければありえない。

だから、これは祈りのようなもの。

いつか、リコリーナちゃんのエードゥアルト様への想いが、美しい結晶のようになりますように。失恋の痛みを抱え続けるのではなく、風化するのではなく。良い思い出になりますように。

わたしたちは、エードゥアルト様という素晴らしい男性を好きになった同士なのだから。

そんな思いで、わたしはリコリーナちゃんの名を呼んだ。

「色々あったけど、わたくしは今日、幸せな花嫁になりました。だから、受け取ってくれる？」

リコリーナちゃんは、一瞬だけ泣きそうな顔になった。だけど、笑顔で頷いてくれた。

わたしは思いっきり全力で、ブーケを投げる。

それはちょうど、リコリーナちゃんの手の中に落ちた。

盛大な拍手が起こる。

同時に、どこからともなく無数の花びらが舞い落ちてきた。

あちらこちらから「うわあ」とか「きれい」とか、声が上がる。

「花吹雪《はなふぶき》……。花びらのシャワーみたい……」

わたしも天井を見上げる。誰かが魔道で大量の花びらを散らしてくれた……のかもしれないのだけれど。ううん、きっと、これは違う。

「どこから降ってきているのでしょうね……？」

エードゥアルト様も、不思議そうに上を眺めている。きっと魔道の軌跡が見えないのだろう。

……先輩だ。絶対に、これは先輩だ。流刑《るけい》島で見たあれは、夢じゃなかったんだ。

わたしは、上を見上げながら、思い出す。

二人して、大笑いして。宇宙空間を、銀河の果てまでぴょんぴょんと飛び回った、あの夢を。

「……ありがとう先輩」

いつまでも降りやまない花びらを見ながら、わたしは小さく呟いた。

……物語はやっぱりハッピーエンドが良いんだ。イチオシのマルレーネが幸せなら言うことはないよ。

あの夢で逢《あ》った時の、先輩の言葉を思い出す。

まだまだ人生は続くから、これがエンドではないけれど。

だけど、先輩。今、わたしは、マルレーネは最高に幸せです。あの宇宙空間のどこかから、今、先輩は、わたしのこの幸せを見てくれているよね。きっと飛び回って喜んでくれているよね。

「マルレーネ、今、何か言いましたか？」

エードゥアルト様がわたしに聞いた。

「いつか、聞いていただけますか？　わたくし、エードゥアルト様に話したいことが、本当にたくさんあるんです」

転生前のこと。転生してからのこと。

どうしようもないこととか、大変だったこととか、後悔とかもいっぱいあったけれど。

でも、それの全部があったからこそ、今わたしはここにいる。

愛するエードゥアルト様の傍《そば》に。

だから、これからも、たとえどんな困難があっても、わたしは諦《あきら》めないで前を向く。

どうか、一生、エードゥアルト様と一緒に幸せな人生を送れますように。

神様に祈りを込めて、わたしは心の中で、盛大に叫ぶ。

ひゃっほーいってね!!

あとがき

はじめまして。藍銅紅と申します。

この度は拙著をお手に取っていただき、ありがとうございます！

本作品は「第2回アイリス異世界ファンタジー大賞」にて銀賞をいただきました話に修正・加筆を加えたものです。ラブ度も大幅に増強いたしました。

内容はもちろん悪役令嬢のハッピーエンド。お楽しみいただければ幸いです。

この作品が書籍の形になることにご尽力いただいた皆様に御礼を申し上げます。特に書籍化にあたって温かくご指導くださった担当様、怪しい日本語を修正してくださった校正様、素晴らしいイラストを描いてくださった中條由良先生。おかげさまで、本屋さんの売り場にわたしの本が並ぶという夢が叶いました。この本を読んでくださった皆様にも多大なる感謝を！　ありがとう、今、わたしはとても幸せです。

最後に、皆様の毎日が幸せであるようにとの祈りを込めて、主人公と共に作者も盛大に叫びます。

ひゃっほーい！

悪役令嬢《あくやくれいじょう》は素敵《すてき》な旦那様《だんなさま》を捕《つか》まえて「ひゃっほーい」と浮《う》かれたい

断罪予定《だんざいよてい》ですが、幸《しあわ》せな人生《じんせい》を歩《あゆ》みます！

2024年3月5日　初版発行

初出……「悪役令嬢です。縛り首になって死ぬ運命ですが、素敵な旦那様を捕まえて「ひゃっほーい！」と浮かれる人生を歩みたいと思います。」

小説投稿サイト「小説家になろう」で掲載

著者　藍銅 紅

イラスト　中條由良

発行者　野内雅宏

発行所　株式会社一迅社
〒160-0022 東京都新宿区新宿3-1-13 京王新宿追分ビル5F
電話　03-5312-7432（編集）
電話　03-5312-6150（販売）
発売元：株式会社講談社（講談社・一迅社）

印刷所・製本　大日本印刷株式会社
ＤＴＰ　株式会社三協美術

装幀　今村奈緒美

ISBN978-4-7580-9623-2

Printed in JAPAN

おたよりの宛て先

〒160-0022 東京都新宿区新宿3-1-13 京王新宿追分ビル5F
株式会社一迅社　ノベル編集部
藍銅《らんどう》 紅《こう》 先生・中條《ちゅうじょう》由良《ゆら》 先生